My Best Mistake

Sarah J. Brooks

Sarah J. Brooks

ISBN-13: 9781082171895

Copyright © 2019 Sarah J. Brooks

Alle Rechte, einschließlich dem des vollständigen oder teilweisen Nachdrucks in jeglicher Form, sind vorbehalten.

Dieses Buch ist reine Fiktion. Alle in diesem Buch geschilderten Handlungen und Personen sind frei erfunden. Ähnlichkeiten mit lebenden oder verstorbenen Personen wären zufällig und nicht beabsichtigt.

My Best Mistake

Für meine Leser

INHALT

Kapitel 1
Kapitel 2
Kapitel 3
Kapitel 4
Kapitel 5
Kapitel 6
Kapitel 7
Kapitel 8
Kapitel 9
Kapitel 10
Kapitel 11
Kapitel 12
Kapitel 13
Kapitel 14
Kapitel 15
Kapitel 16
Kapitel 17
Kapitel 18
Kapitel 19
Kapitel 20
Kapitel 21
Epilog

Kapitel 1

Cody

„Danke, dass Sie alle gekommen sind! Es ist mir eine Freude, Ihnen mein neues Geschäftsmodell zu präsentieren", sagte ich, nachdem alle den großen Vorstandsraum der Westwood Bank betreten hatten.

Westwood half mir dabei, mein erstes großes Unternehmen zu finanzieren, und ich hoffte auf ihre Unterstützung bei meiner neuen Idee. Mein erstes Unternehmen, Hotel Book It, war verkauft, und ich war bereit für das nächste große Projekt. Dieses neue Abenteuer war noch umfangreicher als mein letztes und ich konnte es nicht alleine bestreiten.

„Schön dich zu sehen! Du siehst gut aus!", sagte Richard, als er mich umarmte und sich dann neben mich setzte.

„Du auch! Danke fürs Kommen!"

„Ich bin nur zur moralischen Unterstützung hier. Das ist alles, was ich dir gerade anbieten kann."

„Ich weiß. Ich weiß", sagte ich und wendete mich der Gruppe Anzugträger und Anzugträgerinnen zu. „Wenn Sie bereit sind, würde ich jetzt gerne mit meiner Präsentation anfangen."

Richard war der Anwalt meines Vaters und verwaltete derzeit seinen Nachlass, welcher bald im Sinne des Testaments in meinen Besitz übergehen sollte. Leider gab es eine sehr spezielle Klausel, welche ich bisher noch nicht umgehen hatte können. Ich hoffte darauf, dass Richard mir mit dieser Klausel helfen würde, nachdem er meine Geschäftsidee gehört hatte und sah, dass die Bank das meiste der Finanzierung übernehmen würde. Es war sehr gewagt, aber ich hatte das Risiko noch nie gescheut. Und zwar weder bei Geschäften noch im Leben.

„Cody, wir sind gespannt auf deine Geschäftsidee", sagte Susan, die Bankmanagerin, und bedeutete allen, sich zu setzen.

„Danke nochmals für Ihr Kommen", begann ich. „Wie Sie alle wissen, läuft Hotel Book It fantastisch. Ich habe meine Anteile an diesem Unternehmen allerdings verkauft, um mein neues Projekt zu finanzieren. Des Weiteren habe ich zwanzig Prozent des nötigen Kapitals in liquiden Mitteln aus meinem eigenen Vermögen zur Verfügung."

„Cody, du bist zu schnell", sagte Susan und lächelte mich vom anderen Ende des Raumes an. „Wie wäre es damit, worum es in deinem neuen Projekt denn überhaupt geht?"

„Dazu komme ich noch", lächelte ich zurück. „Aber ich bin froh zu sehen, dass du genau so aufgeregt über dieses Projekt bist, wie ich es bin."

Die Reaktionen der Anwesenden waren zurückhaltend. Ich hatte bereits Zweifel, wie das wohl ausgehen möchte. Die Männer saßen auf ihren Stühlen und starrten auf die Papiere, die ich an jedem Platz vorbereitet hatte. Die Frauen taten dasselbe, wobei die eine oder andere mir aber hin und wieder einen flüchtigen Blick zuwarf, während sie darauf warteten, dass ich sie mit meinem neuen Plan von den Socken haute.

Die Leute dazu zu bekommen, einem Geld zu geben, war heutzutage gar nicht mehr so einfach. Die Wirtschaft hatte sich geändert und meine üblichen charismatischen Witze erzielten bei diesem Publikum kaum Wirkung. Ich atmete tief ein und zwang mich zu lächeln und weiter zu machen. Ich hatte einen guten Plan und ich wusste, dass ich die Bank von meinem Projekt würde überzeugen können.

„Seitdem ich meine vorherige Firma verkauft hatte, habe ich viel Zeit mit Nachforschungen und Planungen für mein nächstes großes Unternehmen verbracht. Die Freizeitindustrie war schon immer eine der ertragreichsten Branchen, wie Sie aus der zweiten Seite des Datenblatts entnehmen können. Insbesondere suchen die Leute nach guten Angeboten und außergewöhnlichen Erfahrungen. Mit der Click-It-Hotelkette werden wir für attraktive Reisedestinationen mit farbigen Zimmern, fotoreifen Ausblicken und außergewöhnlicher Einrichtung sorgen und das Ganze für die sozialen Medien optimieren, sodass die Leute ihre Erfahrung gerne im Internet teilen."

„Sie wollen eine Hotelkette starten?", fragte ein Mann in einem grauen Anzug vom anderen Ende des Tisches.

„Ja, aber nicht mit gewöhnlichen Hotels. Ich möchte Hotels, welche die Gäste besonders dazu bewegen, das dort Erlebte im Internet zu posten und zu teilen. Bei Click It Hotel geht es nicht nur um eine Unterkunft für die Nacht, es geht um die Erlebnisse."

„Ich kann mit dem Namen überhaupt nichts anfangen. Click It, was ist das überhaupt? Nein, der Name ist schrecklich", warf eine Frau in die Runde.

„Der Name ist nur vorläufig", merkte ich an.

„Dorthin bewegt sich die Branche", begann Susan und lächelte zurück, was in mir einen Hoffnungsschimmer weckte. „Man schafft freie Werbeflächen. Und man könnte lokale Künstler beauftragen, einzigartige Plätze zu schaffen. Ich mag die Idee."

„Großartig!"

„Wo wird das erste Hotel sein?"

„Ich denke über die Wüste zwischen Los Angeles und Las Vegas nach."

„Mitten im Nirgendwo?"

„Wahrscheinlich näher an Los Angeles, aber ich bin offen für andere Vorschläge. Ich denke, die Wüste ist dennoch der perfekte Ort. Die Leute können auf dem Weg von oder nach Las Vegas für eine Nacht bleiben", sagte ich.

„Richard, werden Sie zur Investition in dieses Projekt das Erbe ausbezahlen?", fragte Susan direkt.

„Nein, Cody kennt die Regeln zur Auszahlung des Erbes seines Vaters. Ich bin nur zur Unterstützung von ihm und seiner Geschäftsidee da. Ich kann keine zusätzliche finanzielle Hilfe anbieten. Die muss von der Bank kommen."

Mein Herz rutschte mir in die Hose ob der Klarheit seiner Worte. Richard war nicht ansatzweise berührt von meiner Geschäftsidee. Er schaute stoisch geradeaus, ohne mich eines Blickes zu würdigen.

„Was sind denn die Regeln?", fragte Susan.

„Es tut mir leid, das darf ich nicht offenlegen. Cody kann es tun, wenn er dazu bereit ist."

„Nein", sagte ich kopfschüttelnd.

„Cody, an diesem Punkt muss ich dir sagen, dass wir dir nicht so viel Geld leihen können, wie du benötigst. Wir können 30-35 Prozent des Kapitals finanzieren. Um die restlichen Mittel musst du dich selber kümmern. Außerdem, was auch immer die Regeln des Erbes sind, du solltest dich an sie halten und das Geld ausbezahlt bekommen. Damit würdest du nicht einmal die Finanzierung der Bank benötigen."

„Susan, du weißt, es ist nicht die cleverste Idee, all mein eigenes Geld zu investieren", sagte ich und versuchte, sie nicht zu beunruhigen. „Dies ist ein ausgeklügeltes Geschäftsmodell, wie Sie der Forschungs- und Entwicklungsseite meiner Vorlage entnehmen können. Ich habe noch nicht einmal meine Präsentation beendet."

Sie schüttelte den Kopf langsam und flüsterte etwas zu dem Mann neben ihr. Mit Banken zu verhandeln ist das Schlimmste. Sie sind nur deine Freunde, solange sie Geld mit dir machen können. Sobald du ein schlechtes Investment wirst, endet die Freundschaft der Banker.

Für einen Raum voll mit Führungskräften war es überraschend, wie schlecht sie sich ihr Grinsen verkneifen konnten. Hatten sie denn alle nur aus Verpflichtung an diesem Meeting teilgenommen? Stand der Plan, mich nicht zu finanzieren, schon lange bevor ich mein Geschäftsmodell präsentieren konnte? Meine Paranoia ergriff Besitz von mir und alles, was ich tun konnte, war, nicht etwas Böses in diese Runde zu werfen, als sich überall Getuschel erhob.

„Warum machst du nicht mit deiner Präsentation weiter?", riet mir Richard. „Den ganzen Plan zu hören wäre doch sicher hilfreich Susan, oder?"

Die beiden tauschten Blicke, als gäbe es ein Geheimnis zwischen ihnen. Es war ein Spiel ums Geld. Ich wusste es, Richard wusste es, Susan wusste es. Die Bank leiht einem kein Geld aus Gutmütigkeit. Ich musste ihnen zeigen, was sie davon haben würden. Ich musste ihnen die positive Seite zeigen.

Ich wünschte, mein Geschäftspartner Todd Martinez wäre hier mit mir gewesen. Er war besser darin, all diese Zahlen zu erklären und die finanziellen Aspekte eines Geschäftsmodells zu verkaufen. Nun, ich sollte besser ehemaliger Geschäftspartner sagen. Todd hatte sein eigenes Steuerberatungsbüro mit dem Geld aus dem Verkauf von Hotel Book It gegründet. Wie langweilig war das denn? Ein ganzes Unternehmen, das sich Tag ein Tag aus nur mit Zahlen beschäftigte. Aber er war glücklich damit und seine Frau froh darüber, dass er nicht mehr in der unbeständigen Start-up-Branche tätig war.

Es machte keinen Sinn, mit der Präsentation fortzufahren. Ich spürte es an der Stimmung im Raum. Sie war extrem angespannt. Die Leute schauten so desinteressiert, dass sie fast einzuschlafen schienen. Dennoch konnte ich an diesem Punkt nicht einfach aufgeben und rauslaufen. Nur wenn ich alles gegeben hatte, würde ich mit mir selbst zufrieden sein.

Für die nächsten dreißig Minuten machte ich also mit meiner PowerPoint-Präsentation weiter. Ich zwang mich zu lächeln und warf ein paar freche Bemerkungen in die Runde, um die Stimmung aufzulockern. Es funktionierte nicht. Der Bankmanager schaute mich freundlich an und hörte mir zu, genauso wie Richard. Aber das war es dann auch. Die restlichen Anwesenden schielten entweder auf ihr Handy oder nickten immer wieder weg.

„Vielen Dank für Ihre Zeit. Falls es Fragen gibt, bin ich dafür gerne offen", sagte ich vor der Gruppe.

„Es gibt viele großartige Ideen auf der Welt. Aber nicht alle von Ihnen können verwirklicht werden", sagte einer der Männer.

„Das stimmt", fügte ich hinzu.

„Cody, ich schätze deine umfangreichen Recherchen für dieses Projekt", sagte Susan. „Der Plan mit dem Hotel scheint ein guter Einfall zu sein und ich mag die Idee, Social-Media-gerechte Räume und Dekoration einzubeziehen. Allerdings ist es zurzeit schwierig, Geld für eine Finanzierung zu bekommen …"

„Lass mich dich kurz unterbrechen", sagte ich, bevor sie mir die endgültige Absage gab. „Wie wäre es damit: Du sagst mir, was du für die Finanzierung brauchst. Ich weiß, es gibt eine Möglichkeit, dass du dieses Geschäft durchgehen lässt. Also, lass uns darüber reden."

„Richard müsste dir das Erbe deines Vaters ausbezahlen. Auch wenn du nicht das ganze Geld in dein Projekt steckst, würde es mich sehr beruhigen, wenn du Rücklagen hättest."

Ich schaute hoffnungsvoll zu Richard. Aber der schüttelte nur ablehnend den Kopf. Richard war in seinen Sechzigern und trug einen fein getrimmten grauen Bart, der zu seinem Anzug passte. Er sah etwas rebellisch aus mit dem Bart, aber er hielt sich immer an die Vorschriften und würde bei dem verdammten Erbschaftsthema bestimmt nicht nachgeben.

„Cody weiß, was zu tun ist, um sich das Erbe auszahlen zu

lassen. Er muss es nur machen."

Bei seinen Worten verzog ich das Gesicht. Die Klausel war nicht so einfach, wie er sie darstellte. Man fand ja auch nicht gerade an jeder Ecke jemanden, der bei so einer Geschichte mitmachte. Und ich war sauer auf meinen Vater, dass er so eine Klausel in sein Testament gepackt hatte. Er hatte genau gewusst, dass ich nicht einfach eine Hochzeit vortäuschen würde. Mein Vater hatte mich und meine Schwestern gut gekannt. Ohne verliebt zu sein, würden wir nicht heiraten, und das bedeutete, Jahre auf unser Erbe warten zu müssen. Nun ja, zumindest bedeutete es das für mich. Alle meine Schwestern waren bereits verheiratet. Sogar meine jüngere Schwester war erst vor kurzem unter die Haube gekommen.

„Cody, ich weiß nicht, was ich dir noch sagen soll. Wir können bedauerlicherweise ohne mehr Sicherheiten dein Projekt nicht unterstützen", sagte Susan, während sie aufstand und auf mich zuging. Sie schüttelte meine Hand und beugte sich zu mir. „Was auch immer du tun musst, um die Auflagen deines Vaters zu erfüllen, tue es und ich werde dein Projekt unterstützen. Wir sind lange gemeinsame Wege gegangen und ich hoffe, wir können das fortsetzen."

„Danke, Susan", sagte ich, ohne darauf einzugehen, dass sie offensichtlich mehr über die Auflagen des Testaments herausfinden wollte. „Ich melde mich."

„Wie schwer kann es denn sein, Cody? Tu einfach, worum dich dein Vater gebeten hat, und du kannst dein Traumprojekt verwirklichen."

„Es ist nicht so einfach. Danke für deine Zeit und ich werde dich auf dem Laufenden halten, wenn ich mehr Sicherheiten für diese Sache habe."

Ich schüttelte nochmals Susans Hand und die der restlichen Bankleute, welche einer nach dem anderen den Raum verließen. Die meisten hatten ein Lächeln auf ihrem Gesicht, weil das

Meeting endlich beendet war. Ich hatte allerdings nichts zu lachen, als ich dicht gefolgt von Richard aus dem Gebäude lief.

„Ich bin sicher, es gibt genügend nette Frauen, mit denen du die nächsten Jahre genießen könntest", sagte Richard neben meinem Jeep auf dem Parkplatz. „Such dir eine, lerne sie kennen, geh mit ihr aus! Wenn du dir etwas Mühe gibst, jemand kennenzulernen, wirst du vielleicht überrascht sein."

„Richard, ich werde nicht irgendeine Frau heiraten, einfach so, und dann fünf Jahre an sie gebunden sein. Das ist weder für mich fair noch für sie. Was ist, wenn ich in dieser Zeit tatsächlich die Frau meiner Träume treffe? Dann wäre ich für sie nur ein verheirateter Typ, der nicht mit ihr reden darf."

„Es gibt keine Klauseln über Untreue", sagte er gleichgültig. „Nur eine Missbrauchsklausel. Solange du mit offenen Karten spielst und sie damit einverstanden ist, ist alles in Ordnung."

„Alles klar, Richard! Schön! Also ich soll einfach irgendeine Frau heiraten und dann in der Gegend rumvögeln? Das war wohl kaum die Intention meines Vaters und das weißt du auch!"

„Ich versuche nur, dir weiterzuhelfen. Aber du hast recht. Das ist nicht das, was dein Vater gewollt hätte, und ich habe es auch nicht so gemeint. Ich wollte bloß sagen, dass es nicht die Bedingungen verletzt, falls du untreu sein solltest. Maggie konnte Rex bei ihrem ersten Treffen überhaupt nicht ausstehen. Doch dann hat sie ihn geheiratet und nun führen die beiden eine glückliche Ehe mit drei Kinder."

„Das hat nur geklappt, weil die beiden im Voraus darüber geredet haben. Sie mochte ihn, fand ihn nur nicht attraktiv. Für sie war es ein Geschäft. Ein fünfjähriges Abkommen, das den beiden letzten Endes half, sich zu verlieben. Für Frauen ist das einfacher. Ich glaube, Männer sind eher dazu bereit, für Geld zu heiraten. Gut, Männer außer mir. Ich würde mich schrecklich fühlen."

„Cody, du redest darüber, als müsstest du eine Frau dazu

überlisten, ein furchtbares Monster zu heiraten. Du bist ein gutaussehender und anständiger Mann. Hast du nicht eine Freundin, mit der du darüber reden könntest?"

„Richard, ich habe oft genug darüber nachgedacht. Ich kann nicht einfach so eine Frau heiraten, nur weil ich dann das Geld meines Vaters bekomme. Ich bin nicht sehr religiös, aber Heiraten ist für mich etwas Großes und ich habe vor, es nur einmal zu tun. Ich werde mich anderweitig nach Kapital umsehen. Es gibt genügend Investoren, die nach einem guten Platz für ihr Geld suchen. Ich werde schon eine Lösung für das Problem finden."

„Ich schätze sehr, dass du bei deinen Prinzipien bleibst. Vielleicht begegnest du ja auch bald der Frau deiner Träume und alles erledigt sich von selbst. Wir bleiben in Kontakt, in Ordnung?" Richard gab mir eine Umarmung und ließ mich stehen.

Die Frau meiner Träume würde mir wohl kaum einfach in den Schoß fallen. Ich hatte bereits eine Menge toller Frauen getroffen. Ich war mit sehr vielen großartigen Frauen ausgegangen. Aber mit keiner von ihnen hätte ich fünf Jahre verbringen wollen und gewiss war keine davon nur ansatzweise das, was ich mir unter einer Partnerin fürs Leben vorstellte.

Nach diesem desaströsen Meeting wollte ich einfach nur noch in die Sporthalle. Mein Aggressionslevel war Jenseits von Gut und Böse. Ich schickte meinem Kumpel Henry eine Nachricht und fragte ihn, ob er sich treffen wollte. Die Sporthalle war mein Rückzugsort und eine deutlich bessere Stressbewältigungsstrategie, als sich beim Feiern dumm und dusselig zu saufen. Es hatte lange gebraucht, bis ich bessere Wege zur Ablenkung gefunden hatte, aber die Klarheit, die das mit sich brachte, war es wert. Ich ging immer noch aus und feierte hin und wieder. Ich tat es nur nicht mehr jedes Wochenende.

Henry war allerdings eh schon in der Halle. Er hatte einen ähnlich frustrierenden Tag gehabt und war bereits in Schweiß gebadet, als ich das Spielfeld betrat. Ich würde wohl aufholen müssen.

„Eins gegen eins?", fragte er.

„Auf geht's!"

Wir spielten für dreißig Minuten ein hartes Basketballmatch, Eins gegen Eins. Ohne zu reden. Ohne uns mit unseren Problemen zu befassen. Nur Rennen, Blocken und Werfen, bis wir völlig erschöpft waren. Manchmal ist der beste Umgang mit Problemen, sie auszuschwitzen.

Henry Kidd war ein langjähriger Freund von mir und passte zu meiner wilden Seite. Er fuhr eine Harley, hatte einen Bart und mehr Muskeln als ich. Er hatte eine Art, die andere Männer einschüchterte. Ich war taffer als sonst, wenn ich mit ihm abhing. Irgendetwas an Henry brachte den Fiesling in mir zum Vorschein.

Normalerweise ließen mich meine blauen Augen und die blonden Haare süß und soft aussehen. Obwohl ich 1,90 Meter groß und muskulös war, hielten mich die Mädels trotzdem für einen netten Kerl. Aber mit Henry unterwegs zu sein, verschob diese Wahrnehmung etwas. Auf einmal war ich dieser harte Typ, der sich nichts sagen ließ. In Wahrheit lag meine Persönlichkeit wohl irgendwo zwischen dem groben Bikerkerl und dem süßen Softie.

„Wann fliegen wir eigentlich am Freitag?", fragte Henry, während wir auf der Bank saßen, nach Luft schnappten und unseren Durst stillten.

„Ich glaube, Todd wollte uns mittags am Flughafen treffen."

„Todd? Was zur Hölle, Cody. Warum kommt er mit?"

„Weil er unser Freund ist. Komm schon, ihr hasst euch doch nicht. Tu nicht so als ob", scherzte ich, während ich Todd gerade die Halle betreten sah.

„Oh, ich hasse ihn tatsächlich. Er ist verklemmt und versucht ständig, einem den Spaß zu verderben."

„Ich bin nicht verklemmt", sagte Todd, als er vor uns stand in seiner perfekt gebügelten Sporthose und mit seinen brandneuen Schuhen.

„Verdammt, Todd. Kannst du dich bitte noch mehr wie ein Streber anziehen?", fragte Henry gereizt und warf Todd mit dem Ball ab.

„Was? Das ist alles von Nike. Ich seh gut aus."

„Du siehst aus wie ein schnöseliger Nike-Verkäufer mit all diesem Kram. Warum willst du überhaupt nach Vegas mitkommen? Du willst nie Spaß haben. Du wirst uns nur das ganze Wochenende sagen, was wir alles nicht tun sollten."

„Das stimmt nicht. Ich bin in Feierlaune", sagte Todd wenig überzeugend.

„Hat dir deine Frau die Erlaubnis gegeben, am Wochenende raus zu gehen?" Henry stichelte weiter.

„Ich brauche keine Erlaubnis von Felicia. Ich kann selber entscheiden. Aber ja, wir haben über das Wochenende geredet und entschieden, dass ich mitkommen und Spaß haben sollte."

„Gott, bitte steh mir bei, diesen Mann nicht umzubringen", sagte Henry. „Hat sie dir auch erlaubt zum Boxkampf zu gehen? Denn wenn nicht, würde ich dich gern durch eine geile Schnecke ersetzen."

„Klar gehe ich zum Kampf, Henry. Komm schon, deshalb gehen wir ja überhaupt nach Vegas. Ich will mich amüsieren. Du wirst schon sehen. Das ist mein neues und besseres Ich. Ich werde trinken und feiern. Ihr zwei werdet mich gar nicht wiedererkennen."

Henry und ich brachen in Gelächter aus bei dem Gedanken daran, wie Todd heftig Party machte. Es gab nur eine Handvoll Anlässe, an denen ich Todd überhaupt je trinken gesehen hatte. Aber sicher hatte ich ihn nicht feiern sehen, nicht einmal auf seiner eigenen Hochzeit. Er war der Nüchternste von allen dort gewesen.

„Das glaube ich erst, wenn ich es sehe", witzelte ich.

„Ernsthaft Cody, du auch? Ich kann Spaß haben. Erinnerst du dich an unsere Reise nach Europa? Ich war immer gut drauf auf diesem Trip!"

„Todd, ich kann mich nicht daran erinnern, dass du dich besonders amüsiert hast auf der Reise", sagte ich durch mein Gelächter. „Soweit ich weiß warst du mehr daran interessiert, jedes Detail zu planen. Und warst super gestresst."

„Ja, ich kann mir dich kaum spaßig vorstellen."

„Ich kann mich amüsieren!"

Todd verteidigte seine Fähigkeit, die Sau rauszulassen. Es war lustig, dass er von sich dachte, locker und spaßig zu sein, obwohl ich genau wusste, dass das so gar nicht seiner Persönlichkeit entsprach. Todd war verlässlich, vertrauenswürdig und alles in allem ein toller Typ. Aber lustig war er nun wirklich nicht. Das war einfach nicht Teil von ihm. Er war weder besser noch schlechter als Henry und ich, einfach nur anders.

„Keine Sorge, wir werden alle Spaß haben. Da bin ich mir sicher", versuchte ich die Diskussion zu beenden.

„Er wird uns den ganzen Trip über nur auf der Pelle liegen", stichelte Henry weiter. „Vielleicht solltest du einfach daheimbleiben, damit Cody und ich eine gute Zeit haben können?"

„Schnauze!", sagte Todd erhitzt.

„Oh, wirst du jetzt etwa wütend? Warum schlägst du mich denn nicht? Mach nur, schlag zu!"

Henry war ein großer Kerl, muskulöser als Todd, und konnte sicherlich besser einstecken. Ich wollte nicht, dass sich die beiden prügelten. Ich verstand aber, warum Henry keinen Bock auf Todd hatte. Todd neigte dazu, ein Spielverderber zu sein, wenn es ums Aufreißen, Trinken und Spaß haben ging. Aber er musste auch mal lernen sich zu entspannen, und ihn mitzunehmen würde ihm vielleicht guttun.

„Alles klar, genug damit Jungs. Wir gehen alle. Wir gehen alle und werden verdammt noch mal Spaß haben", sagte ich lauter als geplant. „Und jetzt lasst uns einen Vierten finden und Basketball spielen."

Es brauchte nur eine Minute, um einen vierten Spieler aufzutreiben. Nun konnten wir endlich wieder Basketball spielen und unsere Aggressionen produktiver herauslassen. Ich musste die beiden dazu bringen, so gut genug miteinander auszukommen, dass wir alle ein gutes Wochenende haben konnten. Am wenigsten wollte ich, dass sich die zwei die ganze Zeit zankten, während ich Dampf ablassen wollte.

Und ich musste wirklich Dampf ablassen. Der Deal war für die letzten sieben Monate mein Baby gewesen. Ich war mir sicher gewesen, dass der Bank meine ganzen Nachforschungen gefallen würden, weil der Business-Plan deutlich größeres Profitwachstum aufzeigte als bei solchen Projekten üblich.

Ich hatte versucht mich auch auf die Möglichkeit einer Ablehnung seitens der Bank einzustellen. Aber wirklich in Erwägung gezogen hatte ich es eigentlich nicht. Die Zahlen waren gut, der Plan war gut und ich hatte eine ansehnliche Erfolgsbilanz. Eigentlich hätte die Sache geritzt sein sollen. Der Markt war nicht so schlecht, wie Susan ihn darstellte. Es war kein guter, aber auch kein schlechter Markt zum Investieren. Nun stand ich ohne Finanzierung und echte Perspektiven da. Ich musste Geld für das Projekt beschaffen, ohne zu viel meines Eigenkapitals an Investoren abzugeben.

Irgendeine willkürliche Frau zu heiraten, um mein Erbe zu bekommen, war nicht mein Stil. Die einzige andere Option für mich war, eine Risikokapitalgesellschaft zu finden, die Teil des Geschäfts sein wollte. Das war allerdings nicht ideal für mich, da ich so meine eigenen Anteile gegen das Geld der Investoren tauschte. Aber bei Geschäften war nie alles perfekt, genauso wie im Leben.

Ich wollte richtig durchdrehen am Wochenende. All die Geschäftsverhandlungen und Geldprobleme loslassen, um nächste Woche die Sache mit neuen Augen zu betrachten. Nach einem langen, spaßigen Wochenende würde ich sicherlich in der Lage sein, mit einem anderen Blickwinkel den richtigen Weiterweg zu finden. Ein Wochenende in Vegas würde mich all meine Probleme vergessen lassen.

Kapitel 2

Alexis

„Echt schade, dass du nicht mitkommst. Der Trip wird megalustig", sagte ich zu Missy am Telefon, während ich hinten in Pamelas Junggesellinnenlimo saß.

„Vegas ist nicht so mein Ding gerade. Ich fühl mich wohl zu Hause und genieße die Zeit mit Scott. Es fühlt sich immer noch so an, als wären wir frisch verheiratet."

„Ihr seid auch frisch verheiratet. Ich glaube, das sagt man für die ersten zwei Jahre oder so", sagte ich lachend. „Ich freu mich so für euch, Missy. Ihr zwei seid so süß auf all euren Instagram-Bildern."

„Danke, ich hätte nie gedacht, den richtigen Mann zu finden, und dann, zack! Da war er."

„Okay, genug mit dem Rumgesülze über den richtigen Mann. Ich bin bereits deprimiert genug darüber, keinen anständigen Kerl in meinem Leben zu haben und zu diesem Junggesellinnenabschied gehen zu müssen."

Es war ein bisschen Spaß und Ernst zugleich. So viele meiner Freundinnen hatten einen Mann gefunden und geheiratet. Pamela war eine Freundin von der Arbeit. Wir standen uns nicht sonderlich nahe. Dennoch spürte ich einen Hauch von Eifersucht beim Gedanken an ihre Hochzeit. Ich würde jetzt nicht unbedingt losrennen und heiraten wollen, aber ich hätte sehr gerne einen netten Kerl zum Ausgehen und Kennenlernen gehabt.

„Ich dachte, du wolltest überhaupt nicht heiraten. Außerdem

hast du doch diese neue Show *Single in La La Land*. Du kannst nicht wirklich in einer Beziehung sein, wenn du bei dieser Show dabei bist."

„Ich freue mich riesig auf die Show", sagte ich und mich überkam ein Lächeln. „Es wird so großartig, feiern zu gehen, mit Männern auszugehen und dabei von den Kameras verfolgt zu werden. Das ist das einzig gute am Singlesein momentan. Letzen Endes wird es mir dabei helfen, in Hollywood entdeckt zu werden."

Nachdem ich jahrelang nur Nebenrollen bekommen und in irgendwelchen Werbungen mitgespielt hatte, hatte ich es endlich geschafft, eine gute Rolle in einer Show zu ergattern. Sie war als Reality Show über das Dating in Los Angeles angekündigt. Ich hatte meinen Vertrag unterschrieben und konnte die Dreharbeiten kaum erwarten. Es fühlte sich nach dem großen Durchbruch an, auf den ich gewartet hatte. Viele Reality Stars konnten später zu anderer Arbeit übergehen und genau das wollte ich auch. Ich plante, während der Dreharbeiten der Welt zu zeigen, dass in mir sehr viel mehr steckte als mir viele Menschen zuzutrauen bereit waren.

„Wir müssen uns echt bald mal wieder treffen", sagte Missy. Ich hatte Schwierigkeiten, sie in dem Gekreische der Mädels zu verstehen. „Aber vielleicht bei etwas weniger Aufbrausendem als bei einem Trip nach Vegas?"

„Ja!", schrie ich ins Telefon zurück. „Ich ruf dich nächste Woche mal an, dann können wir was ausmachen. Vermiss dich! Wir hören voneinander."

Ich war mir nicht sicher, ob sie mich bei all dem Lärm in der Limo überhaupt gehört hatte. Missy war eine meiner engsten Freundinnen. Wir waren beide zur UCLA gegangen und hatten uns über Jahre ein Zimmer geteilt. Sie hatte ein paar ältere Geschwister, die auch an der UCLA eingeschrieben gewesen waren. Deshalb kannte sich Missy ziemlich gut aus und hatte mir von meinem ersten Tag an immer geholfen.

Meine Angst an jenem ersten Tag war grauenvoll gewesen. Manchmal zog ich Missy damit auf, dass ich nur wegen ihr die Uni überhaupt geschafft hatte. Trotzdem war es die Wahrheit in diesen ersten Tagen. Ich wäre durchgefallen, wenn sie nicht dagewesen wäre. Alles überforderte mich damals. Ich wäre wirklich aus den Kursen geschmissen worden, wenn Missy nicht mit mir in den ersten Wochen zu einigen davon mitgegangen wäre.

Die Uni war einfach nicht mein Ding gewesen. Obwohl ich einen Abschluss mit anständigen Noten hatte, hatte mich nichts daran angespornt, hart zu arbeiten. Ich ging zu den Vorlesungen, schenkte den Dozenten aber nur die nötigste Aufmerksamkeit. Alles, an was ich während meines Studiums denken konnte, war die Schauspielerei. Ich hatte Tagträume davon, wie ich Rollen bekam. Ich arbeitete dafür zusätzlich in meiner freien Zeit. In der Filmindustrie tätig zu sein war meine wahre Leidenschaft. Darauf hatte ich die ganze Zeit gewartet und nun schienen die Dinge sich für mich zu fügen.

„Wie geht's deiner Freundin?", fragte Pamela. Sie stand von ihrem Sitz auf und quetschte sich neben mich hinten in die Limo.

„Ihr geht's gut. Und ihr tut es leid, dass sie nicht mitkonnte."

„Oh, ich kann das voll verstehen. Wenn ich mal verheiratet bin, würde ich sicher auch nicht mehr mit jedem feiern gehen."

„Ja, wahrscheinlich nicht."

Pamela war nicht wirklich meine Freundin bei der Arbeit. Wir waren eher Bekannte. Jacqueline war meine eigentliche beste Freundin dort. Sie verstand sich gut mit Pamela. Tatsächlich war Jaqueline eine der wenigen Leute, mit denen Pamela wirklich abhing. Deshalb versuchte ich zu sagen, als sie mich zu ihrem Junggesellenabschied einlud, dass ich andere Pläne mit Missy hatte und nicht kommen konnte. Natürlich wollte Pamela noch mehr Leute dabeihaben und sagte mir, ich solle Missy einfach auch einladen. Es war das Verrückteste, von dem ich je gehört hatte: Jemand zu seinem Junggesellinnenabschied einzuladen,

den man noch nicht mal kannte. Aber wie gesagt, Pamela war ein bisschen komisch.

„Ich freu mich sehr, dass du dieses Wochenende mitgekommen bist. Ich weiß, wir stehen uns nicht sonderlich nah bei der Arbeit, aber ich finde, du bist ziemlich toll. Du machst einen guten Job am Telefon."

„Danke dir", sagte ich ein bisschen besorgt darüber, in welche Richtung diese Konversation gehen würde.

„Alexis, ich meine es ernst. Du bist eine der Besten im Büro. Ich höre immer, wie freundlich du am Telefon bist. Ich weiß, es ist nicht einfach, nett zu den Leuten zu sein, die uns die ganze Zeit anrufen. Ich wollte dir nur sagen, dass ich dich wirklich schätze."

„Danke", sagte ich immer noch unwohl darüber, eine direkte Konversation mit Pamela zu führen.

„Hey Pam, kann ich eine Sekunde mit Alexis reden? Ich tausch die Plätze", sagte Jacqueline, nachdem sie den Augenkontakt mit mir gesucht hatte.

Mein Mund formte ein *Danke*, während die beiden ihre Plätze tauschten. Jacqueline und ich hatten gleichzeitig bei Ultimate PR angefangen. Sie hatte allerdings einen Abschluss in Marketing, ich hingegen in Theaterwissenschaft. Schauspiel war meine Priorität, sich die Karriereleiter hochzuarbeiten die ihre. Wir gingen unterschiedliche Wege, aber verstanden uns trotzdem super.

„Sah aus, als hättest du Rettung gebraucht", sagte sie, während wir den Anschein machten, über etwas Wichtiges zu reden.

„So was von! Ich hätte besser daheimbleiben sollen. Pamela braucht mich hier nicht."

„*Ich* brauch dich hier! Wir werden in die Clubs gehen und einen draufmachen. Ohne dich würde ich nicht ansatzweise so viel Spaß haben. Außerdem, all diese Typen, die auf dich anspringen mit deinen roten Haaren. Irgendjemand muss sich ja um die Reste kümmern."

„Ähm ja, was soll denn mit den Typen in den Clubs sein, die auf mich stehen wegen meiner Haare? Glaubst du, die haben noch nie eine Rothaarige gesehen?"

„Außerdem bist du wunderschön, vergiss das nicht!" Jaqueline machte eine ausladende Bewegung, hob ihre Hand in die Luft und präsentierte damit meinen Körper. „Du bist eine Granate!"

„Du bist wirklich hübsch", sagte Rose von der langen Sitzbank gegenüber.

„Danke, Rose. Nett von dir."

„Bitteschön", sagte sie schüchtern und schaute verlegen auf ihre unruhigen Hände im Schoß.

Rose war eine der anderen Sekretärinnen bei der Arbeit. Auch sie war zu diesem Junggesellinnenabschied mitgeschleppt worden, ohne so wirklich mit Pamela befreundet zu sein. Ich mochte Rose sehr. Sie war still und die meiste Zeit in sich gekehrt, aber sie war eine tolle Frau. Als ich einmal fürstlich die Annahme von einem Paket vermasselt hatte, sagte Rose dem Chef, es wäre ihr Fehler gewesen. Er mochte sie mehr als mich und hatte sie noch nicht einmal angeschrien. Ich würde ihr diese Großzügigkeit nie vergessen.

„Kennst du den Typen, den Pamela heiratet?", flüsterte Jaqueline in mein Ohr.

„Nein, aber ich habe ein Bild von ihm gesehen und er sieht ziemlich normal aus", sagte ich mit einem Achselzucken.

„Ja, ich habe das Bild auch gesehen. Er scheint echt normal zu sein, und Pamela ist so ... du weißt schon, so halt. Echt abgefahren, wie die beiden sich gefunden haben."

„Ich schätze, wir wissen nie, wer für uns da draußen bestimmt ist", sagte ich.

Es war faszinierend für mich, wenn sich zwei Menschen fanden und beschlossen, dass sie heiraten wollten. Manche meiner Freunde waren vorher nur ein paar Monate zusammen gewesen, andere weit mehr. Ich persönlich konnte mir aber überhaupt nicht vorstellen, je einen Typen zu finden, den ich heiraten würde.

Es war nicht, weil ich nicht an die Liebe glaubte, denn das tat ich. Das Problem war, dass die meisten meiner Typen irgendwelche Macken gehabt hatten, mit denen ich einfach nicht leben konnte. Vielleicht würde sich meine Ansicht zur Liebe plötzlich ändern, wenn ich diesen einen magischen Menschen treffen, mich verlieben und seine Fehler nicht wirklich sehen würde? Aber bis dahin würde ich es selten über ein erstes Treffen hinausschaffen.

„Wir sind da", schrie Pamela, als unsere Limo zum Hotel abbog.

Die meisten Frauen quietschten vor Aufregung. Sogar ich erwischte mich dabei, während wir aus der Limo stiegen und den Eingang des neuen, ausgefallenen Hotels sahen. Vegas war bekannt dafür, sich bei Hotels immer wieder selbst zu übertrumpfen, aber dieses ging über alles Vorstellbare hinaus. Das Arisa war modern, aber zierte sich trotzdem mit den für Vegas typischen, abgefahrenen Blinklichtern. Wir bahnten uns unseren Weg durch endlos hohe Glastüren in die Lobby.

„Was war nochmal mit deiner Freundin Missy? Sie konnte nicht mitkommen?", fragte Jaqueline, während wir in der Lobby auf Pamela und die Trauzeugin warteten, die uns alle eincheckten.

„Das klingt sehr vorwurfsvoll", schnaubte ich.

„Oh, komm schon. Es wird ein spaßiges Wochenende werden und das weißt du."

„Ich bin mir sicher, wenn ich zu trinken anfange, wird das

Ganze schon noch lustig werden. Aber Missy macht nichts mehr von alledem zurzeit. Anscheinend verlässt man nicht mehr das Haus, sobald man verheiratet ist."

„Sie lernt gerade ihren Kerl kennen und sie genießen die gemeinsame Zeit. Warum bist du immer so gereizt, wenn es um die Liebe geht?"

Das hielt ich für einen schlimmen Vorwurf. Hasste ich die Liebe wirklich? Ich hatte aufgegeben, jemanden für mich zu finden, aber ich hasste weder die Liebe noch die Leute, die sie fanden. Ich mochte die Liebe. Verdammt, mir gefiel die Vorstellung, mich zu verlieben.

„Tut mir leid, ich muss mal wieder flachgelegt werden", scherzte ich, um die Stimmung etwas aufzuhellen.

„Ja, das solltest du." Jacqueline widersprach nicht. „Ich glaube, es ist sechs Monate her."

„Nein!" Ich schaute auf und versuchte mich an den letzten Typen zu erinnern, den ich lange genug gedatet hatte, um ihn mit nach Hause zu nehmen. „Verdammt, ja, ich glaub, es waren sechs Monate. Das ist echt frustrierend."

Einer der Gründe, warum Jaqueline und ich uns so gut verstanden, war, dass wir in der Lage waren, Spaß zu haben und ehrlich miteinander zu sein. Obwohl ich mit den meisten im Büro gut auskam, war Jacqueline die Einzige, die mich wirklich kannte. Wir aßen oft mittags zusammen und hingen miteinander nach der Arbeit und am Wochenende ab. Auch obwohl sie begonnen hatte, die Karriereleiter für sich zu entdecken, hielten wir unsere Freundschaft am Leben.

„Ich habe Zimmer für alle", schrie Pamela von der anderen Seite der Lobby.

Ihre Stimme hallte in der großen Eingangshalle wider. Für einen Moment war es mir peinlich, bis ich mich umsah und bemerkte, dass alle anderen auch so laut waren. Niemand schien sich für Pamelas Verhalten und ihr Geschrei zu interessieren. Die Mädels drängten sich um sie, während Jacqueline und ich unsere Crew für das Wochenende fanden.

„Ich habe dich und Jacqueline zusammengesteckt", sagte Pamela, während sie jedem von uns einen Schlüssel gab. „Ich weiß, was für gute Freundinnen ihr beiden seid."

„Vielen Dank", antwortete Jacqueline.

Ich konnte mich zu keinem weiteren falschen Lächeln oder anderweitiger Konversation überwinden. Deshalb schnappte ich einfach die Schlüssel und nickte Pamela zustimmend zu. Ich konnte es kaum erwarten, auf unser Zimmer zu gehen und ein bisschen zu entspannen. Nach der langen Fahrt in diese Stadt war ich wirklich überreizt.

Selbst in einer Limousine war die dreistündige Fahrt auslaugend gewesen. Bevor ich mich davonmachen konnte, spürte ich ein Stück Papier, welches mir in die Hand gedrückt wurde. Meine Hand knüllte sich um das Papier und ich rollte mit den Augen. Ich drehte mich herum, um zu sehen, was mir da gegeben wurde.

„Was ist das?", fragte ich.

„Das ist der Zeitplan fürs Wochenende", sagte Rose zaghaft. „Er wird dir nicht gefallen."

„Bestimmt nicht, trotzdem danke, Rose."

Ich gab mir keine Mühe, auf den Plan zu schauen, und schob ihn in meine Tasche. Ich schnappte mir meinen Koffer vom Gepäckwagen, der aus unserem Auto geladen wurde. Ich wartete auf Jacqueline, bis sie fertig damit war, Pamela zu umarmen und mit ihr zu scherzen. Ich fühlte mich wie diese alten Damen, die einfach überhaupt nichts unternehmen wollten. Ich war in Las Vegas! Warum machte mich dieser ganze Trip so verdammt miesepetrig?

„Wenn du dich noch ein bisschen mürrischer benehmen würdest, könnte man schwören, dass du schon ein Filmstar bist", sagte Jacqueline ihren Koffer greifend und mir zum Aufzug folgend.

„Tut mir leid, ich glaub, ich bin nur etwas gestresst. Ich werde ein, zwei Drinks nehmen, bevor wir zum ersten angesetzten Event des Abends übergehen. Ich will nicht die ganze Nacht über die mies gelaunte Spielverderberin sein."

„Ja, ich bin froh, dass du das vorschlägst. Ich hätte dir sowieso etwas Wodka in deinen Orangensaft gekippt, bevor wir losgegangen wären. Fixiere dich nicht so auf Pamela. Sie will nur ein paar Leute haben, mit denen sie abhängen kann. Sobald wir im Club sind, wird sie sowieso mit dem Kern der Gruppe beschäftigt sein und wir beide können dann unseren Spaß haben. Außerdem, wir sind in Vegas, Baby! Das wird ein unglaublich lustiges Wochenende und das weißt du."

Ich lächelte verlegen. Sie hatte recht. Sobald wir uns für die Clubs herausgeputzt und ich mich mit ein paar Drinks locker gemacht hatte, würde meine schlechte Laune schon verfliegen. Ich war in letzter Zeit so gestresst, dass ich nicht in den Modus kam, entspannen zu können. Ich arbeitete fünf Tage die Woche und trainierte jeden Abend. Aufgrund der neuen Show, die bald startete, hatte ich drei der letzten vier Tage im Büro meines Agenten verbracht, um die letzten Details auszuarbeiten. Wenn ich jetzt etwas nötig hatte, dann mit den Mädels zu feiern. *Ich hatte eine neue Rolle in einer Reality Show!* Die meisten Dreharbeiten würden zunächst abends stattfinden, deshalb wollte ich meine Stelle vorerst behalten. Aber ich konnte mir gut vorstellen, nach diesem Job voll durchzustarten, und das war sehr aufregend. Vielleicht konnte ich nach der Show eine Rolle in einer Sitcom oder so etwas in der Art finden.

Wir kamen zu unserem Zimmer und Jacqueline schloss die Tür auf. Mir klappte es buchstäblich die Kinnlade hinunter bei dieser unglaublichen Aussicht. Wir waren hoch oben im Turm und konnten auf den ganzen Vegas Strip hinuntersehen. Es war wunderschön. Die Lichter der Gebäude waren noch nicht an, da die Sonne noch ein paar Stunden am Himmel sein würde. Aber ich konnte mir bestens vorstellen, wie dieser Ausblick im Verlauf des Abends nur noch besser und besser werden konnte.

„Und, kannst du bei diesem Ausblick noch schlecht drauf sein?" fragte Jacqueline, während wir beide das großartige Panorama bestaunten. „In Vegas gibt es all diese Hotels mit ihren wunderschönen Ausblicken und spektakulären Pools, aber letzten Endes will ich eigentlich einfach nur in den Clubs feiern."

„Ich hätte kein Problem damit, das ganze Wochenende Margaritas am Pool zu schlürfen. Glaubst du, dass uns irgendjemand vermissen würde?", scherzte ich, wohlwissend, dass wir Pamelas Plänen fürs Wochenende nicht entkommen konnten.

„Vielleicht sollten wir einfach nochmal für ein Entspannungswochenende herkommen. Dafür wäre ich offen. Oder du kannst mit der neuen Show was in die Wege leiten? Ein lustiges Freundinnenwochenende, wo du mich mitnimmst."

„Sicher. Ich schau mal, ob es Pläne dafür gibt."

„Wir haben dreißig Minuten, um uns frisch zu machen und runter zu gehen", sagte Jacqueline auf den Plan schauend. „Niemals wird das reichen."

„So wie ich Pam kenne, sagt sie, wir sollen um fünf unten sein, sodass wir dann letzten Endes alle um sechs wirklich da sind."

Ich schnappte meinen Koffer und rollte ihn zum Bett, auf welchem ich all die zahlreichen mitgebrachten Klamotten auspacken wollte. Ich war schlecht im Reisen, wenn es ums Packen ging. Es war so schwer, im Voraus zu entscheiden, was ich tragen wollte. Deshalb nahm ich immer viel zu viele Sachen mit.

„Das blaue Kleid", sagte Jacqueline auf das leuchtend blaue figurbetonte Kleid deutend, das ich bereits zur Seite gelegt hatte.

„Nein, das ist zu kurz. Da hängt mein halber Arsch raus."

„Trink das und zieh das verdammte Ding an", befahl sie und drückte mir ihr zusammengemischtes Gebräu in die Hand.

Meine Lippen kräuselten sich und ich verzog das Gesicht, als ich an dem furchtbar sauren Drink nippte. Es war trotzdem irgendwie lecker und ich trank mit ein paar Schlucken aus. Das blaue Kleid würde ich in Los Angeles niemals tragen. Ich hatte es im Ausverkauf bei irgendeinem Laden ein paar Jahre zuvor gekauft. Immer wenn ich es anzog, konnte ich nur daran denken, wie kurz es war. Immer wenn es irgendwie angemessen gewesen wäre, entschied ich mich doch dagegen und ging mit etwas Legererem los. Aber es war Las Vegas und ich sollte loslassen und feiern. Also schlüpfte ich doch in das Kleid, wenn auch widerwillig.

„Ich weiß nicht. Ich kann mich so nicht entspannen. Ich werde die ganze Nacht an meinem Kleidersaum rumfummeln."

„Komm mal hier her", befahl mir Jacqueline. „Beweg dich mal. Ich glaube, das Kleid ist so eng, das geht nirgendwohin."

Ich rannte von der einen Seite des Raumes zur anderen. Ich wollte sichergehen, dass das Kleid dortblieb, wo es war. Es waren nur vier Zentimeter von meinem Hintern bis zum Saum. Aber wenn es den Abend über dortblieb, würde ich damit leben können.

„Einen Drink noch auf dem Weg." Ich lachte, während ich das Kleid ein wenig runterzog.

Jacqueline und ich machten unser Make-up und die Haare fertig. Dann nahmen wir beide noch einen Drink zum Entspannen, bevor wir runter zu den Mädels gingen. Es war natürlich sechs Uhr, als alle da waren. Aber sie sahen nicht so aus, als hätten sie lange auf uns gewartet.

„Wir werden heute Nacht eine Clubtour machen", sagte Pamela. „Bitte bleibt trotzdem zusammen. Ich möchte mir keine Sorgen darüber machen, wo ihr steckt, und ich möchte nicht, dass irgendjemandem irgendetwas Schlimmes passiert."

„Zusammenbleiben?" Ich flüsterte zu Jacqueline. „Das wird ätzend, oder?"

„Nein, nein, wir werden schon noch richtig abgehen. Mach dir keine Sorgen."

„Okay."

Meine Begeisterung nahm allmählich auch zu. Ich war nicht ansatzweise so besorgt wie vorhin, mit Pam und dem Rest der langweiligen Bürogruppe feiern gehen zu müssen. Vielleicht würden wir ja doch Spaß haben. Ich setzte ein Lächeln auf, schnappte mir Jacqueline und folgte den Mädels zur bereits wartenden Limo.

Die Limousine wurde vom Hotel gestellt und war mit Alkohol für unsere Nacht in der Stadt bestückt. Der Fahrer war jung und sehr attraktiv in seinem schwarzen Anzug. Seine langen braunen Haare waren zu einem Pferdeschwanz zurückgebunden. Er schenkte jeder von uns ein breites Lächeln, während er die Tür aufhielt und wir hineinkrabbelten.

„Also, der ist mal eine nette Überraschung", kicherte ich.

„Er wird den Abend über unser Fahrer sein", fügte Pam hinzu. „Wir werden heute in fünf verschiedene Clubs gehen. Morgen werden wir in eine andere Auswahl an Clubs gehen. Wird das nicht der Knaller?"

Zehn Clubs in zwei Tagen hörte sich nicht ansatzweise nach Spaß an. Mit zwei Clubs in zwei Tagen wäre ich gerade noch zurechtgekommen. Die Nacht ist normalerweise schon vorbei, bis man in den Club kommt, einen Tisch gefunden, Drinks bestellt und ein bisschen getanzt hat. Ich hatte absolut keine Ahnung, wie sich Pam und ihre Trauzeugin Margaret das vorstellten. Trotzdem gab es keinen Grund, ihre Pläne infrage zu stellen. Ich war inzwischen entspannt und bereit mich allem hinzugeben.

Der Fahrer machte laute Musik an und wir ließen die Fenster runter, während wir den Vegas Strip runterfuhren. Ein paar von den Damen lehnten sich aus dem Fenster und kreischten. Jacqueline, Rose und ich aber lehnten uns zurück, entspannten und lauschten einfach nur der Musik.

„Wo ist der erste Halt?", fragte ich Rose.

„Chateau, das soll ziemlich gut sein."

„Ja, ich habe schon davon gehört", sagte ich und nur ein paar Minuten später hielten wir vor dem ersten Club.

Unser hübscher Fahrer Stanley hielt die Tür auf. Er streckte uns sogar seine Hand hin, um uns aus der Limo zu helfen während wir auf unseren Stöckelschuhen das Gleichgewicht suchten. Neben der Hoteltür wartete bereits ein gut gekleideter Angestellter auf uns.

„Ms. Schneider?", fragte er Pamela.

„Ja."

„Wir sind bereit für sie", sagte der Mann und bat uns, ihm ins Hotel zu folgen.

Unsere Gruppe folgte ihm durch das Hotel, geradeaus zu auf die Front des extravaganten Restaurants. Er brachte uns nach hinten zu einem großen Tisch in einem abgegrenzten Raum. Die Tischdecke war das Beste vom Besten und das Silbergedeck wahrscheinlich Tausende von Dollar wert. Die Stühle waren groß und mit Leder bezogen. Noch bevor wir Platz nehmen konnten, waren bereits vier Kellner zur Stelle, die uns Wasser brachten und unsere Getränkebestellung aufnahmen.

„Ich dachte, wir könnten ein nettes Abendessen vertragen, bevor wir uns über die Stadt hermachen", sagte Margaret. „Pam, ich weiß, du wolltest, dass ich nicht so viel Geld ausgebe. Aber das hier ist das Beste in der Stadt."

Ich musste ihr zustimmen. Ich konnte mir kein schickeres Restaurant vorstellen. Es machte nicht den Anschein, als wäre an diesem Ort ein Haufen betrunkener Frauen erwünscht. Es war also eine gute Idee gewesen, vor dem Trinkgelage hierherzukommen.

Nun machte es für mich auch Sinn, warum wir so früh fertig sein mussten. Keiner der Clubs öffnete vor 21 Uhr. Zwei Stunden schienen etwas lang fürs Abendessen. Aber beim Servieren der Gänge wurde klar, dass unser Abendessen viel Zeit in Anspruch nehmen würde.

Wir genossen jeden einzelnen der köstlichen Gänge. Es gab keine Karte. Stattdessen aßen wir, was Margaret im Voraus bestellt hatte. Es gab eine herzhafte Vorspeise mit Rindfleisch, dann Salat, gefolgt von einem Geflügelgericht, dann eine Suppe und letztendlich ein verboten leckeres Dessert. Die Kellner ließen sich Zeit zwischen den Gängen und alles wurde mit einem passenden Wein serviert. Zum Ende des Abendessens war ich vollgestopft. Ich fühlte mich all den Mädels nun viel näher und war bereit, eine gute Zeit in den Clubs mit ihnen zu haben.

„Sind die Damen soweit, zu ihrem VIP-Tisch im Club Chateau umzuziehen?", fragte der pfiffig gekleidete Mann von vorher, der im Türrahmen wartete.

„Ja, das sind wir." Ich stand auf und schloss mich ihm an.

„Nun dann, auf ins Vergnügen, meine Damen", verkündete Pam.

„Danke fürs Essen, Margaret", sagten ein paar der Ladys.

„Ja, danke dir! Das war eine tolle Überraschung", fügte ich hinzu. „Und so unglaublich lecker. Ich werde die ganze Nacht an das Essen denken müssen."

Unsere Gruppe folgte dem elegant gekleideten Hotelangestellten durch das Casino zum Club im zweiten Stock. Wir liefen an der Schlange vorbei direkt hinein. Dort wartete auf uns ein großer VIP-Tisch, prall gefüllt mit Alkohol und Mischgetränken. Wenn das so weiterging, könnte es tatsächlich ein genialer Abend mit Pam und ihrem Junggesellinnenabschied werden.

„Verdammt, das muss ein Vermögen gekostet haben", sagte ich zu Jacqueline.

„Ich glaube Pams Familie hat das meiste bezahlt. Ich bin trotzdem bereit, einen Drauf zu machen. Du auch?"

„Verdammt, ja das bin ich!"

Der Plan, noch in weitere Clubs zu gehen, ging nicht auf. Es gefiel allen viel zu sehr im Chateau. Wir überredeten Pam und Margaret, den Rest der Nacht hier zu verbringen. Es würde wahrscheinlich einen Haufen Kohle sparen und wir genossen es dort richtig. Der Spaß würde also kaum zu kurz kommen.

Unser Platz war in der Mitte einer langen Reihe von Nischen, aber jede davon war mit einer kleinen Wand abgegrenzt, damit die Gruppen unter sich sein konnten. Wir hatten einen perfekten Blick zur Tanzfläche. Dennoch trennte ein rotes Seil uns von den anderen, sodass sie nicht hier hochkommen konnten. Jede von uns hatte ein pinkes Armband mit der Nummer unseres VIP-Tisches darauf. Die Türsteher kontrollierten es rigoros jedes Mal, wenn wir gingen und zurück zu unserem Tisch kamen.

„Lass uns nochmal tanzen gehen", schrie ich zu Jacqueline.

Zu diesem Zeitpunkt hatte ich bereits einen Mordsspaß. Freigetränke und ein VIP-Tisch hatten die Neigung, jeden Abend lustig zu machen. Und dann noch das Essen mit den Mädels, das geholfen hatte, uns zu entspannen und uns besser kennenzulernen.

„Ja!", antwortete sie.

„Ich komm mit", sagte Rose. Wir tranken alle die Drinks in unseren Händen aus und machten uns auf zur Tanzfläche.

Ich war kurz hinter den anderen zwei Mädels und beeilte mich zu ihnen aufzuschließen, aber als ich das rote Seil passierte, rannte ich direkt in ein großes, massives Bild von einem Mann. Er war deutlich über 1,80 Meter, hatte blondes Haar und ein schlichtes blaues T-Shirt an. Meine Augen schauten erst zu seiner harten, muskulösen Brust, bevor ich zu seinem Gesicht hochblickte.

„Hey, ich kenn dich", schrie ich, während er zu mir herunter lächelte.

„Ich kenn dich auch", antwortete er.

„Du bist Missys Bruder. Wie war nochmal dein Name?" Ich kannte seinen Namen. Na gut, unter anderen Umständen wäre er mir eingefallen. Aber an diesem Abend hatte ich viel getrunken, deshalb war ich mit meiner Erinnerung nicht ganz so schnell, wie ich es hätte sein sollen.

„Cody", sagte er sich näher an mein Ohr lehnend, sodass ich ihn besser hören konnte.

Sein Atem traf meinen Nacken und löste ein angenehmes Beben in meinem Körper aus. Sanft berührte er meinen Arm und lehnte sich lächelnd zurück, während er gleichzeitig so aussah, als würde er mich küssen wollen. Codys Augen schnellten zu meinem Kleid, dann hinunter zu meinen Schuhen, bevor sich unsere Blicke wieder trafen. Das in seinem Gesicht funkelnde Verlangen war neu. Wir hatten uns lange nicht mehr gesehen. Das letzte Mal bei Missys Hochzeit. Und selbst in jener Nacht hatten wir nicht viel miteinander gesprochen, da er in Begleitung einer hübschen Blondine gewesen war. Vor ihrer Hochzeit hatte ich Cody nur bei unserer Abschlussfeier gesehen und auch dort hatte er eine schöne Blondine am Arm gehabt.

„Wusste ich's doch." Ich lachte nervös. „Natürlich. Tut mir leid. Ich bin betrunken. Ich bin hier mit einem Junggesellinnenabschied." Ich zeigte auf den VIP-Tisch, von dem ich gerade kam.

„Sieht sehr danach aus, als würdet ihr euch gerade prächtig

amüsieren."

„Das tue ich", schrie ich. „Du solltest mit mir tanzen gehen."

Cody schaute zu seinen zwei Freunden und gab ihnen eine Art wissenden Blick, bevor er meine Hand griff und mich auf die Tanzfläche zog. Ich hatte noch nie zuvor seine Hand gehalten. Dies fiel mir auf, als er meine Hand eng umschloss, während er mich neben sich hielt auf unserem Weg durch die Menge. Tatsächlich konnte ich mich nicht daran erinnern, je mit ihm alleine gewesen zu sein. Nicht, dass wir hier mitten im Club alleine gewesen wären. Es war aber dennoch eine andere Stimmung, als wenn er Missy und mich früher besucht hatte.

„Du siehst sehr erwachsen aus", sagte er, nachdem wir endlich einen Platz auf der Tanzfläche gefunden hatten. „Ich kann mich nicht daran erinnern, dass du so eine Granate gewesen wärst."

„Du hast mich also früher hässlich gefunden?", zog ich ihn auf.

„Nein, das meinte ich nicht." Er umschloss meine Hüfte mit seinen Händen, zog mich näher zu sich heran und lehnte sich wieder zu meinem Ohr vor. Es war die einzige Möglichkeit, in diesem Club zu kommunizieren: so nah am Ohr des anderen zu sein, dass er dich hören konnte. Aber es war eine sehr intime Art mit einem Mann zu reden, dem ich noch nie so nahe gewesen war. „Ich wollte nur sagen, dass du atemberaubend bist."

„Danke!" Ich lächelte. „Du siehst auch nicht mehr so sehr wie der Vollidiot aus, der du mal warst."

„Ich fasse das mal als Kompliment auf?"

„So in etwa." Ich konnte ihn nicht anschauen, obwohl ich ihn ärgerte. Allein die Art, wie er mich musterte, machte mich nervös.

Cody Gleason war ein großer blonder, blauäugiger Traumtyp. Nicht die Art von Männern, die ich normalerweise interessierte.

Mein Typ Mann war eher der braunhaarige Nerd, den ich um den Finger wickeln konnte. Ich ging gern mit Kerlen aus, die dachten, ich wäre nicht ihre Liga. Das machte die Sache einfacher, da ich dann das Sagen hatte. Normalerweise, wenn mich ein Typ wie Cody zum Tanzen gefragt hätte, hätte ich ihn automatisch als Player abgestempelt und abblitzen lassen.

Aber ich kannte Cody, zumindest ein bisschen von früher. Welche Gefahr konnte schon von ein wenig Tanzen und Flirten mit dem Bruder meiner besten Freundin ausgehen?

Kapitel 3

Cody

Von der Mauerblümchenstudentin zur ausgereiften Schönheit. Genau das war mit Alexis Livingston geschehen. Sie war schon immer ein süßes Mädchen gewesen. Ich erinnerte mich, sie früher öfter gesehen zu haben, als Missy an der UCLA begonnen hatte. Sie war die beste Freundin meiner Schwester gewesen.

Vielleicht war es wegen des Kleids? Oder eventuell war es ihre verführerische Stimme, als sie mich anrempelte. Was auch immer der Grund war, ich würde definitiv mit diesem Mädchen tanzen gehen. Sie war betrunken. Keinesfalls konnte ich weggehen und sie irgendeinem Typen überlassen.

Das Kleid hatte eine kräftige blaue Farbe und schmiegte sich den Rundungen ihres Körpers perfekt an, als hätte es ihr jemand direkt auf den Körper genäht. Es zeigte tatsächlich gar nicht so viel Haut im Vergleich zu anderen Kleidern, die ich an diesem Abend im Club gesehen hatte. Manchmal war es eben aufregender, noch etwas für die Fantasie übrig zu lassen.

Ihr Haar war offen und leicht gelockt. Sie warf es über die Schulter, während wir miteinander tanzten. Es war so lang, dass ich die Enden davon in meinen Händen spüren konnte, die auf ihrer Hüfte lagen. Sie sah auf jeden Fall etwas beschwipst aus. Ihre Wangen waren gerötet und ihre Augen waren etwas glasig. Dennoch hatte sie noch die volle Kontrolle über sich selbst.

„Wo wohnst du?", fragte Alexis.

„Chicago. Und du?"

„Los Angeles. Ich habe dort gerade eine Rolle in einer neuen Fernsehshow bekommen."

„Wirklich? Wow, das ist ja klasse. Ich kann's kaum erwarten, dich im Fernsehen zu sehen."

„Warum? Du hast mich doch hier", sagte sie, ohne zu bemerken, wie sehr sie mich mit dieser Aussage anmachte.

Es stimmte. Ich hatte sie direkt vor mir. Ihr Körper war an meinen gepresst und ich fühlte jede Kurve ihrer zierlichen Figur.

„Ja, ich hab dich", antwortete ich und zog sie dichter heran.

„Du bist wunderschön."

„Dankeschön." Ich konnte mir das Lachen nicht verkneifen. „Ich finde, du bist selber auch ziemlich sexy."

„Nein, ich doch nicht!"

Es gab nichts an der Tatsache zu rütteln, dass Alexis ein Geschoss war. Jeder Mann in diesem Club wäre dafür gestorben, mit ihr zu tanzen. In den drei Minuten, die wir auf der Tanzfläche waren, hatte ich eine Menge Typen beobachtet, die sie auscheckten. Wenn ich nicht mit ihr hier gewesen wäre, hätte zweifelsohne sonst jemand versucht, sie anzuquatschen.

Mit der übersteuerten Musik war es fast unmöglich, sich zu unterhalten. So sehr ich es auch genoss, mich hinunter zu beugen und ihrem Nacken näher zu kommen, dies war keine sonderlich förderliche Umgebung für ein Gespräch. Stattdessen genossen wir zwei die Musik und die Stimmung im Club, während wir tanzten.

Ein paar ihrer Freundinnen gesellten sich zu uns. Sie konnten nicht aufhören zu lachen und beobachteten uns neugierig. Ich hatte keine Ahnung, wo Todd und Henry steckten, aber ich war froh darüber, dass sie nicht auf der Tanzfläche waren. Henry war überhaupt nicht der Typ fürs Tanzen. Todd war verheiratet und seiner Frau gegenüber fast schon übertrieben treu. Ich wusste, er würde jede Aufforderung zum Tanzen ausschlagen, von welcher Frau auch immer.

Alexis fühlte sich sehr vertraut an. Ich konnte mich nicht daran erinnern, ihr je physisch so nahe gekommen zu sein. Jedoch war es seltsam, wie wohl ich mich dabei fühlte, sie in meinen Armen zu halten. Außerdem lächelte sie und war unbeschwert. Das war schön anzusehen. Ab und zu blickte sie hoch zu mir und bemerkte, dass ich sie beobachtete. Dann schaute sie schnell rüber zu ihren Freundinnen oder in die Ferne.

„Also, eine von diesen Mädels heiratet?", fragte ich und deutete auf die zwei Frauen, die vor uns tanzten.

„Nein, eine Kollegin von der Arbeit. Da drüben in der Ecke." Sie zeigte zu einer VIP-Ecke, in der fünf Frauen saßen und miteinander lachten. „Pam, sie ist nicht wirklich eine enge Freundin. Tatsächlich sollte eigentlich Missy mit mir mitkommen. Aber sie hat abgesagt, um zuhause mit ihrem langweiligen Ehemann zu bleiben."

„Ha, ja, das hört sich sehr nach ihr an."

„Warum bist du hier?"

„Wir wollten ein paar Mädels aufreißen", scherzte ich. „Mein Freund Henry hat gehört, dass es hier süße Mädels gibt, und wie es scheint, hatte er recht."

„Nein, ich meinte, warum du in Vegas bist", fragte sie.

„Wegen einem Kampf."

„Was?"

„Ein Kampf."

Sie schaute mich mit einem verwirrten Blick an. Mir wurde klar, dass wir unter diesen Umständen nie eine anständige Konversation führen würden. Die Musik war zu laut, es waren eine

Menge Leute um uns herum und sie war wahrscheinlich zu betrunken, um sich danach überhaupt daran zu erinnern, was ich gesagt hatte.

Ich lehnte mich nah an ihr Ohr und spürte die Anspannung ihres Körpers mit der Vorahnung dessen, was ich sagen würde. Sie roch so gut. Eine Mischung aus Kokosnuss und Blumen. Wenn es angemessen gewesen wäre, hätte ich ihr mitten im Club ihren herrlichen Nacken geküsst.

„Speicher mir deine Nummer ein und ich schreib dir", sagte ich so gefühlvoll, wie es bei diesem Krach eben möglich war.

Ich reichte ihr mein Handy und sie tat, worum ich gebeten hatte. Nachdem sie ihre Nummer eingespeichert hatte, rief sie sich selber an. So hatte sie nun auch meine Nummer. Alexis war beschwipst vom Alkohol, aber nicht zu betrunken, um zu riskieren, dass sie mich nicht anrufen konnte. Das war ein gutes Zeichen.

„Wo übernachtest du?", fragte sie und gab mir mein Handy zurück.

„Das neue Hotel die Straße runter. Das Arisa."

„Da übernachten wir auch!" Ihre Augen wurden groß und sie warf ihre Hände in die Luft, als wäre es ein unglaublicher Zufall.

Es war das neuste und angesagteste Hotel in der Umgebung. Aber es war auch der Austragungsort des Boxkampfes, zu dem die Jungs und ich gingen. Für mich war es keine große Sache. Aber es war lustig zu sehen, wie sehr sich Alexis darüber freute, dass wir im selben Hotel waren.

„Na, das trifft sich."

„Du solltest mal bei mir im Zimmer vorbeischauen. Es hat einen unglaublichen Ausblick", sagte Alexis und gab mir eine dicke Umarmung.

„Oh, sehr gerne!"

„Dann auf geht's." Sie nahm mich und zog mich von der Tanzfläche.

„Ich glaube, ich sollte dich heute Nacht besser bei deinen Freundinnen lassen. Ich würde trotzdem sehr gerne mal dein Zimmer sehen. Vielleicht ein anderes Mal."

„Oh, oder dein Zimmer. Du hast sicherlich auch ein schönes Zimmer", sagte sie und wich zurück. Sie schaute mir in die Augen und war sich des sexuellen Untertons offenbar nicht bewusst, den es mit sich brachte, wenn man jemanden in sein Hotelzimmer einlud.

„Ich habe tatsächlich ein sehr schönes Zimmer."

„Okay, wir können auch in dein Zimmer gehen", antwortete sie. Als würde es einen Unterschied machen, wenn wir in mein Zimmer anstatt in ihres gingen.

„Du bist so bezaubernd, aber lass uns doch morgen nochmal quatschen."

„Okay, aber ich finde, du solltest mich in dein Zimmer mitnehmen und es mir zeigen. Ich würde es echt gerne sehen. Ich glaube, das könnte echt schön werden", sagte sie und wiegte spielerisch ihre Hüfte hin und her.

Sie wusste schon, was sie da tat. Allein die sexuelle Anspielung mit dem Zimmer zeigte deutlich, worauf sie abzielte. Aber Alexis war nicht irgendein x-beliebiges Mädchen. Sie war die Freundin meiner Schwester und ich kannte sie schon seit Jahren. So sehr ich sie auch gerade in irgendein Hotelzimmer bringen wollen würde, war das nicht gerade die schlauste Idee. Wir würden eine tolle Zeit miteinander haben, daran gab es keinen Zweifel. Aber am Morgen danach würde sie wieder die Freundin meiner Schwester sein und ich der Idiot, der sie ausgenutzt hatte. Nein, in solche Sachen wollte ich mich nicht verstricken. Egal wie scharf sie mich machte.

„Ich werd dir eine Nachricht schreiben." Ich zog mein Handy

am Rand der Tanzfläche aus der Hosentasche.

„Okay, aber ich werde dieses Wochenende ziemlich beschäftigt sein. Könnte gut sein, dass ich die nächsten Nächte keine Zeit habe, mit dir was zu machen."

„Das werde ich riskieren", sagte ich und gab ihr einen sanften Kuss auf die Wange. „Und jetzt lass mich dich zu deinen Freundinnen zurückbringen."

„Du bist echt ein süßer Typ. Mann, ich kann kaum glauben, dass mir das nicht früher aufgefallen ist."

„Vielleicht war ich nicht immer so ein süßer Typ", sagte ich ganz ehrlich.

Hätte ich Alexis nicht gekannt, hätte ich ihr Angebot nicht ausgeschlagen. Klar, wenn ein Mädel zu betrunken ist, um eine Entscheidung zu treffen, würde ich ablehnen und sie nach Hause bringen. Aber Alexis wusste noch genau, was sie tat. Sie war angetrunken, aber wollte mich wirklich in ihrem Bett. Es war hart, das auszuschlagen.

Stattdessen ging ich mit ihr zu ihrem Tisch und stellte sicher, dass ihre Freundinnen dort waren, um sie nach Hause zu bringen.

„Hi, ich bin Jacqueline", sagte die Brünette, die mit uns auf der Tanzfläche gewesen war. „Ich pass ab jetzt auf sie auf."

„Schau, dass sie morgen mal auf ihr Handy guckt."

„Das werde ich. Mach's gut."

„Du auch", sagte ich und schüttelte ihre Hand, als würde ich ein Geschäft mit ihr abschließen.

„Oh mein Gott, Alexis! Wer zur Hölle war das denn?", hörte ich Jacqueline sagen, als ich wegging. „Der sieht aus wie ein Filmstar."

Ich lächelte über die Bemerkung, ich sähe aus wie ein

Filmstar. Wenn irgendjemand so aussah, dann war es doch wohl Alexis. Sie müsste berühmt sein. Was auch immer ihre neue Fernsehshow war, ich wusste genau, warum sie sie angeheuert hatten. Sie war eine umwerfende, atemberaubende, einschüchternde Schönheit.

Nachdem ich erfolglos nach Todd und Henry gesucht hatte, schrieb ich den beiden letzten Endes eine Nachricht und ging zurück auf mein Zimmer. Sosehr ich auch die ganze Nacht draußen Party machen wollte, es war bereits zwei Uhr morgens und ich war müde. Ich wollte einfach nur schlafen, um fit für den morgigen Kampf zu sein.

***

„Danke, dass du uns gestern sitzen lassen hast", sagte Henry, nachdem er fünf Minuten lang an meiner Tür geklopft hatte, bis ich endlich aufgestanden war und ihm aufgemacht hatte.

„Es war spät. Ich dachte, ihr zwei wärt schon längst gegangen."

„Wer war die heiße Rothaarige? Du hättest mich wenigstens mit ihren Freundinnen verkuppeln können. Dann hätten wir zwei zusammen Todd sitzen lassen können."

„Was habt ihr zwei denn gemacht?"

„Todd hat um Mitternacht schlappgemacht. Ich hab ein paar jungen Dingern einen ausgegeben und bin mit einer auf ihr Zimmer."

„Hört sich nicht gerade nach einem schlechten Abend an?", lachte ich.

Er wurde flachgelegt und versuchte sich darüber zu

beschweren, dass ich ihn im Stich gelassen hatte. Das passte nicht so ganz zusammen.

Henry hatte es einfacher als die meisten Männer mit den Frauen. Er musste sich noch nicht einmal bemühen. Meistens hingen wir nur irgendwo rum und die Frauen gaben ihm einfach so ihre Handynummer oder auch gleich den Zimmerschlüssel. Selbst ich musste mich mehr anstrengen, wenn ich eine Dame mit nach Hause nehmen wollte. Da war wohl etwas an seinem kernigen Aussehen, das die Frauen unglaublich anmachte. Es ließ sie Dinge tun, die sie normalerweise nicht tun würden. Zugegebenermaßen waren die meisten von Henrys Frauen nur One-Night-Stands. Vielleicht war es das, was sie in ihm sahen? Ich bin mir sicher, es machte ihm jedenfalls nichts aus.

„Lass uns essen gehen. Ich bin am Verhungern."

„Ja, das glaub ich dir nach der Nacht, die du hattest."

„Du hast dieses heiße Teil echt nicht mit auf dein Zimmer genommen?" Henry schaute sich in meinem Hotelzimmer um, als hätte ich Alexis irgendwo versteckt.

„Nein, ich hab sie zurück zu ihren Freundinnen gebracht, dass sie sich um sie kümmern. Sie ist eigentlich eine Freundin von meiner kleinen Schwester Missy."

„Verdammt, deine Schwester hängt mit solchen Frauen ab? Mist, ich wünschte, ich hätte eine Schwester."

„Nein, du würdest jede Freundschaft ruinieren, die deine Schwester je hatte."

„Das stimmt. Also, können wir jetzt essen? Ich bin immer noch hungrig", sagte Henry und schnappte sich ein paar Erdnüsse aus meiner Minibar.

„Ja, ich ruf mal Todd an."

„Der schläft bestimmt noch. Lass uns einfach essen gehen."

„Alter!" Ich rollte mit den Augen über seine kindische Abneigung gegenüber Todd.

Nachdem ich Todd und Henry runter zum Frühstück gebracht hatte, genossen wir ein ziemlich episches Buffet. Es gab sogar Prime Rib zum Frühstück. Etwas, was ich normalerweise nicht unbedingt esse, aber in Vegas kann man das ja mal machen.

Als wir den Frühstückssaal verließen, sah ich eine kichernde Frauengruppe. Ich erwischte mich dabei, in der Gruppe nach Alexis zu suchen. Aber sie war nicht dabei. Auf die Nachricht, die ich ihr letzte Nacht gesendet hatte, hatte sie immer noch nicht zurückgeschrieben. Es war mittlerweile Mittag. Sicherlich schliefen sie und ihre Freundinnen noch. Sie schienen letzte Nacht eine verdammt gute Party gehabt zu haben.

„Wie wär's mit ein bisschen Poker?", fragte Henry. „Ich hab gehört, das Bellagio hat ein paar Räume für extra hohe Einsätze."

„Ich darf kein Poker spielen", sagte Todd, ohne darüber nachzudenken, was er da sagte.

„Du darfst nicht?" Ich konnte mir das Lachen nicht verkneifen. „Todd, du bist ein Millionär mit eigener Firma. Du bist ein erwachsener Mann. Du kannst tun und lassen, was du willst."

„So meinte ich es auch nicht. Ich bin verheiratet und habe Respekt gegenüber den Wünschen meiner Frau. Das letzte Mal, als ich Poker gespielt hab, habe ich sehr viel Geld verloren."

„Wow, du bist das Paradebeispiel dafür, warum Männer nicht heiraten sollten", schnauzte Henry, während er ein paar süßen Mädels hinterherschaute, die an uns vorbeiliefen.

„Er hat Recht, Todd. Komm schon. Ich kann verstehen, dass du respektvoll gegenüber deiner Frau sein willst, aber Alter, wir gehen ja nicht in einen Stripclub. Wir reden hier nur über Poker. Setz dir ein Limit und lass uns Spaß haben", sagte ich.

Ich wollte auch keinen Haufen Geld in Vegas lassen. Aber ein

Nachmittag pokern vor dem Kampf hörte sich für mich nach einer guten Zeit an. Viel besser, als am Pool zu sitzen und sich wie ein Stück Speck in der vierzig Grad heißen Sonne braten zu lassen.

Todd stimmte dann auch widerwillig zu, mit Henry und mir Poker spielen zu gehen. Er hob zweitausend Dollar von seinem Konto ab und erklärte das zu seinem Limit für den Nachmittag. Henry und ich setzten uns keine solchen Grenzen für unser Spiel.

Ich liebte Poker. Es war die Herausforderung, die Gesichter der anderen Spieler zu lesen und das Beste aus meiner Hand sowie jener der anderen zu machen. Wir drei saßen an unterschiedlichen Tischen, um unsere Chancen zu erhöhen.

Ich hatte einen großartigen Platz. Mein Tisch war voll mit jungen Typen, die viel zu übermütig waren, um mit so hohen Einsätzen zu spielen. Sie waren schlecht im Bluffen. Oft trieben sie den Einsatz so hoch, dass sie mit schlechten Karten weiterspielten, die ich dann schlug. Ich spielte durch, bis ich bemerkte, dass Henry und Todd an ihren Tischen aufgegeben hatten. Dann stieg ich aus und verabschiedete mich.

„Todd hat gerade sein Haus verloren", lachte Henry.

„Was? Ich hab gedacht, du hast nur zweitausend Dollar mitgenommen?"

„Ich hab anschreiben lassen. Meine Frau bringt mich um, wenn ich nach Hause komme." Todd war am Boden zerstört über seine Niederlage.

„Wie viel hast du verloren?", fragte ich besorgt, weil ich ihn da reingezogen hatte.

„Fünfundzwanzigtausend."

„Ha, ich glaube du bist schlechter im Poker, als wir uns das vorgestellt hatten", lachte Henry.

„Ach, leck mich doch! Ich hab dir gesagt, dass ich nicht

spielen will. So eine Scheiße!", schrie Todd und schubste Henry.

„Kommt mal runter, Jungs. Hier, nimm das, Todd." Ich gab ihm fünfundzwanzig 1.000-Dollar-Chips. „Zahl deine Rechnung", sagte ich und bemerkte einen großen Mann in schwarzem Anzug, der uns aus dem Pokersaal gefolgt war. „Ich schätze mal, deshalb folgt uns dieser Typ da?"

„Ja, vermutlich. Du gibst mir einfach so fünfundzwanzigtausend Dollar? Alter, das ist nicht nötig. Ich kann das auch zahlen. Ich hab genug Geld. Ich will's nur nicht Felicia erzählen müssen."

„Das ist mein Geschenk an dich. Du kannst dich dafür revanchieren, wenn ich mal wieder Hilfe bei einer Finanzdarstellung bei einer Präsentation brauche." Ich zuckte mit den Schultern und lächelte ihn an. Ich bin immer noch der Meinung, ich hätte den Kredit bekommen, wenn er bei der Bank dabei gewesen wäre.

„Hört sich nach einem Deal an." Todd nahm mich und gab mir eine Umarmung. „Danke, dass du meinen Arsch rettest, Mann."

„Kein Problem, ich hab immer noch fünfundsiebzig von denen in meiner Hosentasche", lachte ich und ließ die Chips klimpern.

„Alter! Was zur Hölle? So viel hast du den Jungs in nur drei Stunden aus der Tasche gezogen?", fragte Henry. Er und Todd schauten mich schockiert an.

„Totale Pfeifen. Die schmeißen ihr Geld weg, als wäre es aus der Mode gekommen", scherzte ich.

„Die Drinks gehen definitiv auf dich heute Nacht. Sollen wir uns nach dem Kampf mal diesen neuen Club anschauen, das VooDoo? Wir könnten eine von den abgefahrenen VIP-Ecken mieten und Mädels abschleppen, die auf dein Geld scharf sind", sagte Henry, ohne eine Miene zu verziehen. Er meinte das todernst.

„Tatsächlich kenne ich da eine Gruppe Mädels, die Junggesellinnenabschied feiern. Ich könnte sie einladen", bot ich an.

„Ja, mach das! Ist da die Rothaarige dabei, die du im Visier hattest? Du solltest sie auf jeden Fall einladen."

„Die gehört mir. Finger weg."

„Und was soll ich machen, während ihr zwei Mädels aufreißt?", fragte Todd, als wüsste er nicht, was er sonst mit sich anstellen sollte.

„Eine der Frauen ist die werdende Braut. Du kannst mit ihr abhängen. Da sie heiraten wird, will sie sich bestimmt auch benehmen", bot ich ihm an.

„Oder sie will ein letztes Mal eine Affäre haben und wird sich nackt auf dich werfen", witzelte Henry.

Als wir es zu unseren Plätzen in der Arena geschafft hatten, waren es nur noch 15 Minuten bis zum Beginn des Kampfes. Es war nicht unser Plan gewesen, so knapp da zu sein, aber die Sicherheitskontrollen waren sehr streng. Es durfte nichts außer einem Geldbeutel oder einer kleinen Handtasche mitgenommen werden. Für uns war das kein Problem, aber hunderte andere Leute hatten offensichtlich nicht die Regeln auf ihrem Ticket gelesen. Wir durften auch unsere Handys mitnehmen. Ich schickte eine schnelle Nachricht an Alexis, um ihr zu sagen, wo wir heute Abend hingingen und um ihre Mädels einzuladen.

Eigentlich war ich ja kein Angeber, der sich in Clubs aufspielte. Es war nicht so, als hätte ich nicht das Geld dazu. Aber ich war nicht der Typ dafür, so mein Geld zu verschwenden. Normalerweise sah ich Geld als etwas, das mein Leben einfacher machte und meine Geschäfte aufbaute. Deshalb war es nicht mein Ding, es für Drinks und Partys rauszuschmeißen.

Der Moderator begann gerade die Stimmung anzuheizen, als wir uns hinsetzten. Bei einem Boxkampf verbrachten sie immer eine Menge Zeit damit, das Event zur Show aufzubauschen. Es brauchte fast eine Dreiviertelstunde, bis beide Boxer im Ring waren, und dann nochmal eine Viertelstunde für Werbung und anderen Kram, bis der Kampf dann wirklich losging.

Zwei Männer sich für Geld verprügeln zu sehen, war schon irgendwie unterhaltsam. Es war interessanter, als ich es erwartet hatte. Wir waren nicht gerade extrem nah dran. Aber es waren nur 30 Meter von uns bis zu dem blutigen Durcheinander im Ring. Es war schwer, sich nicht mitreißen zu lassen und für einen der beiden Kämpfer zu fiebern.

Ende der vierten Runde neigte sich der Kampf dem Ende zu. Eddy the Beast übernahm das Zepter im Ring und sein Gegner Mike Stamper konnte sich kaum noch auf den Beinen halten. Dann streckte Eddy seinen Kontrahenten mit einer krachenden Geraden zu Boden. Stamper versuchte sich aufzurichten, hob seinen Körper kurz an und fiel dann mit dem Gesicht voraus zu Boden. Und damit war das Event des Jahres zu Ende.

„Guter Kampf", sagte Todd, während er mit Henry und mir jubelte und klatschte.

Aus Henrys Gesicht konnte ich weniger Begeisterung über die Veranstaltung ablesen. Es war schon ein guter Kampf gewesen. Da wir extra nach Vegas dafür gefahren waren, hätte ich mir dennoch einen längeren Kampf über den ganzen Abend erhofft. Bereits um 19 Uhr zusammenzupacken war etwas enttäuschend. Immerhin konnten wir so gleich zum Club gehen und nach den Mädels schauen.

„Die werden wahrscheinlich so kurzfristig keinen VIP-Tisch mehr haben", sagte ich zu den Jungs, nachdem wir es endlich rausgeschafft hatten und uns zu den Taxis aufmachten.

„Oh nein, aus der Nummer kommst du nicht mehr so schnell raus. Wenn wir dort sind, werde ich den Manager suchen und das klarmachen. Du hast versprochen, für die Nacht zu zahlen, und ich werde sicherstellen, dass es auch passiert."

„Von mir aus."

Leider mussten wir vor dem Club anstehen. Henry zog los, um den Manager zu finden und die Sache für uns zu regeln. Ich gab ihm ein paar tausend Dollar von meinem Gewinn und wartete in der Schlange mit Todd.

Während wir so dastanden sah ich, wie Alexis und ihre Freundinnen vom Hotelpersonal an der Schlange vorbeigeführt wurden. Ich rief nach ihr, aber es war zu laut, als dass sie mich gehört hätte. Als ich ihr schreiben wollte, sah ich ihre Antwort auf meine vorherige Nachricht.

„Treffen uns dort um zehn", hatte sie mit einem Kusssmiley geantwortet.

„Schön", sagte ich, während ich die Nachricht las. „Wir werden Spaß haben heute Nacht. Du bleibst, so lang du willst, Todd. Aber schreib mir, wenn du zurück zum Hotel gehst."

„Lass mich bitte nicht mit irgendeiner von diesen Mädels schlafen", sagte er mit Angst in seinen Augen.

„Alter, das würdest du nie tun. Ich kenne dich."

„Doch, ich könnte es. Ich könnte einen Ausrutscher haben. Da sind so viele schöne Frauen hier. Ich möchte es nicht vermasseln. Versprich mir, mich nichts Dummes tun zu lassen."

„Todd, das ist nicht wie beim Spielen. Man steigt nicht aus Versehen mit einer Frau ins Bett. Bleib am Tisch, unterhalte dich und geh zurück ins Hotel, wenn du keine Lust mehr hast. Abgemacht?"

„Abgemacht!", sagte Todd und wir schauten auf die lange Schlange vor uns. „Wenn wir hier überhaupt noch reinkommen."

Kapitel 4

Alexis

„Er sagt, er will uns im VooDoo treffen und wird einen VIP-Tisch reservieren."

„Alexis, Pam und Margret haben doch schon einen Tisch. Sag ihm, er soll einfach kommen und bei uns sitzen. Den Mädels wird das sicher nichts ausmachen."

„Ich werd ihm einfach sagen, dass wir uns dort treffen. Wer weiß, vielleicht verarschen die uns ja nur oder so? Kannst du trotzdem mit Margaret und Pam reden und klarmachen, dass wir ins VooDoo gehen? Ich weiß nicht, welcher Club heute auf dem Plan steht."

Jacqueline lächelte und wartete, ob ich noch etwas sagen würde. Sie verdrehte den Kopf ein bisschen und schaute mich von der Seite an. „So, du stehst also auf den Typen, oder?"

„Er ist ein Freund. Ein Freund, den ich schon lange kenne. Mehr ist da gerade nicht. Aber er ist schon ziemlich attraktiv, oder?"

„Ja, das ist er."

„Und er war so süß letzte Nacht. Ich habe ihn praktisch angefleht, mit ihm aufs Zimmer gehen zu dürfen. Stattdessen hat er dafür gesorgt, dass ich mit dir zurückgehe, weil ich betrunken war. Das war schon echt süß, oder?"

„Ja, das war es", sagte Jacqueline. Sie schaute mich immer noch lächelnd an, als würde sie etwas wissen, was ich nicht wusste. „Er hat dich angesehen, als würde er jeden Zentimeter deines

Körpers ablecken wollen. Ich war echt krass überrascht, dass er dich nicht mit aufs Zimmer genommen hat. So betrunken warst du ja nun auch wieder nicht."

„Ich weiß, stimmt's? Aber es war trotzdem super süß. Nur, dass du es weißt: Wenn ich ihn heute Nacht nochmal sehe, geh ich mit auf sein Zimmer. Ich konnte letzte Nacht nicht schlafen, weil ich die ganze Zeit an seine Hände auf meinem Körper denken musste."

Jacqueline und ich machten unsere Haare und unser Make-up fertig, bevor wir wieder mit den Mädels in die Clubs zogen. Ich war in einer deutlich besseren Stimmung, als ich es letzte Nacht gewesen war. Der Junggesellinnenabschied schien doch noch lustig zu werden.

Ich wollte nicht wieder so ein enges Kleid wie letzte Nacht tragen. Diesmal würde ich ein silbern glitzerndes Teil anziehen. Es hatte einen BH eingenäht und war trägerlos mit einem wallenden Rock. Es war oberschenkellang und deutlich komfortabler zum Ausgehen. Ich musste mir keine Sorgen mehr darüber machen, dass man meinen Hintern sehen konnte.

„Du siehst wie so ein Partygirl aus, das immer auf den Podesten tanzt", sagte Jacqueline, als ich aus dem Bad mit meinem Kleid kam.

„Ist das schlimm?"

„Nein, Mädel! Du siehst heiß aus! Cody wir dich vernaschen heute Nacht."

„Ich hoffe es", lachte ich.

One-Night-Stands waren nicht so mein Ding. Alle meine Freunde würden bezeugen, dass ich nicht mit Typen beim ersten Date schlief. Und da ich mich selten auf ein zweites oder drittes Date einließ, konnte ich es kaum erwarten, nackte Tatsachen mit Cody zu machen. Er war ein Freund von mir. Es konnte also gar nicht so komisch werden, wenn wir uns dazu entschieden, Spaß miteinander in Vegas zu haben und nie wieder darüber zu reden. Außerdem wohnte er in Chicago. Ich würde ihm also nicht allzu schnell wieder begegnen.

Ich hatte mich entschlossen. Ich würde mich von Cody abschleppen lassen und er würde nicht allzu sehr dafür kämpfen müssen. Die Art, wie er in mein Ohr geflüstert und mich berührt hatte letzte Nacht, ließ meine Vorfreude wachsen.

„Ich habe Margaret wegen dem VooDoo geschrieben. Sie meinte, wir würden sowieso dorthin gehen. Es ist einer der Top-Clubs. Ich habe ihr trotzdem nichts von deinem Lustknaben und seinen Freunden erzählt. Lass uns mal sehen, ob sie überhaupt auftauchen."

„Er wird kommen."

„Falls nicht, gibt es dort genügend andere Typen, mit denen wir uns vergnügen können."

„Beeil dich und mach dich fertig. Ich will endlich runtergehen und die Nacht durchtanzen." Jacqueline stand immer noch vor dem Spiegel und machte ihr Make-up. „Es ist ein dunkler Nachtclub. Du musst nicht perfekt aussehen. Mach etwas Lippenstift drauf und lass uns gehen."

„Mädchen, ich werde nicht rausgehen, bevor dieses Gesicht nicht perfekt ist. Komm mal runter."

Es hatte keinen Sinn, mit ihr zu streiten. Ich wusste, wir würden nicht in der nächsten Viertelstunde loskommen. Also legte ich die Füße hoch und suchte nach Cody in den sozialen Medien. Er machte sich wohl nicht viel daraus, Bilder von sich zu posten. Aber ich fand Mädels, die ihn auf mehreren Fotos markiert hatten. Er sah immer so gestriegelt und lässig aus auf den Bildern. Egal ob sie gerade im Club waren oder gemütlich zusammensaßen. Cody sah so verdammt gut aus auf jedem Foto.

Endlich, Jacqueline war fertig und wir trafen uns unten mit den anderen Mädels. Überraschenderweise waren wir diesmal nicht die letzten dort. Rose kam kurz nach uns mit ihrer Zimmerpartnerin angelaufen. Ich konnte mir immer noch nicht den Namen dieser Frau merken. Sie war eine Freundin von Pamela und hatte den ganzen Trip über nicht mehr als zwei Worte gesagt.

Wir schlüpften in die Limo und machten uns auf den Weg zum VooDoo Club. Erst beim Passieren der Eingangstür des Clubs, bemerkte ich, dass ich seit dem Mittag nichts mehr gegessen hatte. Ich würde langsam mit dem Alkohol machen oder schleunigst etwas zwischen die Zähne kriegen müssen.

Der VIP-Bereich des Clubs war ganz oben. Er war sehr schön, mit eigener Tanzfläche und einem großartigen Blick auf die Tanzfläche unter uns. Aber es war auch ein bisschen komisch. Teil des Reizes, so viel Geld für den VIP-Bereich auszugeben, war es, dass andere Leute einen sehen konnten und den gehobenen Status für eine Nacht bewunderten. Oberhalb von allen zu sitzen gab einem nicht so dieses Gefühl von vorgetäuschter Wichtigkeit.

Pam und ein paar der anderen Mädels gefiel der VIP-Bereich trotzdem. Sie setzten sich an den Rand und schauten runter zum Rest von uns, der zum Tanzen ging. Jacqueline und ich tranken noch etwas, bevor wir tanzen gingen. Gerade so viel, um uns die Illusion zu geben, fantastische Tänzerinnen zu sein.

Wir hielten Händchen auf der Tanzfläche, aber es dauerte nicht lange, bis ein paar Typen zu uns kamen. Meiner war ein Jungspund. Wahrscheinlich gerade mal 21 Jahre alt. Er lächelte und sagte Hallo, während er eine Armlänge von mir weg tanzte. Er war ein anständig aussehender junger Kerl, aber er war nicht wirklich mein Typ. Als ich eine Lücke fand, tanzte ich mir meinen Weg zu Jacqueline zurück. Aber ich wurde abrupt von einem Typen gestoppt. Er packte mich am Handgelenk und zog mich zu sich.

„Du bist das heißeste Mädchen in diesem Laden. Komm, tanz mit mir."

„Nicht, wenn du mich nochmal so grob anpackst", sagte ich und versuchte nett zu dem Typen zu sein. Dennoch schüttelte ich seine Hand von meinem Handgelenk.

„Tut mir leid, ich weiß einfach, was ich will, und das nehme ich mir", sagte er sich an mein Ohr lehnend und laut rufend, damit ich ihn hören konnte.

Immerhin wurde ein Mysterium in diesem Moment aufgeklärt. Es machte mich nicht einfach so an, wenn irgendein Typ in mein Ohr laberte. Das lag definitiv an Cody. Ich blieb und tanzte für einen Song mit dem handgreiflichen Kerl, dann wollte ich mich auf die Suche nach Jacqueline machen.

„Ich wünsch dir noch einen schönen Abend", sagte ich. Ich wollte gerade gehen, als er mich wieder packte. „Autsch. Lass los!"

„Komm schon, Baby. Ich kann dich für deine Zeit bezahlen", sagte das Arschloch.

Er war doppelt so groß wie ich. Seine Hand umschloss mein Handgelenk so fest, dass meine Finger taub wurden. Verzweifelt schaute ich mich nach einem Türsteher um oder jemand anderem, der mir helfen konnte. Natürlich würde ich nirgends mit diesem Typen hingehen. Ich wollte mir aber auch nicht mein Handgelenk von ihm brechen lassen.

„Dann lass uns jetzt gehen", sagte ich so laut wie möglich, während ich ihm direkt in die Augen schaute.

„Wie wär's, wenn ich dir deine hübsche Pussy lecke? Ich hab ein Zimmer oben", sagte er. Er hielt mich weiter mit einer Hand am Handgelenk und wir liefen Richtung Rand der Tanzfläche.

Plötzlich machte ich mir ernsthaft Sorgen darüber, dass dieser Typ mich aus dem Club zerren könnte. Ich würde einen extremen Anfall vortäuschen müssen, wenn wir weiter Richtung Tür steuerten. Ich schaute zu den Security-Männern in der Hoffnung, einer von ihnen würde mir helfen. Aber beide waren damit beschäftigt, den Raum zu beobachten, und schauten nicht ansatzweise in meine Richtung.

„Nein", schrie ich, so laut ich konnte. „Lass mich los."

Mein Herz raste. Ich versuchte mich loszureißen und in Richtung der Ecke zu laufen, in der der nächste Security-Typ stand. Ich musste von ihm wegkommen. Ich durfte mich nicht weiter von der Tanzfläche ziehen lassen. Der Typ war offenbar verrückt. Kein normaler Mann würde eine Frau weiterhin festhalten, nachdem sie so oft Nein gesagt hatte.

„Aua!", hört ich den Typen hinter mir sagen und er ließ meine Hand los.

„Ich glaube, du schuldest dieser Dame eine Entschuldigung", sagte eine bekannte Stimme.

„Einen Scheiß schulde ich ihr", antwortete der Volltrottel.

Ich drehte mich zu Cody um und sah, wie er eine Hand dieses Wichsers festhielt und seinen Daumen nach hinten knickte. Es schien sehr schmerzhaft zu sein. Der Kerl winselte, aber lehnte es immer noch ab, sich bei mir zu entschuldigen. Schließlich verdrehte Cody seine Hand noch mehr und er kläffte vor Schmerz.

„Und jetzt?"

„Entschuldung", sagte er in erfreulich hoher Stimmlage und Cody ließ ihn gehen.

„Verpiss dich. Wenn ich dich nochmal mit irgendeinem Mädchen hier reden sehe, breche ich dir die Hand. Hast du mich verstanden?"

Der Mann antwortete nicht und hatte sich bereits weggedreht, um schnurstracks zur Tür zu gehen. Ich zitterte von der ganzen Aufregung. Als Cody mich mit seinen Armen umschloss, fiel ich auf seine Brust und begann zu weinen. Das hatte ich nicht gewollt. Eigentlich war ich nicht so eine, die wegen jeder Kleinigkeit weinte. Aber das Adrenalin machte mich verrückt und die

Erleichterung über Codys Anwesenheit war so überwältigend.

„Bist du in Ordnung? Lass mich dich ansehen", sagte er und wir liefen zum Rand des Raumes.

„Mir geht's gut."

„Mann, Alexis, schau dir mal dein Handgelenk an. Sicher, dass es dir gut geht?"

Mein Handgelenk war knallrot vom Griff des Mannes und ich würde definitiv einen Bluterguss bekommen. Es schmerzte, aber es fühlte sich nicht nach einer bleibenden Verletzung an. Trotzdem konnte ich gar nichts sagen, da ich immer noch weinte und außer Atem war.

„Lass uns einen Tisch suchen, damit du dich hinsetzen kannst", sagte er.

Ich folgte Cody die Treppen zum VIP-Bereich hoch und hinüber zur gegenüberliegenden Seite, wo die Mädchen saßen. Codys VIP-Tisch war fast gleich, bis auf den freien Blick auf die Tanzfläche, ohne Pfeiler im Weg.

Wir setzten uns an seinen Tisch. Einer seiner Freunde saß dort bereits alleine. Er trug Polohemd und Jeans. Ich fragte mich unwillkürlich, wie er mit so einem Outfit überhaupt in den Club gekommen war. Der Türsteher hatte bei unserer Ankunft viele Typen abgewiesen. Es gab nicht genügend Platz in den Clubs von Vegas für all diese Typen. Deswegen wurden viele weggeschickt, wenn sie nicht den Eindruck machten, viel Geld auszugeben oder den Club gut aussehen ließen.

„Hi", sagte ich zaghaft und versuchte meine Tränen zu verbergen.

„Das ist mein Kumpel Todd. Todd, das ist Alexis."

„Nett, dich kennenzulernen", sagte Todd und streckte die Hand aus. Ich hielt ihm meine hin, doch dann sah er mein gequetschtes Handgelenk. „Oh, wow, ist alles in Ordnung?"

„Kannst du dich nach etwas Eis umsehen?", bat Cody ihn. „Die Bar wird dir sicherlich einen Sack voll geben, wenn du ihnen sagst, dass jemand verletzt ist."

„Klar", sagte Todd und eilte davon. „Ich bin gleich zurück."

„Er sitzt hier schon rum, seitdem wir angekommen sind. Immerhin gibt ihm das einen Grund, von hier wegzukommen. Auch wenn es nur kurz ist."

Ich saß still da und beobachtete Cody dabei, wie er vorsichtig mein Handgelenk drehte, um es zu überprüfen. Er dreht es von links nach rechts. Dann drückte er es hoch und runter. Nur als er es nach unten drückte, spürte ich einen kleinen Schmerz.

„Das tut weh."

„Okay, das Handgelenk ist wahrscheinlich etwas verstaucht. Sollte es zuhause anschwellen oder wenn du große Schmerzen hast, dann geh besser zum Arzt. Das Handgelenk und die Hand bestehen aus einer Menge Knochen. Da kann schnell mal was brechen. Der Typ war ein Bär."

„Ich weiß", sagte ich und musste heftig schlucken, um nicht wieder mit dem Weinen anzufangen.

„Wieso hast du überhaupt mit so einem Arschloch getanzt?"

„Ich weiß es nicht."

„Alexis, du hättest dich ernsthaft verletzen können."

„Ich weiß!", schrie ich Cody an.

„Es tut mir leid. Komm her." Er zog mich zu sich und legte seine Arme um mich. „Ich bin froh, dass ich dich von hier oben gesehen habe. Alles wird gut. Du wirst jetzt nur eine Weile mit diesem Deppen hier festsitzen", lachte er.

Ich versank in seinen Armen. Es kam mir wie Stunden vor. Auch wenn es wahrscheinlich nur zehn oder fünfzehn Minuten waren, bis sein Freund Todd mit etwas Eis zurückkam. Zu dieser Zeit war ich schon wieder bei Verstand, aber ich lehnte mich immer noch an Codys Brust, weil er so verdammt gut roch.

„Hier hast du dein Eis."

„Danke, Todd. Sehr lieb von dir, dass du es für mich geholt hast."

„Er bekommt ein Dankeschön fürs Eis holen und ich werde angeschrien." Cody zuckte scherzend mit den Schultern.

„Außerdem hast du mich halten dürfen, während ich geheult hab. Vergiss den Teil nicht", fügte ich hinzu.

„Oh, das werde ich nicht."

Damit wechselte er vom Beschützer zum Raubtier und ich war seine Beute. Oh, aber es störte mich kein bisschen. Ich war mehr als einverstanden damit, wenn er sich diesen Abend auf die Jagd nach mir machte. Vielleicht würde ich sogar die Kraft finden, auch mal das Kommando zu übernehmen und ihn nach meiner Pfeife tanzen lassen.

Es war ruhiger im VIP-Bereich als unten auf der Tanzfläche. Obwohl Cody und ich ziemlich laut miteinander reden mussten, mussten wir uns nicht anschreien. Todd konnte wahrscheinlich dennoch nicht verstehen, was wir sagten, da er am anderen Ende des Tisches saß. Während Cody und ich redeten, verbrachte er die meiste Zeit damit, das Treiben der Menge unten zu verfolgen. Das war auch interessanter, als ich zuerst gedacht hätte. Ich erwischte mich selbst dabei, nach unten zur Tanzfläche zu blicken und mit Todd die Leute zu beobachten.

„Erzähl mir mal von Los Angeles. Du treibst dich immer noch dort rum? Und du verfolgst immer noch deinen Traum, eine richtige Schauspielerin zu werden?"

„Sag das nicht so langweilig. Es ist tatsächlich ein ziemlich aufregendes Leben. Ich habe bald einen Auftritt im Fernsehen."

„Ja, erzähl mir davon. Ist es für einen großen Sender? Wen wirst du spielen?"

„Ich werde ich sein", lachte ich und zuckte mit den Schultern und begann von meinem neuen Auftritt zu erzählen. „Es ist eine geskriptete Realityshow über das Singleleben in Los Angeles."

„Geskriptet und Realität ... die zwei Wörter passen nicht so zusammen."

„Ja, es ist etwas Neues."

„Du wirst also im Fernsehen Leute daten. Hört sich das nicht irgendwie ziemlich schrecklich an?"

„Ich weiß. Der Teil hört sich etwas gruselig an. Aber immerhin werde ich anständige Typen treffen und nicht solche, die mir den Arm auszureißen versuchen", sagte ich und rieb mein ramponiertes Handgelenk.

„Lass mich das für dich tun." Cody zog sanft meine Hand in seinen Schoß und massierte behutsam meinen Unterarm für mich.

Die Berührung seiner Hand auf meiner ließ meinen ganzen Körper kribbeln. Ich versuchte nicht zu aufgeregt zu wirken. Ich wollte mich nicht allzu offensichtlich willig zeigen, mit ihm aufs Zimmer zu gehen. Aber je mehr er mich massierte, desto mehr schwand mein Widerstand.

„Wow, schau dir das an", sagte ich, als eine Frau in ihrem Hochzeitskleid durch die Tür kam, gefolgt von der ganzen Hochzeitsgesellschaft.

„Das sind ihre Flitterwochen", scherzte Todd. „Die haben wahrscheinlich in der kleinen Kapelle die Straße runter geheiratet. Habt ihr die gesehen? Die haben sogar einen Drive-In-Hochzeitsservice. Wer will denn bitte so heiraten?"

„Ich weiß, das ist echt verrückt." Ich lachte und zog meine Hand von Cody weg, als sein anderer Kumpel gerade zu uns an den Tisch kam.

„Hey, Henry." Cody stellte mich auch gleich vor: „Das ist Alexis."

„Ich setz mich nicht neben diesen Lackaffen", sagte Henry und deutete auf den leeren Platz neben Todd.

„Du darfst hier auch nicht sitzen", stichelte Todd zurück.

Die zwei stritten sich für eine Minute, bis Henry sich endlich soweit wie möglich von Todd entfernt an den Rand der Stühle setzte. Sie benahmen sich wie zwei Pubertierende.

Cody bestellte ein paar Flaschen Schnaps für uns und orderte sogar welche für meine Freundinnen an ihren VIP-Tisch. Der ganze Sprit musste ihn ein paar tausend Dollar gekostet haben. Zum Glück ließ Cody uns auch etwas zu Essen bringen. Kurz nach dem Alkohol kam dann auch eine leckere Riesenpizza.

Wir vier aßen und tranken. Wir hatten eine tolle Zeit zusammen, bis Henry und Todd sich entschieden, mit ein paar Mädels vom Junggesellenabschied runter zu gehen. Die Mädels hatten die beiden Jungs in ihre Mitte genommen und tanzten buchstäblich um sie herum.

„Todd sieht aus, als würde er gleich heulen", lachte ich. „Warum ist er so nervös?"

„Er ist verheiratet und will auf keinen Fall etwas Verbotenes tun. Ihm fällt es schwer, Spaß zu haben. Ich kann's kaum glauben, dass er überhaupt mit runter ist."

„Der Cocktail ist genial. Was hast du da alles reingetan?", fragte ich, nachdem ich an dem blauen Kokosnussgemisch genippt hatte, welches er für mich gemixt hatte.

Es war Teil des Getränkeservice, uns auch Mischgetränke für

die Drinks zu bringen. Cody hatte so ziemlich alles auf dem Tisch für meinen Cocktail verwendet. Es war Kokosnuss drin, Ananassaft, Blue Curacao und definitiv Wodka. Er war unglaublich lecker.

„Ich zeig's dir." Er schnappt sich die Zutaten und ein extra Glas. Ich schaute ihm zu, wie er den Drink zubereitete.

Um ehrlich zu sein, ich hätte Cody bei so ziemlich allem zugeschaut. Ich lehnte mich nach vorne, um zu sehen, was er da tat. Ich bemerkte, dass ich dabei meine Hand auf seinen Oberschenkel gelegt hatte. Nicht irgendwo auf seinen Schenkel. Nein, ich hatte meine Hand nur ein paar Zentimeter von seinem Gemächt entfernt platziert.

„Tut mir leid", sagte ich, nachdem er den Drink eingegossen hatte und auf meine Hand schaute.

„Lass sie dort", antwortete er verschmitzt.

„Oh, wirklich?"

„Ja."

Ich ließ meine Hand also dort, während Cody mir einen weiteren Drink zubereitete. Ich nippte immer noch an dem, den ich bereits hatte. Die Süße des Cocktails machte es einfach, mehr und mehr davon zu trinken. Ich hätte die ganze Nacht von diesem blauen Getränk schlürfen können und nie genug davon bekommen. Hätten wir nicht beschlossen, den Club bald zu verlassen.

Wir tranken noch einen von Codys fantastischen blauen Drinks und machten uns dann auf. Er überließ den Rest der Getränke einem Tisch junger Kerle nebenan. Die freuten sich so, dass sie uns sogar zujubelten. Ich hielt noch mal bei den Mädels an und verabschiedete mich von Jacqueline. Ich versprach, ihr morgen zu schreiben. Sie versprach im Gegenzug, alles zu erklären, falls jemand über mein Fehlen verärgert sein sollte.

Zuerst hatten wir noch große Pläne, in eine kleine Jazzbar im Zentrum von Vegas zu gehen, von der ich mal gehört hatte. Stattdessen liefen wir dann aber nur den Strip hoch, um uns einen gigantischen Erdbeer-Daiquiri zu holen. Und mit „gigantisch" meine ich auch wirklich gigantisch. Er war fast einen Meter hoch und hatte einen Gurt, um ihn während dem Laufen halten zu können. Das süße Erdbeergemisch war eiskalt und genau das Richtige für die warme Sommernacht.

„Als was arbeitest du eigentlich?", fragte ich auf unserem Spaziergang.

„Hauptsächlich als Investor. Ich habe gerade mein Unternehmen verkauft und versuche ein Neues auf die Beine zu stellen. Was machst du, wenn du nicht gerade große Fernsehrollen ergatterst?"

„Ich arbeite in einer PR-Firma. Ich bin da aber nur Sekretärin."

„Das 'nur' im Satz kannst du dir sparen. Ich kann mir gut vorstellen, wie hart du in einer PR-Firma in Los Angeles wahrscheinlich arbeiten musst."

„Danke."

„Wofür?"

„Dass du das gesagt hast. Das war echt süß. Ich mach mich immer runter, wenn ich Leuten davon erzähle, wie ich meinen Lebensunterhalt bestreite. Aber ich bin echt stolz auf meine Arbeit, die ich dort mache. Es ist ein harter Job, aber ich mach ihn gerne."

„Ich möchte nicht unhöflich klingen mit der Frage, aber warum bist du eigentlich Single? Du bist ein Kracher. Du bist süß und nett. Außerdem scheinst du ein großartiges Mädel zu sein."

„Dich bräuchte ich, um meine Runden in Los Angeles zu drehen. Du könntest als mein eigener PR-Agent auftreten", meinte ich scherzend, während wir uns auf eine Bank etwas abseits des Weges setzten.

„Ich würde echt gerne mal nach Los Angeles kommen und was mit dir unternehmen."

Das kam unerwartet. Bis zu diesem Moment war ich sicher gewesen, dass wir uns danach nie wiedersehen würden. Außer Missy hätte ein Baby bekommen oder irgendein anderes großes Ereignis würde uns wieder zueinander führen. Aber jetzt bot Cody mir an, vorbeizuschauen und mich zu besuchen. Das rückte diese Nacht in ein ganz anderes Licht.

Cody und ich saßen bis tief in die Nacht auf der Bank. Wir redeten und lachten, während wir unseren gefrorenen Erdbeer-Daiquiri schlürften. Je länger wir dort saßen, desto mehr fragte ich mich, wie ich je von diesem Kerl ablassen sollte.

Er war witzig, nett und offen im Gespräch. Cody war der Mann, von dem ich überhaupt nicht gewusst hatte, dass ich nach ihm suchte. Sogar betrunken von dem zuckrig-gefrorenen Getränk erwischte ich mich dabei, wie ich mir ein Leben mit einem Kerl wie Cody vorstellte. Das war die Art von Mann, die ich heiraten würde. Der Typ von Mann, der sein Wochenende mit den Kumpels aufgab, um ein Mädel kennenzulernen. Das war eine sehr romantische Geste.

„Der Drink war großartig", sagte ich, nachdem wir unser riesiges alkoholisches Getränk ausgetrunken hatten. „Ich wette, wir werden das morgen trotzdem bereuen."

„Glaub ich nicht. Die machen da gar nicht so viel Alkohol rein. Das passt schon."

Kapitel 5

Cody

Wir waren betrunken und das war kein Wunder bei der Menge zuckersüßen Alkohols, die wir getrunken hatten. Aber mit Alexis unterwegs zu sein, machte einfach Spaß. Wir unterhielten uns und streiften durch die Stadt. In Vegas konnte man die ganze Nacht auf den Beinen verbringen, ohne zu merken, wie die Zeit verging, da die Straßen einfach nicht leerer oder leiser werden wollten. Alles funkelte und vibrierte weiter.

„Sollen wir uns noch so einen Drink holen?", fragte Alexis, als wir wieder an dem Laden vorbeikamen. „Hier steht, dass es nur die Hälfte kostet, die Becher wiederzubefüllen."

„Für dich würde ich auch den vollen Preis zahlen, Baby", witzelte ich. „Klar. Wenn du noch willst, bin ich dabei. Was ist das Schlimmste, was passieren könnte? Wir irren durch die Gegend und finden kein Hotelzimmer."

„Oder wir heiraten da drüben in der Kapelle."

„Keine Sorge, das wird nicht passieren."

Wir kauften also noch einen Drink, während ich überlegte, ein Taxi in die Freemont Street zu nehmen. Alexis war noch nie dort gewesen und ich wollte ihr unbedingt all die Leuchtreklamen zeigen. Mir war zu Ohren gekommen, dass es dort mittlerweile sogar eine Seilbahn gab, die die ganze Straße entlangführte. Der Gedanke, das mit ihr auszuprobieren, versetzte mich in Aufregung.

„Was ist das nochmal für eine Firma, für die du versucht hast, einen Kredit zu bekommen?"

„Die, wegen der ich bei der Bank war?"

„Genau. Hast du nicht gemeint, dass sie dein Ansuchen abgelehnt haben?"

„Ja, haben sie. Ich wollte eine neue Hotelkette eröffnen."

„Oha, das ist aber auch keine kleine Sache. Man gründet doch nicht einfach so eine Hotelkette, oder?"

„Nein, normalerweise nicht. Aber ich habe ein gutes Konzept ausgearbeitet und wenn ich die Finanzierung bekomme, dann wird das ganze sicher ein Erfolg!" Über die Hotelkette zu sprechen fiel mir leicht, da ich von meiner Idee und den damit verbundenen Möglichkeiten wirklich begeistert war. „Wenn du mit deiner Freundin unterwegs bist und ihr seht irgendetwas Besonderes wie zum Beispiel eine alte blaugestrichene Tür oder eine einzigartige kleine Statue, dann bleibt ihr doch stehen, um ein Foto zu machen, oder?"

„Woher weißt du, dass wir das tun würden?", fragte sie misstrauisch.

„Weil die meisten Frauen solche Sachen machen", lachte ich. „Aber nicht nur Frauen. Männer tun das auch. Meine Idee ist jetzt, dass die Hotels genau so einzigartig gebaut sein sollen, dass die Leute einfach Bilder machen müssen, um sie auf ihrem Instagram-Profil zu teilen. Oder eben in anderen sozialen Medien. Wichtig ist nur, dass die Architektur so einzigartig und aufregend ist, dass sie den Leuten gute Möglichkeiten bietet, Fotos zu machen, und somit Anlass für kostenloses Marketing gibt."

„Ah, jetzt verstehe ich, was du sagen willst", meinte Alexis und zog sich währenddessen ihr Haargummi aus dem Haar. Sie versuchte sich ihre langen Locken mit der Hand aus dem Gesicht zu streichen. „Verdammt. Das ist schwieriger, als ich gedacht hätte", lachte sie unterdessen.

„Ich habe eine geheime Superkraft. Lass mich dir helfen."

Ich stellte mich hinter Alexis und nahm ihr Haargummi. Dann ließ ich meine Finger durch ihr Haar streifen. Vorsichtig sammelte ich ihre Haare am Haarwirbel und band das Haargummi so fest, dass es alles in Position hielt.

Da ich aus einer Familie mit vielen Frauen kam, hatte ich meinen Schwestern oft mit ihren Haaren helfen müssen, als ich noch jünger war. Manchmal, weil es nicht anders ging, beispielsweise wenn sie ihre Nägel lackiert hatten. Manchmal aber auch, wenn sie einen schlechten Tag hatten, da sie sich besser fühlten, wenn sich jemand um ihre Haare kümmerte. Ich konnte auch flechten. Das hatte ich jedoch schon wirklich lange nicht mehr gemacht.

„Du bist ja toll. Wie kommt es, dass ich noch nicht weißt, dass du dich mit langen Haaren auskennst?"

„Es gibt viel, das du nicht über mich weißt."

„Das ist vermutlich richtig. Bis gestern Nacht wusste ich noch nicht mal, dass du gut aussiehst." Ihre Augen weiteten sich, als sie bemerkte, dass sie mir gerade verraten hatte, dass ich gut aussah. „Entschuldigung, ich meine ... ach verdammt. Ich sag jetzt einfach gar nichts mehr."

„Du findest mich also gutaussehend? Danke." Ich nahm sie bei der Hand. „Und falls du das noch nicht weißt, ich halte dich für eine umwerfend hübsche Frau."

„Okay. Lass uns heiraten", lachte sie.

Alexis war ein ungeschliffenes Schmuckstück. Und sie war mir immer so nah gewesen. Aber ich hatte es nie so recht bemerkt. Wie war es überhaupt möglich, dass ich sie all die Jahre nicht bemerkt hatte? Vielleicht war ich davor einfach noch nie bereit gewesen mich zu verlieben. Was dachte ich da überhaupt? Mich verlieben? Das war keine Liebe, es war pures Verlangen. Keinesfalls konnte ich sie schon lieben. Wir hatten ja noch nicht mal miteinander geschlafen.

„Dein Kleid ist so ausgefallen, dass ich glaube, dass du die Autofahrer ablenkst. Sollen wir zurück zum Hotel oder einfach weitergehen und ein paar Blechschäden um uns herum geschehen lassen?"

„Lass uns einfach weitergehen. Ich will noch bis zum Caesars Palace. Weißt du denn, dass es dort einen Haufen spannender Boutiquen gibt?"

„Natürlich weiß ich das."

Die Nacht hatte sich ein wenig abgekühlt, weswegen wir nicht mehr so sehr schlenderten wie zuvor. Alexis trug noch immer ihre Pumps und ich konnte mir beim besten Willen nicht vorstellen, dass es bequem war, die ganze Nacht in diesen Schuhen zu verbringen.

Beim Cesars Palace angekommen stellten wir fest, dass die Mall geschlossen war. Aber ich hatte einen Plan. In meinem Rausch hatte ich die Idee gefasst, jemanden zu finden, der mir ein Paar Schuhe für Alexis verkaufen wollte. Wenn sie bequeme Schuhe hätte, würde die Nacht noch viel mehr Spaß machen.

„Bleib hier", befahl ich, als ich losschlingerte, um jemanden zu finden, der mir bei der Durchführung meines Plans helfen konnte.

„Ich bleibe", lachte sie und machte es sich auf der Bank bequem, auf der sie eh schon saß. „Lass dir nicht zu viel Zeit. Sonst schlafe ich ein."

Ich schlängelte mich eilig durch den Korridor in den Hauptteil des Kasinos und rannte dabei fast einen Mann mit einem angehefteten Namensschild um. Ich brabbelte ihn in meinem Rausch zu, wobei irgendwie doch genug bei ihm hängen blieb, um zu verstehen, dass ich ein Paar Schuhe kaufen wollte.

Da wir in Las Vegas waren und es hier oft vorkommen konnte, dass Menschen Geld in der Tasche hatten, das sie unbedingt loswerden mussten, schien der Mann nicht allzu überrascht. Er telefonierte etwas herum und, schneller als ich schauen konnte, stand eine ältere Frau mit freundlichem Lächeln vor mir und sprach mich an.

„Wie kann ich Ihnen behilflich sein?"

„Ich will etwas Wundervolles für meine Freundin kaufen."

„Dann lassen Sie uns doch mal sehen, was sich da machen lässt."

In meinem Rausch hatte ich ein sehr klares Bild vor Augen stehen, wie diese Schuhe aussehen sollten. Gleichzeitig hatte ich jedoch das Problem, dass meine Fähigkeit, diese Vorstellung zu vermitteln, extrem beeinträchtigt war.

Als sie ihren Laden geöffnet hatte, schaute ich mich um in der Hoffnung, etwas zu entdecken, das Alexis gefallen würde. Zwar gab es keine Schuhe in ihrem Laden, aber ich war so aufgeregt, dass ich jemanden gefunden hatte, der mir die Türen geöffnet hatte, dass ich einfach beschloss, hier einzukaufen.

„Wissen Sie, was Ihrer Freundin gefällt?"

„Nein, ich habe nicht die geringste Ahnung."

„Wie viel Geld haben Sie denn zur Verfügung?", fragte sie in der offenkundigen Befürchtung, dass sie mit mir zu dieser späten Stunde ihre Zeit verschwendete.

„Ich weiß es nicht. Das alles hier habe ich." Ich zog das Bündel Hundertdollarscheine heraus, das mir geblieben war, nachdem ich meinen Gewinn gewechselt hatte.

Zwar hatte ich das meiste Geld bereits auf die Bank gebracht, aber trotzdem waren mir noch einige Tausend Dollar in bar geblieben. Mit diesem Geld hatte ich unsere VIP-Nacht bezahlen wollen. Da der Club jedoch nur Kreditkarten als Zahlungsmittel akzeptierte, war mir ein fettes Bündel Scheine geblieben, dessen einzige Funktion es war, im Weg zu sein.

„Nun, ich denke, wir können etwas finden, das Ihrer Freundin gefallen wird", lächelte die Frau, während sie mit geübter Geste das Geld zählte.

„Das sind zwanzigtausend Dollar", stellte sie etwas überrascht fest.

„Ich weiß. Ich hatte einen erfolgreichen Pokerabend. Aber ich habe auch eine Kreditkarte, falls das für Sie geschickter ist. Ich will nicht, dass Sie denken, ich wäre ein Blender."

„Scheint, als wäre Ihnen die Dame sehr wichtig."

„Ja. Sie ist wunderschön", schoss es mir aus dem Mund. Da wurde mir schlagartig bewusst, wie sehr ich sie, auch wenn es nur ein paar Minuten waren, schon vermisste und sie sofort wiedersehen wollte. Ich wollte zurück in die zerbrechliche Magie des Moments - sofort!

Als ich zu Alexis zurückkehrte, stand ich mit leeren Händen da. Ich bemerkte, dass sie ihren letzten Daiquiri leergetrunken hatte und etwas enttäuscht wirkte, dass kein Nachschub vorhanden war.

„Ich will Kinder haben", sagte sie wie aus dem Nichts.

„Das finde ich sehr schön."

„Willst du Kinder haben?", fragte sie mich, als wir am Brunnen vor dem Tor hielten.

Ich schnappte sie mir und hielt sie eng umschlungen. Diese Nacht war so voller romantischer Spannung und Spaß gewesen, dass ich gar nicht darum herum kam, mir vorzustellen, dass wir wunderbar süße Kinder haben würden.

„Natürlich will ich irgendwann Vater werden, aber davor muss ich die perfekte Frau finden. Mein Plan ist, nur einmal zu heiraten."

„Meiner auch. Ich suche mir jemanden, der genau so aussieht wie du. Genauso schön und freundlich ist wie du", gab sie zurück und zog mich an sich. Darauf strich sie über meine Wangen und küsste mich. „Du bist perfekt."

„Ich finde dich auch ziemlich perfekt."

„Wieso?"

Zwar verunsicherte mich ihre Frage für einen Moment, aber als ich darüber nachdachte, dass wir uns bereits die ganze Nacht unterhalten hatten und ich daher jeden Grund hatte, sie für eine fantastische Frau zu halten, beruhigte ich mich wieder. Es gab keinen Grund, mir irgendetwas aus den Fingern zu saugen. Mir fiel so viel ein, dass ich im Geiste begann, eine Liste anzufertigen.

„Du liebst deine Arbeit und das, obwohl du weißt, dass du sie nicht für immer machen willst. Du bist eine gute Freundin. Beispielsweise bist du zum Junggesellenabschied dieser Frau gegangen, nur damit sie sich nicht schlecht fühlt. Du lässt dich schon immer von deinen Leidenschaften leiten. Zwar kannte ich dich früher noch nicht so gut, aber ich erinnere mich, wie du immer wieder von deinen Träumen geredet hast. Und außerdem bist du wunderschön. Ich weiß noch nicht mal, ob dir das bewusst ist, aber du bist umwerfend."

„Ist ja schon gut." Wieder zog sie mich an sich und unsere Lippen fanden sich.

Alles vibrierte vor Leidenschaft. Wir standen in der milden Nachtluft und küssten uns vor dem Brunnen. In diesem Moment waren wir so tief miteinander verbunden, dass der Wunsch, sie mit in mein Hotelzimmer zu nehmen, verblasste. Ich wollte diesen Moment bis zur Neige auskosten.

Verbundenheit kann man nicht vortäuschen. Man kann mit den unterschiedlichsten Menschen einen schönen Abend verbringen, aber so zu tun, als würde die Chemie zwischen zwei

Menschen stimmen, wenn das nicht der Fall ist, ist unmöglich. Wann immer ich das in der Vergangenheit versucht hatte, war ich damit kläglich gescheitert.

Mit Alexis fühlte ich mich genau wie in dem Moment, in dem wir in der vorigen Nacht miteinander getanzt hatten. Es gab keinerlei Notwendigkeit, irgendetwas vorzutäuschen. Obwohl wir einander nicht gut kannten, war uns klar, dass wir alle üblichen Formalitäten getrost auslassen konnten. Ich versuchte gar nicht so zu tun, als sei mir mein Liebesleben egal. Ich versuchte sowieso überhaupt nicht, ihr irgendetwas vorzuspielen. Auch Alexis fühlte sich wohl mit mir. Insbesondere seit ich sie vor diesem Neandertaler gerettet hatte.

Eine perfekte Konstellation der Planeten hatte uns beide zusammengeführt. Vielleicht nur für diese Nacht. Vielleicht aber auch für länger. Ich wollte mit nichts und niemandem die Geborgenheit unserer Umarmung, diesen perfekten Moment, eintauschen.

„Schau, da ist die Elvis Wedding Chapel." Ich zeigte auf eine kleine weiße Kapelle auf der gegenüberliegenden Straßenseite. „Lass uns heiraten."

Angeheizt von der großen Nähe, die Alexis und mich verband, wollte ich einen Witz machen. Gleichzeitig war ich mir nicht sicher, ob ich es nicht doch ein wenig ernst meinte, aber ich wollte ihr einfach mitteilen, wie außergewöhnlich dieser Abend für mich war.

„Okay", antwortete sie ohne zu zögern. „Lassen wir Elvis unsere Ehe besiegeln."

Keine Sekunde hatte ich mit dieser Antwort gerechnet. Aber wenn sie heiraten würde, dann bedeutete das, dass auch ich heiraten würde.

Was war nur aus dem zynischen Plan geworden, den mein Vater für mich gehegt hatte? Es schien, als hätte es nur eine umwerfende Frau gebraucht, die mich alles vergessen ließ, an was zu glauben ich gemeint hatte. Und Alexis war diese Frau. Sie war die Art Frau, von der ich immer geträumt hatte, mir aber nicht vorstellen konnte, sie jemals zu treffen. Eine Frau, die dafür sorgte, dass ich mich lebendig und mit der Welt auf eine bis dato unbekannte Art verbunden fühlte. Das war bisher unvorstellbar für mich gewesen. Natürlich musste ich zugeben, dass der Alkohol eine Rolle bei meinen Gedanken spielte, und doch waren sie voller wahrer Empfindungen.

Hand in Hand überquerten wir die Straße. Auf der anderen Seite stellten wir uns vor Elvis auf und verkündeten, dass wir bereit waren vermählt zu werden. Zunächst gab es noch einigen Papierkram zu erledigen, bei dem uns eine junge Frau zur Seite stand. Sie nahm uns mit in ein Hinterzimmer und nachdem wir alles erledigt hatten, fuhren wir in einer Limousine zum Gericht. All das geschah wie im Traum. Ich erinnere mich, wie ich damals tatsächlich dachte, dass ich träumte, und mich darüber freute, dass meine Fantasie einen so schönen Traum mit einer so schönen Frau hervorbringen konnte.

Die Nacht verflog in traumwandlerischer Geborgenheit und ich war kaum im Stande, zwischen meiner Vorstellung und der Realität zu unterscheiden. Ich meinte mich zu erinnern, dass wir Elvis wiedersahen und dass ich Alexis immer und immer wieder küsste. Es war eine wunderschöne Nacht, die dadurch gekennzeichnet war, dass Realität und Fantasie auf eine Art verschmolzen, die es unmöglich machte, sie voneinander zu unterscheiden.

Kapitel 6

Alexis

Ich wusste, dass ich in seinem Bett lag, noch bevor ich die Augen öffnete. Dafür spielte es keine Rolle, wie viel ich am Abend zuvor getrunken hatte. Dass ich bei Cody war, hätte ich nie vergessen. Die Sonne schien zum Fenster herein und ich schmiegte mich noch näher an ihn. Es war das großartigste Gefühl, das ich jemals gehabt hatte.

Aber ich hatte Kopfschmerzen und je wacher ich wurde, desto bewusster wurde mir, wie schlecht ich mich fühlte. Allerdings fühlte ich mich nicht, als ob ich einen Kater hätte. Das war eine mir völlig neue Art des Unwohlseins und binnen weniger Momente war ich aufgesprungen und ins Bad gerannt.

Ich hatte alle meine Kleider an, was mich etwas verwunderte. Wie konnte es sein, dass ich mit Cody im Bett gelandet war, aber noch immer alle Klamotten anhatte? Zwar war das einerseits eine große Enttäuschung. Andererseits war es vermutlich auch besser so, da die Nacht für mich in einem einzigen Nebelschleier geendet hatte. Weder hätte ich meine erste Nacht mit ihm bereuen noch vergessen wollen.

Sein Zimmer war viel schöner als meins. Aus dem Fenster sah man direkt auf den Las Vegas Strip. Außerdem hatte man freien Blick auf einen Swimmingpool direkt unterhalb des Zimmers. Das war alles, was ich aufnehmen konnte, bevor ich im Bad verschwand und die Tür hinter mir zuschlug. Ich drehte den Wasserhahn auf, um wegzuspülen, was gleich kommen würde.

Ich hatte mich noch nie in Anwesenheit eines Mannes übergeben. Vor allem, da ich noch nie so viel getrunken hatte wie vergangene Nacht. Als Single musste ich mich in Acht nehmen, wenn ich ausging, und normalerweise achtete ich darauf, in der Nähe meiner Freunde zu bleiben. Die Episode mit dem Kerl auf der Tanzfläche wäre niemals passiert, wären meine Leute in der Nähe gewesen, und genauso verhielt es sich auch mit dem Alkohol. Kein Mann konnte mich abfüllen, wenn meine Freunde bei mir waren. Außerdem achteten sie darauf, dass ich nichts Dummes tat.

Das Gefühl in meinem Bauch war, als hätte ich einen sehr aktiven Vulkan gegessen. Ich hieß den Gedanken daran, mich zu übergeben, richtiggehend willkommen, nur um dieses Gefühl loszuwerden. Ich saß auf dem Fußboden vor der Toilette, hatte die Augen geschlossen und freute mich auf den Moment, in dem diese schrecklichen Schmerzen enden würden. Als ich mir endlich Erleichterung verschaffen konnte, war es mir ganz egal, ob Cody mich hören konnte.

Nachdem die Welle der Übelkeit abgeklungen war und ich mich hochdrückte, um zur Dusche zu kommen, sah ich es. An meinem Finger.

„Cody!", schrie ich in heller Panik. „Cody! Komm her!"

Er sprang aus dem Bett und in das Badezimmer, alarmiert durch den Schrecken in meiner Stimme und vermutlich in der Befürchtung, dass ich mir wehgetan hätte.

„Ach du Scheiße, was ist passiert?", fragte er noch in der Türe.

„Das, was ist das?" Ich hielt ihm meinen Finger vor die Nase und schrie ihn an.

Ich war nicht wütend, ich war geschockt. Ich versuchte mich an gestern Nacht zu erinnern, aber alles, was ich fand, war Nebel. Ich erinnerte mich kaum an irgendetwas, nachdem wir den Club verlassen hatten. Nur das bestimmte Gefühl, dass Cody und ich eine gute Zeit miteinander verbracht und uns viel unterhalten hatten, war geblieben.

Cody lachte, als er den Ring an meinem Finger sah. Er küsste ihn spielerisch und verließ das Badezimmer, so, als ob ich einen Witz gemacht hätte. Das hatte ich aber nicht. Ich hatte wirklich keine Ahnung, was passiert war. Ich hatte eine blasse Ahnung, dass es sich um einen echten Hochzeitsring handelte, aber das schloss ich nur aus dem Gewicht, den er hatte.

„Ich dusche mit dir, wenn du mir eine Minute gibst", sagte er und ging zurück in sein Zimmer.

„Cody, ganz im Ernst: Was ist passiert?" Ich ging ihm nach.

„Was? Du machst Witze, oder?"

„Nein. Was ist passiert? Haben wir geheiratet?"

„Okay. Sehr witzig Alexis. Ich weiß auch, dass wir beide viel getrunken haben, aber es reicht jetzt."

„Auf sowas hab ich mich nicht eingelassen. Ganz bestimmt nicht", meinte ich kopfschüttelnd. Doch dann kam mir ein Bild in den Kopf. Cody und ich, wie wir über den vielbefahrenen Las Vegas Strip auf eine Kapelle zuwankten, vor der Elvis uns begrüßte.

„Warte. Ach du Scheiße!"

Ich kippte auf die Couch, als die Erinnerungen der vergangenen Nacht wieder zu mir zurückkehrten. Gestern Nacht hatte ich ohne zu zögern eingewilligt. Wir waren schnurstracks zu dieser Kapelle gegangen und das in vollem Einvernehmen.

Cody setzte sich neben mich und schaute mich einen Moment lang an. Unterdessen war ich damit beschäftigt, den riesigen Edelstein an meinem Finger zu betrachten und zu versuchen die Erinnerungsfetzen zu einem intakten Bild zusammenzufügen.

„Geht es dir gut?", fragte er schließlich.

„Haben wir wirklich geheiratet?"

„Ja. Ich hatte den Eindruck, dass es dir gefallen hat. Die

Details verschwimmen ein wenig, aber wir hatten eine gute Zeit miteinander."

„Und du hast mir wirklich einen Ring gekauft? Wie hast du das überhaupt hinbekommen?"

Diese Frage verwirrte mich am meisten. Wir hatten den Club erst nach Mitternacht verlassen. Zu einer Uhrzeit also, zu der alle Juweliere längst geschlossen hatten. Wie hatten wir es nur hinbekommen, so viel Unsinn anzustellen? Und das an nur einem Abend. Und wie zur Hölle hatte er mir einen Ring kaufen können, der so schwer war, dass er meine Hand Richtung Boden zog?

„Ich glaube, ich habe irgendjemanden im Caesars Palace überzeugt, für mich aufzusperren", antwortete er schulterzuckend, da auch er sich seiner Erinnerung nicht ganz sicher war. „Ist es wenigstens ein schöner Ring?"

Wir lachten. Die ganze Geschichte war absurd. Ich trug einen Hochzeitsring, für den meine Freunde und Kollegen bereit gewesen wären, zu töten. Er war zehnmal so groß wie Pams Verlobungsring und sah sogar teurer aus als der von Missy.

Cody legte seinen Arm um mich und das war genau das, was ich in diesem Moment brauchte. In meinem Kopf wirbelte alles durcheinander, während ich versuchte die Konsequenzen dieser Entscheidung zu begreifen und einen Weg zu finden, mit ihnen umzugehen. Sicher war, dass Cody nicht mit mir verheiratet bleiben wollte. Wir kannten uns ja kaum und lebten noch nicht mal in derselben Stadt. Irgendetwas mussten wir uns überlegen, aber das würde schwierig werden, solange ich mich fühlte, als würden mein Kopf und mein Bauch gleich explodieren.

„Das ist ein wunderschöner Ring", nuschelte ich in seinen Arm. „Ich hoffe, du bekommst das Geld zurück, das du dafür ausgegeben hast. Ich wette, er hat ein Vermögen gekostet."

„Ich freue mich schon drauf. Wir werden eine Menge Spaß zusammen haben. Das ist wirklich eine spannende Überraschung."

Cody drehte mich, sodass ich auf seinem Schoß saß. Ich saß auf ihm mit gespreizten Beinen und sah in sein lachendes Gesicht.

Wie konnte es sein, dass er sich so freute? Wie konnte es sein, dass er nicht völlig ausflippte? Ich lehnte mich vor und schloss ihn in die Arme. Mein Kopf schmerzte zu sehr, um nachzudenken. Tatsächlich wollte ich ihn einfach nur umarmen, bis sich alles von alleine zum Guten gewendet hatte.

Erst nach fast zwanzig Minuten klettere ich von Codys Schoß, um mir die Zähne zu putzen und duschen zu gehen. Eine warme Dusche würde mir die Möglichkeit geben, mich zu entspannen und herauszufinden, wie wir aus dieser Geschichte wieder herauskommen konnten.

„Soll ich mitkommen?", fragte Cody, als ich in die große Dusche ging.

Er trug nur Unterwäsche und lächelte anzüglich. Außerdem gab er sein Bestes, statt auf meinen bloßen Körper in meine Augen zu schauen. Sein Blick gefiel mir und eigentlich hatte ich mich schon vergangene Nacht danach gesehnt, mit ihm zu schlafen. In diesem Moment konnte ich einfach nicht nein sagen.

„Ja", war meine simple Antwort, während ich mir die Haare einseifte.

Ich bebte vor Erwartung, als ich hörte, wie sich die Türe der Dusche öffnete und Cody sich mir näherte. Er stand vor mir und schaute mir dabei zu, wie ich mir das Shampoo aus den Haaren wusch. Ich öffnete meine Augen nur für einen Moment, bevor ich sie wieder schloss. Er machte mich unglaublich nervös.

Als ich sie schließlich wieder öffnete, stand er in voller Pracht und ebenso voller Aufregung vor mir. Cody lächelte, als er bemerkte, dass ich seinen Körper musterte, bevor ich ihm wieder in die Augen schaute, und zuckte seine Schultern mit spitzbübischem Grinsen.

Seine Hände fühlten nach meinen Schultern und drehten

mich vorsichtig von ihm weg. Ich folgte seiner Führung und sah, wie er sich die Seife nahm und sie in seinen Händen verrieb, bevor er damit begann meinen Rücken zu waschen. Es war eine schlichte Geste. Eigentlich ist es nicht besonders erregend, den Rücken gewaschen zu bekommen. Aber die Sinnlichkeit, die in seiner Gestik steckte, die Art – seine Art – meinen Rücken einzuseifen, ließ in mir das Verlangen erwachen, auch an anderen Stellen von ihm berührt zu werden.

Ich lehnte mich gegen ihn und führte seine Hände zu meinen Brüsten, woraufhin er begann, meine Nippel mit der Seife zu umspielen, bevor er sie weglegte und mich direkt mit seinen Händen berührte.

Er zog und drückte an meinen Brüsten, sodass mein ganzer Körper vor Erregung zu beben begann. Ich bemerkte, wie ich mich gegen ihn presste und meine Hüften sich im Rhythmus seiner Hände bewegten, bis ich es einfach nicht mehr aushielt.

Ich drehte mich um und griff mit meiner Hand in seinen Schritt, während wir uns unter dem warmen Wasser küssten. Die weiche Zärtlichkeit unserer Küsse stand in unglaublichem Kontrast zur Härte seiner Erektion in meiner Hand.

„Bett … lass uns ins Bett gehen", raunte er.

„Gute Idee!"

Schnell wuschen wir die verbliebene Seife von unseren Körpern und griffen uns ein paar Handtücher. Die Luxushandtücher des Hotels fühlten sich an wie Seide. Ich schlang mir eines um die Brüste und eines um die Haare, während Cody an der Badezimmertür auf mich wartete. Er hatte sein Handtuch nur benutzt, um sich abzutrocknen, und es dann einfach wieder fallen lassen. Jetzt stand er dort voller Erregung und wartete darauf, dass ich mich zu ihm gesellte.

Er streckte die Hand nach mir aus. Als ich sie griff, zog er mich an sich und schloss mich in seine Arme. Es war eine großartige Umarmung. Ich fühlte mich bei Cody viel besser aufgehoben als bei den letzten Männern, mit denen ich zusammen gewesen war. Wie verrückt war das hier eigentlich? Vielleicht, weil wir einander schon so viele Jahre kannten? Aber so nah wie jetzt waren wir uns noch nie gewesen.

„Ich werde dir das hier jetzt abnehmen", warnte er, bevor er sich das Handtuch schnappte und es zu Boden fallen ließ.

Er hatte mich noch immer im Arm, aber jetzt waren unsere nackten Körper dicht aneinandergepresst. Meine Nippel standen fest vor lauter Aufregung, als ich spürte, wie ich feucht zu werden begann. Mein Körper und mein Kopf wollten Cody in mir spüren.

Er nahm mich noch fester in den Arm und hob mich vom Boden. Währenddessen küssten wir uns weiter und er begann vom Bad in sein Zimmer zu gehen. Die Sonne schien von draußen zum Fenster hinein und ließ das Bett im Nachmittagslicht erstrahlen. Cody setzte mich auf dem Bett ab und ich ließ mich rücklings fallen.

Die Kraft und Verführung, die in der Situation lagen, begannen mich mitzureißen. Codys Blick sah aus wie der eines Raubtieres, das seit Jahren keine Beute mehr gerissen hat. Trotz der brennenden Kraft und der Lust, die aus ihm sprachen, waren seine Berührungen sanft und er legte sich neben mich, um mich weiter zu küssen.

Seine Küsse elektrisierten jeden Quadratzentimeter meines Körpers. Je öfter wir uns küssten, desto mehr verzehrte ich mich nach ihm. Lustvoll drängte auch mein Körper in seine Nähe. Ich zog ihn über mich und spreizte meine Beine in der Erwartung, dass er in mich eindringen würde.

Cody nahm sich eine kurze Pause und sprang los, um ein Kondom zu holen. Dabei bewegte er sich wie ein Leopard. Schnell und geschmeidig war er schon wieder zurück über mir, bevor ich auch nur einen Atemzug getan hatte.

Er lehnte sich über mich und machte sich bereit in mich einzudringen, aber dann hielt er inne, um mich nochmals küssen zu können. Diesen Moment nutzte ich, um meine Arme um seinen Nacken zu schlingen und meine Zunge in seinen Mund zu stecken, als sei der letzte Kuss schon Ewigkeiten her. Dass er bereit war, es so langsam angehen zu lassen, stand in scharfem Kontrast zu der Tatsache, dass wir gestern Nacht geheiratet hatten. Doch genau das gefiel mir in diesem Moment.

Der Geschmack seiner Lippen brannte sich tief in meine Sinne und mein Verlangen nach ihm wuchs so noch weiter. Je länger wir uns küssten, desto stärker wogte meine Hüfte auf ihn zu, um ihm zu signalisieren, dass ich bereit für ihn war. Alles, was ich wollte, war, ihn in mir zu spüren.

„Ja", hauchte ich, so als habe er mir eine intime Frage gestellt.

Er verstand, was ich ihm sagen wollte, und ich spürte, wie sein Körper mich auszufüllen begann. Ich stöhnte auf vor Lust. Langsam begannen wir uns zu bewegen. Unsere Hüften und Zungen umspielten sich. Nichts konnte unser instinktives Bedürfnis nach Vereinigung jetzt noch stoppen.

Immer wieder reduzierte Cody die Geschwindigkeit seiner Stöße und machte eine Pause, um meinen gesamten Nacken mit Küssen zu bedecken. Er spielte mit der einen Seite, um sich dann der anderen zu widmen und danach wieder zu meinen Lippen zurückzukehren. Im Moment darauf stieß er wieder zu.

Wir bewegten uns in gemeinsamer Ekstase. Unterbrochen nur von Pausen, um den Körper des anderen zu erkunden oder die Position zu wechseln. Bald hatte sich mein Verlangen so gesteigert, dass ich nicht mehr anders konnte, als ihm nachzugeben. Ich saß auf ihm, als ich mich der Überwältigung ergab. Ich spürte, wie sich seine Hände in meine Seite klammerten, als ich enger und enger wurde. Sicher würde auch er gleich kommen. Es gab einfach keine Möglichkeit, dass er sich zurückhalten konnte. Meine Hüften bewegten sich fester und fester.

Als es mich überkam, sank ich auf ihm zusammen. Mein ganzer Körper zitterte und Cody nahm mich in die Arme, um meinen Rücken zu streicheln, während er mich sinnlich auf Stirn und Wangen küsste. War er gekommen, ohne dass ich es bemerkt hatte? War ich wirklich dermaßen von meinem eigenen Orgasmus überwältigt gewesen, dass ich es nicht gemerkt hatte? Ich wusste es nicht und ich lag lange in seinen Armen, bevor ich spürte, dass er seine Hüfte wieder zu bewegen begann.

Meine Lust erwachte von neuem, als Cody seine Hände zum Einsatz brachte, um mich im Rhythmus seiner Stöße zu bewegen. Zwar war ich erschöpft, aber bald erwuchs das Verlangen in mir, wieder härter zuzustoßen. Ich flehte meinen Körper um mehr Energie an, weil ich noch einen weiteren Orgasmus mit diesem liebevollen Mann erleben wollte.

Wenn dieser Tag alles sein sollte, was uns zur Verfügung stand, dann wollte ich ihn damit verbringen, so viele Orgasmen wie möglich zu haben. Ich lag noch immer auf seiner Brust und wir bewegten uns in dieser Position gemeinsam, doch ich spürte, dass ich eine neue Stellung probieren wollte.

Cody schien das gleiche Gefühl gehabt zu haben. Er rollte mich auf die Seite und schlang seine Arme von hinten um mich. Er brachte meine Hüfte in Stellung und ich bewegte mich, um den richtigen Winkel zu finden, dass wir einander weiter lieben konnten. Ich war vor ihm und seine Arme umschlossen meine Brüste mit voller Kraft, während wir gemeinsam vor und zurück wogten. Es war eine wunderbare neue Position, die mir die Möglichkeit gab, meine Lust nochmals ganz anders zu fühlen.

Ich bemerkte schnell, dass Cody diese Stellung gefiel. Sein Stöhnen und Knurren wurde lauter und es schien, als ließe seine Fähigkeit, sich selbst zu kontrollieren, erheblich nach. Auch er ergab sich seinem Instinkt und dem gemeinsamen Liebesspiel, in dem wir aufgingen.

Mein nächster Orgasmus kam völlig unerwartet über mich. Ich hatte schon mehr Lust erfahren, als ich erwartet hatte. Ich drückte den Rücken durch vor Verlangen, als ich spürte, wie Cody voll in mich eindrang. Je härter er zustieß, desto mehr wollte ich – so, als könne es nie genug sein. Ich griff hinter mich und packte seine Hüfte, um ihn dazu zu bewegen, härter zuzustoßen.

Auch er griff nach meiner Hüfte und gab mir genau das, wonach ich verlangt hatte. Hart, schnell und tief stieß er zu, sodass ich vor lauter Lust aufschrie und schon befürchtete, hyperventilieren zu müssen.

„Oh, ja! Mein Gott!", schrie ich, als wir uns unserer Lust ergaben.

Als mein Körper schließlich in einer Explosion der Befriedigung zu erbeben begann, musste ich meine Hände ins Bettlaken krallen. Ich drückte ihm meinen Hintern entgegen und er griff zu. Genau da erlebten wir den gemeinsamen Höhepunkt. Nach dieser Lawine der Lust waren wir in Schweiß gebadet und keuchten beide schwer.

Wir lagen wie erstarrt in den Armen des jeweils anderen und ergaben uns selig dem Moment. Ganz egal, was uns an diesen Punkt gebracht hatte, ich wusste, dass ich mich an diese außergewöhnliche Zeit für den Rest meines Lebens erinnern würde.

Eng umschlungen schliefen wir ein und erholten uns so von den Strapazen der vergangenen Nacht. Ich weiß nicht, wie lange wir noch schliefen. Irgendwann im Laufe des Nachmittags begannen wir uns wieder zu rühren. Diesmal lagen wir beide nackt und aneinander geschmiegt auf dem Bett. Uns knurrte der Magen.

„Sollen wir nochmal duschen?" Ich drehte mich zu Cody um.

„Ja." Er lächelte mich glücklich an.

Es gab noch so viel zu besprechen. Ich konnte plötzlich nur noch daran denken, wie wir das mit der Annullierung anstellen würden. Würden wir einfach nochmal zum Gericht gehen und alles klarstellen? Ich war mir sicher, dass das keinen großen

Aufwand bedeuten würde und das Cody nicht mit mir verheiratet bleiben wollte.

Wir würden uns wieder in einen ansehnlichen Zustand bringen, etwas essen und uns dann darum kümmern, den Scherbenhaufen der vergangenen Nacht zu beseitigen. Diesmal war das gemeinsame Duschen nicht ganz so sinnlich wie beim ersten Mal. Wir wuschen uns nur beide schnell, küssten uns und verließen dann die Duschkabine. Ich war erschöpft. Zwar wünschte ich mir weiterhin von Cody geküsst und berührt zu werden, aber unser Liebesspiel und das fehlende Essen der vergangenen 24 Stunden machten sich bemerkbar. Beides sorgte dafür, dass ich mich etwas unsicher auf den Beinen fühlte.

„Können wir erst mal was zu essen organisieren?", fragte ich, als wir uns in Handtücher gewickelt wieder auf die Couch gesetzt hatten.

„Ja, klar. Frühstück oder Mittagessen?"

„Wie viel Uhr ist es denn?"

„Drei am Nachmittag", gab Cody zurück, nachdem er auf seine Uhr geschaut hatte.

„Ich liebe Frühstück, unabhängig von der Tageszeit. Wie schaut's da bei dir aus?", lachte ich.

„Dann muss es wohl Frühstück sein."

Cody wirkte so entspannt und ruhig. Ich konnte keinerlei Sorge an ihm erkennen.

Mein Handy klingelte aus der gegenüberliegenden Ecke des Zimmers, aber ich ging nicht zu meiner Handtasche, um nachzuschauen, wer mir geschrieben hatte. Jaqueline wusste, dass ich mit Cody unterwegs war, und außerdem war unsere Rückreise erst für morgen geplant. Ich versuchte also mich zu entspannen, um eine Lösung für Codys und meine Situation zu finden.

„Deine Schwester wird sicher ausrasten", sagte ich, als mir bewusstwurde, dass wir wohl nicht darum herumkommen würden, Missy alles zu erzählen. „Nicht in einer Million Jahre wird sie glauben, was wir angestellt haben."

„Sie wird es witzig finden. Was Cooleres, als dass ich ihre Freundin heirate, kann doch gar nicht passieren. Dann weiß sie wenigstens, dass sie mit meiner Frau gut auskommen wird. Ich dachte immer, dass alle Frauen sich Sorgen machen, wen ihr Bruder heiratet."

„Keine Ahnung. Ich habe keine Geschwister." Ich musste lachen.

Dann begann ich darüber nachzudenken, was Cody da eigentlich gerade gesagt hatte. Er klang noch immer nicht, als sei er besorgt.

Mein Herz schlug schneller und meine Gedanken begannen zu kreisen. Ich starrte Cody mit bis dahin ungekannter Intensität an. Konnte es sein, dass er mit alledem glücklich war? Es war sicher nicht sein Plan gewesen, gestern mit mir durchzubrennen und mich zu heiraten. All diese Ereignisse waren wie ein Wirbelsturm über uns gekommen und sicher war er genauso überfordert damit wie ich.

Sicher, Cody war ein sehr entspannter Zeitgenosse, den nichts so schnell aus der Ruhe brachte. Er war gut darin, sich nichts anmerken zu lassen. Er musste gut darin sein. Er leitete millionenschwere Unternehmen und gewann Tausende von Dollar beim Poker. Er hatte einfach ein gutes Pokerface. Das musste es sein. Er wollte mir einfach nicht zeigen, wie außer sich auch er gerade war.

Ich war sehr still, während wir auf unser Essen warteten. Immer wieder ging ich im Kopf durch, wie ich die uns bevorstehende Aufgabe lösen wollte. Wie würde ich das meinen Produzenten erklären? Ich hatte den Vertrag schon gebrochen, bevor wir überhaupt mit den Aufnahmen begonnen hatten.

Vielleicht gelang es mir, das alles geheim zu halten? Nach der Annullierung konnte ich hoffentlich einfach so tun, als sei nichts geschehen.

Als unsere Bestellung endlich kam und wir zu essen begannen, hing ich immer noch meinen eigenen Gedanken nach. Cody lachte mich an und die Intensität seiner Blicke machte mir weiche Knie.

„Du lebst also in Chicago. Gefällt es dir dort?", fragte ich schließlich in dem Versuch, etwas Smalltalk zu halten.

„Es gefällt mir überhaupt nicht. Kalifornien ist viel schöner. Ich bin nur wegen meiner ersten Firma nach Chicago gegangen. Jetzt, da ich sie verkauft habe, kann ich leben, wo immer ich will. Ich könnte zum Beispiel wirklich einfach nach Kalifornien ziehen."

„Oh, das klingt toll. Ja, mir gefällt es auch dort, aber ich hoffe auch, dass ich irgendwann mal auf Reisen gehen kann. Ich will mir die ganze Welt ansehen. Ich hätte gerne eine Arbeit, die man von überall machen kann und für die man nur einen Laptop braucht. So funktioniert dein Leben, oder?"

„Nicht ganz. Ich muss schon ins Büro, um Verträge zu unterschreiben und um mich um Probleme zu kümmern. Oder zumindest war das so, als ich meine Firma noch hatte. Mit den heutigen technischen Möglichkeiten könnte ich mittlerweile vermutlich alles vom Rechner aus machen."

„Und was planst du mit deiner neuen Firma?"

„Nun ja, jetzt wo ich ..." Er unterbrach sich. „Ich weiß nicht genau", schob er schließlich hinterher.

„Wirst du weiter nach Investoren für deine Hotels suchen? Das ist doch der nächste Schritt, oder?", meinte ich. Mir war wieder eingefallen, dass die Bank ihm keinen Kredit hatte geben wollen.

„Ja. Irgendwie so wird es weitergehen. Ich muss die Details

durchgehen und mehr Eigenkapital aufbringen. Ich bin nicht mehr so besorgt, wie ich schon war. Dieses Wochenende hat mir dabei geholfen, mehr Klarheit zu bekommen."

Ich aß meine Eier und meinen Speck, während ich darüber nachdachte, worüber wir uns noch unterhalten konnten. Aber je länger wir am Tisch saßen, desto größer wurde die Angst vor den Dingen, die in meinem Leben anstehen würden. Cody schien sich sicher zu sein, dass unsere Heirat keinen Einfluss auf die Pläne für sein neues Unternehmen haben würde. Ganz im Gegenteil. Es wirkte, als sorge er sich heute viel weniger, als das noch gestern Nacht der Fall gewesen war.

Aber mein Leben als echte Schauspielerin begann ja gerade erst. Wir hatten noch nicht mal die erste Folge meiner neuen Show aufgenommen und ich hatte vermutlich schon alles ruiniert. Ich hatte die Klausel gebrochen, die festlegte, dass ich nicht verheiratet sein durfte, und in dem Moment, in dem die Produzenten das herausfanden, würden sie mit mir bestimmt keine Serie über eine Singlefrau in Los Angeles drehen wollen.

Meine Hände begannen zu zittern. Ich versuchte mich einfach auf das Essen zu konzentrieren und die Sorgen beiseite zu schieben. Das Problem war einfach und genauso einfach würde es sein, eine Lösung zu finden. Wenn wir uns scheiden ließen, konnte ich wieder Single sein. Noch besser wäre eine Annullierung. Ich wusste nicht genau, wie die jeweiligen Regelungen lauteten. Aber beides bedeutete, dass ich wieder Single war und meinen Job nicht verlieren würde.

„Geht es dir gut?", fragte Cody.

„Ja", log ich, aber meine Hände zitterten genauso weiter wie zuvor. Die Angst, mein neues Leben wieder zu verlieren, begann mir die Kehle zuzuschnüren.

Bald übermannte mich die Panik. Ich konnte nicht atmen. Alles um mich herum begann sich zu drehen und ich hyperventilierte, sodass ich kurz davorstand, das Bewusstsein zu verlieren. So etwas war mir noch nie passiert und es war verdammt furchteinflößend. Ich hatte die Kontrolle über mich verloren. Mein Körper tat, was er wollte, und das bedeutete, dass mir die Sicht zu schwinden drohte.

„Alexis, bist du sicher, dass es dir gut geht? Du siehst nämlich wirklich nicht so aus."

„Äh ... ich ...", stammelte ich, als ich versuchte mir einen Satz zurechtzulegen. Aber es ging mir nicht gut. In diesem Moment war wirklich ganz und gar nichts in Ordnung.

Ich hörte jemanden an die Zimmertüre klopfen, aber das Geräusch kam aus weiter Ferne. Dann sah ich Cody an und bemerkte, wie ich auch noch das letzte bisschen Kontrolle verlor. Ich konnte nicht mehr atmen. Die Panik hatte gänzlich die Kontrolle über meinen Körper übernommen. Je mehr ich versuchte meine Atmung zu kontrollieren, desto schlimmer wurde es. Konnte es sein, dass ich in nur einer Nacht in Las Vegas mein ganzes Leben ruiniert hatte?

Kapitel 7

Cody

„Ich schaue nur kurz, wer da an der Tür ist", sagte ich, während es draußen weiter klopfte. „Versuch einfach, tief durchzuatmen."

Alexis sah überhaupt nicht gut aus. Sie war blass und hyperventilierte, und ich machte mir Sorgen, dass sie in Ohnmacht fallen könnte. Aber das Klopfen an der Tür hinderte mich daran, sie beruhigen zu können. Also musste ich mich zuerst um die Person auf der anderen Seite der Tür kümmern.

„Alter, wir müssen schauen, dass wir unseren Flug nicht verpassen", meinte Todd kurz darauf. Er und Henry standen vor meiner Türe.

„Wir haben den ganzen Morgen versucht dich zu erreichen. Wo zur Hölle warst du?"

Die zwei drängten sich in mein Zimmer, wo sie Alexis erblickten, die noch immer nur mit einem Handtuch bekleidet war und mitten in ihrer Panikattacke steckte. Ich hätte den beiden gerne erklärt, was los war, aber dafür war jetzt keine Zeit. Stattdessen ließ ich sie an Ort und Stelle stehen und kümmerte mich darum, Alexis zu beruhigen.

„Liebes, atme ganz entspannt. Alles wird gut. Es gibt keinen Grund zur Panik. Ich bin bei dir und ich gehe nirgendwo anders hin", versuchte ich sie zu beruhigen.

„Eigentlich solltest du schon weg sein", unterbrach mich Todd. „Wir sollten schon längst am Flughafen sein."

„Ich hab letzte Nacht geheiratet", gab ich in dem Versuch

zurück, sie dazu zu bringen, wenigstens für eine Minute den Schnabel zu halten, und ihnen klar zu machen, dass das hier wichtig für mich war. „Das ist Alexis. Ihr zwei erinnert euch an sie, oder?"

„Ja, schon", stammelte Henry.

„Du hast geheiratet?", fragte Todd

„Schon gut. Ich komm schon klar", nuschelte Alexis. „Mir ist schon klar, dass das alles nur ein Scherz war. Wir bekommen das schon wieder gradegebogen", fügte sie hinzu.

Das Ding war nur, dass mir die Vorstellung gefiel, mit Alexis verheiratet zu sein. Die Sache hatte etwas Schicksalhaftes und viele meiner Probleme hatten sich durch unsere Hochzeit in Luft aufgelöst. Außerdem mochte ich Alexis wirklich. Natürlich kannte ich sie nicht gut, aber die Möglichkeit, das zu ändern, wollte ich mir auf keinen Fall entgehen lassen. Sie war die Antwort auf alle meine Fragen und der Gedanke daran, unsere Ehe ernst zu nehmen, machte mich glücklich.

„Oh mein Gott! Du hast geheiratet?", lachte Henry hysterisch.

„Du solltest doch nichts Dummes anstellen. Ich hätte nicht gedacht, dass ich am Ende auf dich hätte aufpassen müssen", schob Todd nach. Die beiden lachten schallend.

Währenddessen rannen Alexis Tränen über die Wangen und sie wiegte sich vor und zurück. Es war einfach unmöglich, diese Situation aufzulösen, während meine zwei Kumpels im Zimmer waren und sich so aufführten. Sie hielten das alles für einen Witz. Da keine Zeit war, ihnen alles zu erklären, war die einzige Möglichkeit, sie aus dem Zimmer zu schmeißen. So würde ich wenigstens mit Alexis reden können.

„Ihr seid wirklich nicht gerade hilfreich Jungs. Könnt ihr nicht einfach mal die Schnauze halten?"

„Du kannst gehen. Wir biegen das alles später irgendwie

gerade", sagte Alexis durch einen Schleier von Tränen.

„Ich gehe nirgendwo hin. Ich bleibe bei dir und wir überlegen uns gemeinsam, wie wir weitermachen. Ich glaube, dass das die beste Lösung ist. Also, wenn das für dich auch in Ordnung ist."

„Du willst mit ihr verheiratet sein? Wer zur Hölle bist du?", unterbrach mich Henry. „Das ist doch alles verrückt. Hast du ihr dieses Ding gekauft?" Er schnappte sich Alexis Hand und begutachtete den Brillantring. „Scheiße, du hast deinen ganzen Pokergewinn für das Ding ausgegeben, oder? Verdammt, Alter! So eine Scheiße."

„Ihr zwei müsst jetzt wirklich gehen", stieß ich heraus. „Ihr seid keine Hilfe."

„Du wirst deinen Flug verpassen", sagte Todd und zog Henry in Richtung der Türe. „Sollen wir ohne dich fliegen?"

„Ja, ich finde schon einen anderen Flug. Ihr zwei müsst jetzt gehen." Ich beförderte sie zur Türe hinaus und schloss sie hinter ihnen zu.

Alexis war völlig außer sich wegen unserer Hochzeit. Ich fühlte mich schrecklich. Obwohl es mir wirklich helfen würde, mit ihr verheiratet zu sein, wollte ich das nur, wenn sie genauso fühlte. Sie war eine großartige Frau und ich hoffte wirklich, dass unsere Hochzeit nicht ihre beginnende Schauspielkarriere ruiniert hatte.

„Du lebst in Chicago. Ich lebe in Los Angeles", nahm sie den Faden wieder auf. Aber sie schien mehr mit sich selbst als mit mir zu reden. „Wir können kein Paar sein. Selbst wenn ich es wollte, das kann nicht funktionieren."

„Ich könnte nach L.A. ziehen. Würde das helfen?"

„Soll das heißen, dass du mit mir verheiratet sein willst?", fragte sie. Mittlerweile war sie ruhig genug, um wieder deutlich zu sprechen.

„Ich meine nur, wir sollten nichts überstürzen. Ich mag dich wirklich. Ich weiß, dass die Hochzeit verrückt war, und mir ist auch klar, dass das deiner Karriere im Weg steht. Vielleicht kannst du den Produzenten sagen, was passiert ist, und sie können das Ganze in die Story einbauen? Die mögen dich doch schon jetzt. Das wäre doch ein guter Handlungsstrang. Wir würden ein super Paar abgeben", sagte ich und setzte mich wieder neben sie. „Ich könnte mit dir in deiner Show sein, wenn du das willst."

Ich war offen dafür, einen Weg zu finden, unsere Hochzeit mit ihrer Karriere vereinbar zu machen. Außerdem würde unsere Ehe mir helfen, die Finanzierung von meinem Projekt zu ermöglichen.

„Cody, in der Show geht es um Singles, die in L.A. auf Partnersuche gehen. Ich habe den Vertrag schon vor unserem ersten Drehtag gebrochen. Dafür gibt es keine Lösung", sagte sie zerknirscht und etwas wütend auf mich. „Ich habe alles ruiniert."

„Nein, es gibt immer einen Weg, Baby. Ich komme nach Los Angeles und wir lösen das zusammen."

„Du würdest alles hinter dir lassen, um zu mir zu ziehen?" In ihrem Gesicht ließ sich deutlich ablesen, dass sie mich für verrückt hielt.

„Klar würde ich das machen. Ich könnte mir ein Apartment suchen, dann gehen wir einfach miteinander aus und zuerst mal so, als sei vergangene Nacht nie passiert. Ich will mich deswegen nicht schlecht fühlen müssen. Es ist alles einfach so aufregend. Wir bekommen das schon hin. Du magst mich doch auch, oder?"

Alexis blickte mich lange verwundert an und dachte viel länger über die Frage nach, als ich erwartet hätte. Trotzdem wusste ich, was sie antworten würde. Sie mochte mich. Wir hatten den halben Tag damit verbracht, uns zu lieben und uns in den Armen zu liegen. Ich musste sie nur überzeugen, mir eine Chance zu geben. Jetzt ging es ums Ganze.

„Ja, ich mag dich", antwortete sie endlich und beugte sich zu mir vor. „Aber das ist verrückt. Cody, wir haben wirklich geheiratet."

„Eigentlich war das Ganze ja deine Idee", lachte ich und knuffte sie in die Seite. „Du wolltest, dass Elvis uns verheiratet."

„Ich erinnere mich an fast nichts mehr, außer an diesen verdammten Elvis."

Wir lachten, als wir versuchten unsere Erinnerungen an die vergangene Nacht zu einem gemeinsamen Bild zusammenzufügen. Irgendwie hatte immer das eine zum anderen geführt und ich war mir sicher, dass wir in einigen Jahren mit Freude an die vergangene Nacht denken würden. Das einzig schwierige war, einen Weg zu finden, der nicht schon von vorne herein Alexis Karriere ruinieren würde. Diesbezüglich musste ich mir etwas Gutes einfallen lassen. Die Verbindung, die Chemie, die zwischen uns herrschte, würde es uns schon ermöglichen, in einer Beziehung zueinander zu finden. Schwieriger war es da schon, den geschäftlichen Teil unserer Leben auf einen gemeinsamen Nenner zu bringen.

„Geht es dir etwas besser?", fragte ich.

„Ich weiß nicht, Cody. Ich habe Angst, meine Rolle zu verlieren."

„Wie lange hast du noch, bis ihr wirklich mit dem Filmen anfangt?"

„Einen Monat ungefähr", meinte sie.

„Also gut, dann müssen wir uns was überlegen. Zum Glück haben wir noch etwas Zeit. Wenn du mich nach Ablauf der kommenden Tage absolut hassen solltest, lassen wir die Ehe vor Beginn der Dreharbeiten einfach wieder annullieren. Du wirst dann wieder Single sein und ich engagiere einen Anwalt für dich, der mit dir klärt, wie du es anstellst, dass sie dir deinen Vertrag nicht kündigen können."

Das hielt ich für einen guten Plan. So konnten wir uns ein paar Wochen Zeit lassen, um uns besser kennenzulernen, und mussten uns nicht dem Druck aussetzen, die Sache mit der Hochzeit sofort zu klären. Eigentlich handelte es sich dabei ja auch nur um ein Dokument. In diesem Moment hatte verheiratet zu sein für uns keinerlei weitere Bedeutung. Natürlich wünschte ich mir, dass die Sache funktionieren würde, und war bereit, dafür einiges an Energie aufzubringen. Ich wollte, dass wir beide eine gute Zeit hatten.

„Also wirst du erst mal hierbleiben?", fragte sie zurückhaltend.

„Ich kann noch bleiben. Wann musst du wieder los?"

„Nicht vor morgen."

„Du könntest deinen Freunden bei Gelegenheit mal schreiben, dass es dir gut geht. Dann können wir zusammen losgehen und uns ein wenig die Stadt anschauen. Klingt das nach einem schönen Nachmittag für dich?"

„Ich hab nichts anzuziehen", meinte sie, wobei sie auf die Handtücher zeigte, die sie trug.

„Zufällig weiß ich, dass gleich um die Ecke ein Einkaufszentrum ist", grinste ich. „Mit einer Menge toller Boutiquen."

„Okay", gab sie zurück.

Sie wollte aufstehen, aber ich hielt sie an ihrem Handtuch fest. Wenn wir den Rest des Tages miteinander verbrachten, konnten wir auch noch gut etwas länger im Bett bleiben, zumal mir unser Liebesspiel sehr viel Spaß gemacht hatte. Schon der Gedanke daran, dass sie unter dem Handtuch nichts anhatte, ließ mich wieder steif werden.

„Oder wir bleiben noch ein bisschen hier."

„Ich würde gerne losgehen, wenn das für dich okay ist."

„Klar, ich freue mich darauf, mit dir auszugehen."

Wir zogen uns an und gingen in die Lobby, um ein Taxi zu ordern. Es war so heiß, dass es keinen Sinn gemacht hätte, über den Strip zu laufen. Alexis war damit beschäftigt, ihren Freundinnen Nachrichten zu schreiben, und ich tat nichts, außer sie dabei zu beobachten.

Jede Nachricht, die sie schrieb oder empfing, zauberte ihr ein Lächeln ins Gesicht. Es gefiel mir, ihr zuzuschauen, während sie sich unbeobachtet wähnte. Ihr Gesicht hatte etwas Vornehmes. Die sanft geschwungene Linie ihrer Lippen war vergangene Nacht durch ihren Lippenstift stärker betont gewesen. Aber die natürliche Schönheit ihrer Lippen war ebenso umwerfend. Sie trug die Haare in einem Dutt und dazu das Kleid von letzter Nacht. Es gab nicht viele Frauen, die so etwas ohne Makeup tragen konnten, aber bei ihr sah es fantastisch aus. Sie bedurfte keiner Schminke, um schön zu sein.

Ich hatte Schmetterlinge im Bauch, als wir zum Caesars Palace fuhren. Diese Frau war meine Ehefrau. Eine lange Reihe Fehler hatte uns an den Punkt gebracht, an dem einfach alles stimmte. Wenn ich jetzt alles richtig machte, würde diese Frau für immer meine Frau sein. Alles an ihr war außergewöhnlich. Sogar, wie wir zusammengefunden hatten. Zu keiner Zeit verängstigte mich diese Außergewöhnlichkeit, sondern die sich auftuenden Möglichkeiten stärkten meine Überzeugung.

„Zurück am Ort des Verbrechens", lachte ich, als wir ausstiegen.

Unser Fahrer fand die ganze Sache jedoch überhaupt nicht witzig und ich sah, wie er einen Knopf drückte, um ein Bild von uns beiden auf seiner Rückbank zu machen. Ich lächelte beim Bezahlen, versuchte jedoch nicht wirklich zu lachen.

„Oh, ich erinnere mich, dass wir hier waren", rief Alexis laut.

Ich hielt ihr meine Hand hin, um ihr aus dem Taxi zu helfen.
„Habe ich hier kurz geschlafen?"

„Ich war ganz kurz weg. Ich hatte gedacht, dass wir vielleicht die Seilbahn ausprobieren könnten."

„Es gibt eine Seilbahn?", fragte sie aufgeregt.

„Ja. Sollen wir hingehen?"

„Ich glaube, dass ich das möchte, ja."

„Okay, lass uns dir was zum Anziehen kaufen und dann schauen wir uns das an. Das wird unsere Hochzeitsreise."

Vielleicht würde ich es ja schaffen, mit ihr einen so schönen Tag zu verbringen, dass sie für eine Weile vergessen konnte, dass sie eventuell ihren Job verlieren würde. Noch gab es keine Möglichkeit, herauszufinden, was mit den Immobilien meines Vaters geschehen würde. Die Klausel im Testament besagte dezidiert, dass ich für fünf Jahre am Stück verheiratet sein musste. Ich hatte mir die Sache nie genau genug angeschaut, um herauszufinden was geschah, wenn die Heirat keine fünf Jahre halten sollte. Vielleicht gab es eine Möglichkeit zur Auszahlung? Wahrscheinlicher war, dass ich das ganze Geld würde zurückgeben müssen. Aber dann hätte ich die Finanzierung meines Projekts längst bewilligt und die ganze Sache würde ein gutes Ende nehmen.

Fürs Erste wollte ich es jedoch mit meinem eigenen Ratschlag halten und mir nicht zu viele Gedanken machen. Stattdessen wollte ich mich darauf konzentrieren, einen wunderschönen Tag mit Alexis zu verbringen. Viel Spaß und Romantik würden uns ermöglichen, auf das Bevorstehende mit positiver Einstellung anstatt Bedauern zu blicken.

„Alles hier ist unglaublich teuer."

„Das ist kein Problem. Es ist mir eine Ehre, für alles aufzukommen. Schau einfach, was dir gefällt."

Alexis war ganz aufgeregt, als sie sich umsah, und sie so zu sehen, machte mich glücklich. Wir gingen von Boutique zu Boutique. Sie probierte alles Mögliche und präsentierte sich wie bei einer Modenschau. Immer wieder kam sie mit einem breiten Lächeln aus der Umkleide und drehte sich einmal im Kreis. Als sie sich schließlich ein Paar Jeansshorts ausgesucht hatte und dazu ein Top und Sandalen, war ich erleichtert, dass die zweieinhalb Stunden Shoppingtour überstanden waren.

Es war wirklich unglaublich. Alexis sprühte noch immer vor Energie nach diesem Wahnsinn. Ich hatte den Großteil der Zeit damit verbracht, herumzusitzen und auf sie zu warten, und ich war erledigt.

„Danke für das Outfit. Jetzt lass uns schauen, wo die Seilbahn ist", meinte sie, während sie wie ein Flummi neben mir aus der Mall hüpfte.

„Hast du immer so viel Energie?"

„Nur wenn ich einen Morgen voller Orgasmen hinter mir habe", zwitscherte sie und legte mir den Arm auf die Schulter.

Wir waren jetzt an derselben Stelle wie gestern Nacht, direkt bei dem Brunnen vor dem Tor. Die Leidenschaft in unseren Küssen war heute noch überwältigender als gestern. Sie war so voller Leben und Lebenshunger. Selbst nach dem Tiefpunkt am heutigen Nachmittag konnte sie lachen und wieder nach vorne schauen. Genau diese Eigenschaft hatte ich immer wieder versucht bei einer Frau zu finden. Eine Frau, die sich auch mit dem Ernst des Lebens beschäftigen konnte, aber nach einem Moment der Trauer wieder fröhlich auf die nächste Herausforderung zuging. Ich hatte mein ganzes Erwachsenenleben damit verbracht, hart zu arbeiten und mich mit Menschen zu umgeben, die eine positive Ausstrahlung hatten. Es war eine Erleichterung zu sehen, dass Alexis ihr Leben genauso lebte wie ich.

„Ich bin jederzeit bereit, dir mehr solcher Hosen zu kaufen." Ich zog sie an mich und griff nach ihrem Hintern. „Du hast einen himmlischen Hintern. Hab ich dir das schon gesagt?"

„Nein. Aber vielen Dank."

„Sollen wir versuchen, zur Seilbahn zu kommen? Ich glaube, wir könnten beide etwas Abenteuer vertragen."

„Lass uns das machen. Aber diesmal ohne Alkohol", gab sie zu bedenken. „Ich glaube, dass ich für eine Weile nichts mehr trinken sollte."

„Ich auch. Keine Ahnung, wann ich das letzte Mal so viel getrunken habe. Ich werde Erdbeer-Daiquiris nie wieder so sehen können wie vor gestern Abend", meinte ich wahrheitsgemäß. „Um ehrlich zu sein, hatte ich gerade kurz das Gefühl, dass sich mir der Magen umdreht."

Wir nahmen ein weiteres Taxi, um ans Ende der Freemont Street zu kommen, und diesmal saß Alexis ganz nah bei mir und wir hielten uns an den Händen. Noch waren die Leuchtreklamen nicht an. Aber schon jetzt waren verschiedenste Magier und als Stars verkleidete Menschen zu sehen.

„Ich wünschte, wir hätten es schon gestern Nacht bis hierhergeschafft", bedauerte ich, als wir durch die Straße schlenderten. „Es ist wirklich wunderschön, wenn alles leuchtet."

„Ich habe keine Eile. Wir können hierbleiben, bis es so weit ist."

Je weiter wir gingen, desto mehr löste sich die Anspannung des Tages. Ich spürte, wie auch Alexis Hand sich in meiner langsam entspannte.

Wir fanden die Seilbahn und kauften Tickets für uns beide. Es gab vier Seile und wir starteten gemeinsam mit einem anderen Paar, das auch gerade erst geheiratet hatte.

„Das ist so aufregend", sagte die andere Frau. „Ich habe wirklich Angst."

„Ich auch", sagte ihr Mann.

„Hast du Angst?", fragte ich an Alexis gewandt, um ihr die Möglichkeit zu geben, etwas zu entspannen, während unsere Gurte mit der Seilbahn verbunden wurden.

„Nein. Aber ich bin aufgeregt."

„Ich auch."

Im Moment, bevor wir fertig angegurtet und verbunden waren, lehnte ich mich zu ihr und gab ihr einen letzten Kuss, der ihr Glück bringen sollte. Sie sah entspannt aus, als wir dort warteten. Mir jedoch schlotterten wortwörtlich die Knie.

„Wie kannst du so ruhig sein?", lachte ich, als sie uns in die Startposition zogen.

„Ich denke mir einfach, dass eigentlich nichts noch Schlimmeres passieren kann, nachdem ich jetzt schon mal geheiratet hab. Das Gesetz des Unglücks ist auf meiner Seite."

„Das hilft mir überhaupt nicht."

„Sorry", lachte sie.

„Bereit?", fragte der Angestellte und schaute uns an. Wir zeigten ihm einen Daumen hoch. „Eins, zwei und los geht's!", rief er, noch bevor er bis zur Drei gekommen war.

Unsere Körper flogen die Freemont Street hinunter, als wären wir Superman und Superwoman. Die Art, wie wir in den Gurten steckten, machte die Sache noch aufregender. Ich konnte mir nicht helfen. Ich musste die Arme ausbereiten, so, als würde ich fliegen. Da bemerkte ich, dass Alexis und das Paar neben uns das Gleiche taten.

Es dauerte nur kurz, bis wir zwei Männer ein wenig vor den Frauen waren. Unser Gewicht bot uns einen leichten Vorteil in Bezug auf die Geschwindigkeit. Ich versuchte, mich nach Alexis umzuschauen, aber die Konstruktion der Seilbahne führte dazu, dass es fast unmöglich war, sich umzudrehen.

Als wir in der Mitte des Seils stoppten, hatte ich ein permanentes Grinsen im Gesicht. Es war unglaublich gewesen. So schnell und mit so starker Beschleunigung.

„Das war der absolute Hammer", frohlockte Alexis, als sie mir in die Arme sprang.

„Sie müssen nur dort hochlaufen und werden dann am nächsten Teil der Seils festgemacht", sagte eine Mitarbeiterin zu uns.

Wir waren noch immer in unseren Ganzkörpergurten, als wir händchenhaltend die Treppen hinaufgingen. Alles war genauso, wie ich es mir immer für meine Beziehung gewünscht hatte. Spannende und spaßige Aktivitäten wie diese wollte ich erleben, wenn ich fremde Orte bereiste.

Der Gedanke, dass ich vielleicht tatsächlich eine Partnerin für mein Leben gefunden haben könnte, war jenseits jeglicher Erwartung, die ich an dieses Wochenende gehabt hatte. Aber als wir gemeinsam Hand in Hand die Treppe hinaufgingen, kreisten meine Gedanken nur um diese Vorstellung. Was hatte ich nur für unglaubliches Glück gehabt, genau diese Frau in Las Vegas zu treffen? Die Anziehung zwischen uns hatte uns auch noch für eine weitere Nacht zusammengeführt. Wir unterhielten uns so gut, dass wir wieder die ganze Nacht auf Achse verbrachten. Wieder hatten wir eine großartige Zeit zusammen. Sollte es so etwas wie Schicksal geben, dann musste es das hier sein.

„Also, wirst du nach Chicago zurückkehren?", fragte Alexis, als wir darauf warteten, wieder eingebunden zu werden.

„Ja, lass mir ein paar Tage, um alles in Ordnung zu bringen, dann komme ich zu dir nach L.A. Ist das okay für dich?"

„Das würde mir gefallen."

„Ich weiß, dass das etwas Beängstigendes hat. Ich kann es kaum erwarten, dich besser kennenzulernen. Ich bin schon wirklich aufgeregt auf die Möglichkeiten, die sich für uns auftun."

„Ich weiß noch nicht, was ich von alledem halten soll. Aber ich würde es gerne mit dir versuchen", gab sie zurück. In diesem Moment bemerkten wir, dass das andere Paar uns verwundert beobachtete.

„Wir haben letzte Nacht geheiratet", sagte ich. „Und das war so nicht geplant."

„Jetzt ergibt das alles natürlich total Sinn", kommentierte die Frau meinen Erklärungsversuch.

„Für den Fall, dass es euch beruhigt: Wir kennen uns auch erst seit drei Monaten", schob der Mann hinterher. „Ich glaube nicht, dass Zeit in der Liebe eine Rolle spielt."

„Guter Punkt", stimmte ich zu.

„Also gibt es doch ein wenig Hoffnung für uns", schloss Alexis und küsste mich.

Kapitel 8

Alexis

„Hast du Lust, die Nacht mit mir in meinem Zimmer zu verbringen?", fragte Cody, als wir die Freemont Street im Schimmer der Leuchtreklamen hinunterliefen.

„Ich sollte wohl eigentlich in mein Hotel gehen, ein paar Dinge regeln und nach den Mädels schauen. Eigentlich bin ich ja auf einem Mädelstrip."

„Und wenn ich einfach mit zu dir komme?"

„Du willst doch nicht mit einem Haufen verrückter Frauen rumhängen", musste ich lachen.

„Was? Aber sicher will ich das. Das klingt toll. Was steht heute Abend auf dem Plan?"

Um ehrlich zu sein, ich hatte keine Ahnung, was für heute Abend auf dem Plan stand. Ich hatte ihn nur einmal überflogen und dann zur Seite gelegt. Aber das war noch in meinem alten Leben. Mein Gefühl sagte mir, dass ich bereits irgendwo sein sollte. Ich hatte Jaqueline geschrieben, um sie zu informieren, dass ich diesen Tag noch mit Cody verbringen würde, woraufhin sie versprochen hatte, sich zu melden, falls es etwas Wichtiges gab. Seitdem hatte ich nichts mehr von ihr gehört.

Dieses komplette Wochenende war völlig außer Kontrolle geraten. Ursprünglich war meine einzige Sorge gewesen, dass ich mich auf Pams Party langweilen würde. Noch vor wenigen Tagen hatte ich versucht, einen plausiblen Grund zu finden, überhaupt nicht herkommen zu müssen. Und jetzt lief ich frisch verheiratet Hand in Hand mit meinem Mann durch Las Vegas.

Mein Mann!

Meine Eltern würden mich umbringen. Ebenso meine Freunde. Sogar ich hatte die gleichen Gedanken. Wie hatte ich zu diesem Unsinn nur ja sagen können? Aber wenn ich ehrlich zu mir selbst war, wusste ich genau, was hier passiert war. Ich fand Cody hübsch, wir hatten uns betrunken und irgendwie hatten wir dann geheiratet, statt einfach nur eine Nacht mit großartigem Sex zu verbringen.

„Du kannst mitkommen und mir dort gute Nacht wünschen. Aber ich glaube, ich sollte heute Abend mit Jaqueline unterwegs sein."

„Okay. Lass uns ein Taxi zurück zum Hotel nehmen."

Egal, wie gerne ich die Nacht mit Cody verbracht hätte, um unser Chaos in den Griff zu bekommen, brauchte ich jetzt Zeit für mich. Mein Kopf schwirrte, wenn ich an die Dinge dachte, um die ich mich zu kümmern hatte, und Cody lenkte mich davon ab, alles in Angriff zu nehmen.

Ich hatte zugestimmt, ihm eine Chance zu geben und mit ihm in Los Angeles ein paar Mal auszugehen. Dass das ein gutes Ende für uns beiden nehmen würde, konnte ich mir aber nicht vorstellen. Das Maximum war, dass wir uns noch ein paar Mal sahen, bevor wir uns entschieden, unsere Ehe zu annullieren oder die Scheidung einzureichen. Wenn ich dann Glück hatte und die Produzenten ein Auge zudrückten, konnte ich noch immer an der Show teilnehmen und meine Karriere auf die Reihe bekommen.

Der Blick aus dem Fenster des Taxis war spektakulär bei Nacht. Alles blinkte und leuchtete. Der Verkehr war verheerend und wir kamen nur langsam voran. Als wir an der Elvis-Kapelle vorbeifuhren, überkam mich eine Flut an Erinnerungen an die vergangene Nacht. Die eindrücklichste davon war, dass ich Cody wirklich hatte heiraten wollen. Außerdem fiel mir wieder ein, dass er genauso aufgeregt gewesen war wie ich. War das Schicksal? Oder waren wir nur zwei Betrunkene mit derselben bescheuerten

Idee gewesen?

„Wie wird dein Leben aussehen, wenn du wieder daheim bist?", fragte Cody. „Hast du einen Freund? Das hätte ich vielleicht etwas früher fragen sollen."

„Nein. Ich bin Single. Wie ist das bei dir?"

„Ich auch. Ich bin immer am Arbeiten. Immer wenn ich versucht habe, eine Frau kennenzulernen, habe ich bald bemerkt, dass das eigentlich keinen Sinn hat."

„Hast du ein Haus oder eine Wohnung?", fragte ich.

„Ich habe eine Eigentumswohnung im Stadtzentrum. Die loszuwerden wird nicht schwer sein. Wenn ich nach L.A. komme, vermiete oder verkaufe ich sie einfach."

„Lass uns nichts überstürzen."

Cody strahlte über das ganze Gesicht. Er freute sich auf das, was kommen würde. Er konnte überhaupt nicht verbergen, wie glücklich er war. Niemals hätte ich ihn für die Art Mann gehalten, die sich über eine Heirat derart freuen würde.

„Entschuldigung. Du bist einfach so wunderschön", murmelte er und sah mich an. „Wenn das alles funktioniert, werde ich der glücklichste Mann in Kaliforniern sein."

„Das ist wirklich süß."

„Das ist mein voller Ernst, Alexis. Ich habe keine Ahnung, wieso es so lange gedauert hat, bis ich bemerkt habe, was für eine umwerfende Frau du bist. Wie kann es sein, dass ich dich schon kenne, seit du achtzehn bist, und es bis zu diesem Wochenende gedauert hat, dass wir beide uns besser kennengelernt haben?"

„Keine Ahnung."

„Entschuldigung. Ich habe dich abgelenkt. Erzähl weiter, wie dein Leben zu Hause ist."

Also erzählte ich ihm von meinem Arbeitsalltag, meiner Wohnung und wo ich gefeiert hatte, nachdem ich einen Auftritt im Fernsehen ergattert hatte. Es würde aufregend werden, einen neuen Menschen in mein Leben zu integrieren.

„Und diese Fernsehshow wird das nächste große Ding für dich, oder wie?", fragte er.

„Wenn ich mir nicht die Chance darauf verbaut habe, dann schon. Sie schicken uns auf große Partys und Events, wo wir Stars kennenlernen können und auf Dates gehen ..." Ich verlor den Faden.

Natürlich gab es keine Chance, dass das funktionieren würde, wenn Cody und ich zusammenblieben. Andere Singles zu daten, während mein Ehemann zu Hause auf mich wartete, war einfach Schwachsinn. In den kommenden Wochen würde ich mich zwischen meinem Traumjob und meinem potentiellen Traummann entscheiden müssen.

Noch konnte ich mir nicht vorstellen, dass Cody und ich das zusammen hinbekommen würden. Es gab zu viele Faktoren, an denen alles scheitern konnte. Dass er anbot, nach Los Angeles zu kommen, war natürlich ein großes Ding. Aber das sagte noch überhaupt nichts darüber aus, ob es ihm am Schluss auch gefallen würde. Würde er wirklich dortbleiben wollen? Und was würde passieren, wenn er die Finanzierung für seine Geschäftsidee bekam und seine Hotelkette startete? Er würde nah bei seinem Büro wohnen müssen, um alles zu regeln. Es gab so viele Details, von denen völlig unklar war, ob sie auf einen Nenner zu bringen sein würden.

Schließlich kamen wir am Hotel an.

„Ich bin froh, wie dieses Wochenende bisher gelaufen ist", meinte Cody, als wir auf dem Weg zu meinem Zimmer gemeinsam im Aufzug standen. „Ich weiß, dass das für uns beide eine Überraschung war, aber manchmal passieren die besten Dinge im Leben aufgrund von etwas Unerwartetem."

„Du bist so positiv, was die Sache angeht. Es tut mir leid, dass ich so negativ bin die ganze Zeit. Ich mag dich wirklich, Cody. Ich mache mir eben schreckliche Sorgen, dass ich meinen Job verliere. Das ist gerade einfach alles zu viel für mich."

„Mein Ziel ist es, das Leben leicht zu nehmen. Hoffentlich können wir, sobald ich in L.A. bin, zusammen auf ein paar Dates gehen. Wir können uns mit ein paar Leuten aus der Crew treffen und das Ganze wird sich klären lassen. Ich kann dir natürlich nicht versprechen, dass sich alles auflösen lassen wird, aber ich verspreche dir, dass ich alles geben werde, um das Beste für uns beide herauszuschlagen."

„Wie ein Businessdeal", lachte ich.

„Nicht genau so, aber irgendwie schon."

Wir gingen über den Flur zu meinem Zimmer, als ich plötzlich das Bedürfnis verspürte, Cody zu küssen. Seine Worte trafen bei mir auf offene Ohren und ich glaubte ihm, dass er alles genauso meinte, wie er es gesagt hatte. Vielleicht war diese Show nicht die richtige oder vielleicht gab es einen Weg, Cody in das Ganze einzubinden. Ich wusste es nicht, aber seit unserer Unterhaltung keimte etwas Hoffnung in mir.

Er war so viel größer als ich, dass ich auf die Zehenspitzen gehen musste, um ihn zu küssen und meine Arme um seinen Nacken zu schlingen. Er löste das Problem, indem er mich hochnahm und gegen die Wand drückte, während unsere Zungen einander umspielten.

Es gab keinen Zweifel, dass es zwischen uns knisterte. Es knisterte sogar so, dass ich mir vorstellen konnte, mit diesem Mann über lange Zeit ein glückliches Sexleben zu haben. Aber dass die Chemie zwischen zwei Menschen stimmt, reicht eben oft nicht, um eine funktionierende Ehe zu führen. Und an diesem Punkt wusste keiner von uns beiden, was es dafür brauchte.

„Danke, dass du mich zu meinem Zimmer gebracht hast. Ich

hoffe, dass du sicher heimkommst", sagte ich zu Cody, noch immer mit dem Rücken zur Wand.

„Kommendes Wochenende werde ich schon in Los Angeles sein. Wir reden morgen wieder, okay?"

„Ja. Aber wenn du dir die ganze Sache anders überlegst, kann ich das auch verstehen. Ruf einfach an und wir reden über alles."

„Ich überlege mir gar nichts anders", sagte Cody mit Nachdruck. „Ich mag dich Alexis, und ich glaube, dass es einen Grund gibt, warum all das passiert ist."

„Genau. Aus dem Grund, dass wir betrunken waren", frotzelte ich.

„Ja, schon. Aber da war noch mehr. Vielleicht war das nur der Weg des Schicksals, um uns zusammenzuführen. Hast du darüber schon mal nachgedacht?"

„Nein."

„Ach, komm schon Alexis. Sieh das ganze Mal in einem anderen Licht. Versprich mir, dass du nichts in Richtung einer Scheidung unternimmst, bevor ich nach Los Angeles gekommen bin und wir wenigstens auf ein paar Dates zusammen waren."

Ich war mir nicht sicher, ob ich ihm das versprechen wollte. Sobald ich wieder in Los Angeles war, wollte ich zu einem Anwalt gehen und ihm meinen Vertrag zeigen, um herauszufinden, ob es vielleicht ein Schlupfloch gab. Ich würde versuchen, damit auf Cody zu warten, aber ich wollte ihm nichts versprechen, was ich am Schluss nicht halten konnte.

„Schau einfach, dass du so schnell wie möglich nach L.A. kommst, und wir suchen gemeinsam nach einer Lösung."

„Versprich es mir", gab er zurück und setzte mich wieder auf den Boden ab.

„Cody, wir wissen nicht, wie alles im Licht der Objektivität tatsächlich sein wird. Lass uns vermeiden, dass sich einer von uns beiden schlecht fühlen muss wegen unserer Entscheidung."

„Hör auf, Alexis. Wir versuchen, dem Ganzen eine Chance zu geben." Er lachte mich an und nahm meine Wangen in seine Hände, um mir einen zärtlichen Kuss zu geben. „Ich kann es kaum erwarten, alles über dich zu erfahren. Bitte gib mir die Chance dazu."

Der Blick seiner blauen Augen bohrte sich in meine und ich konnte einfach nicht mehr Nein sagen. Der tiefe Ernst seiner Worte ließ keinen Zweifel mehr zu. Ich wollte ihn nicht enttäuschen.

„Ich beeile mich, so schnell wie möglich nach Los Angeles zu kommen. Ich wohne einfach bei Freunden, bis ich was Eigenes gefunden habe."

„Okay, lass uns schauen, wie wir das hinbekommen."

„Danke Alexis. Ich verspreche dir, dich nicht zu enttäuschen. Wir beide werden uns ineinander verlieben."

Ich umarmte ihn und küsste ihn ein letztes Mal. Dann hörte ich, wie sich die Tür neben uns öffnete. Rose stand im Rahmen und betrachtete uns beide lange und eindringlich.

„Wir haben überall nach dir gesucht", sagte sie.

„Entschuldigung, ich habe sie beschäftigt gehalten", antwortete Cody darauf. „Aber jetzt könnt ihr mit ihr tun und lassen, was ihr wollt. Bis bald."

„Bis bald", meinte ich und umarmte ihn, um ihn kurz darauf in Richtung Aufzug zu schieben. „Danke für das schöne Wochenende."

„Jederzeit wieder", meinte er nur und grinste schelmisch.

Sein Gang federte, als er den Flur entlangging. Vor dem Aufzug drehte er sich noch einmal um und warf mir einen Kuss zu. Dann war er nicht mehr zu sehen.

***

Statt mit den Mädels unterwegs zu sein, schlief ich die ganze Nacht, wie ein Stein. So sehr ich mit ihnen hätte feiern wollen – ich war einfach völlig ausgelaugt. Als ich wieder im Hotelzimmer angekommen war, konnte ich mich nur noch ins Bett legen.

Am Morgen hatte ich gerade erst geduscht und mir die Haare zu einem Pferdeschwanz gebunden, als es schon wieder Zeit war, nach L.A. zurückzukehren. Die anderen waren schwer beschäftigt damit, alles abreisefertig zu machen und mit Jaqueline zu reden, als ich mir meine Tasche schnappte und die Treppe in Richtung der Lounge nahm.

Körperlich war ich total erschöpft. Ich konnte mich kaum bewegen, so entkräftet war ich. Tatsächlich konnte ich nicht mal ein falsches Grinsen aufsetzen, während wir vor dem Hotel auf die Limousine warteten, die uns wieder nach Los Angeles bringen würde.

„Warum bist du so traurig?", fragte Rose.

Da Jaqueline damit beschäftigt war, die ganze Gruppe zu unterhalten, stand Rose neben mir. Jaqueline versprühte so viel Energie, dass ich mir allein vom Zuschauen noch müder vorkam, als ich eh schon war. Von Menschen umgeben zu sein war wirklich das Größte für sie.

„Och, ich glaube, ich bin nur müde."

„Der Typ gestern Abend war wirklich süß. Wirst du mit ihm in Kontakt bleiben?"

„Ja, ich denke, wir werden es versuchen. Er lebt aber in Chicago und ich weiß nicht, wie das alles funktionieren soll."

„Die Welt ist klein heutzutage. Wenn ihr das wollt, ist es gar nicht so schwer."

„Danke, Rose."

„Kein Problem."

Mehr Unterhaltung war ich in diesem Moment nicht im Stande zu führen. Also schnappte ich mir mein Handy und tat, als gäbe es irgendetwas Wichtiges, um das ich mich kümmern musste. Cody zu heiraten bedeutete viel mehr Stress, als ich mir das vorgestellt hatte. Ich wünschte mir, ich könnte die Uhr zurückdrehen zu jenem Moment, bevor wir in Las Vegas angekommen waren. Das hätte mir ermöglicht, alles zu vermeiden, was mir jetzt bevorstand.

Die Limousine holte uns ab und wir kletterten alle in den hinteren Teil. Ich setzte mich weit in eine Ecke in der Hoffnung, dass mich die anderen dann einfach ungestört schlafen lassen würden. Das Letzte, was ich wollte, war eine Unterhaltung darüber zu führen, was zwischen Cody und mir passiert war und warum ich so gestresst war.

Ich setzte mich, lehnte mich ans Fenster und versuchte zu schlafen. Alle waren ruhiger als auf unserem Hinweg, ermüdet von den langen Nächten und dem vielen Alkohol. Sogar Pam lehnte sich an und döste ein, bevor wir überhaupt losgefahren waren.

Obwohl der Handyempfang auf dem Heimweg schlecht war, klingelte mein Telefon kurz vor Barstow. Im Halbschlaf zog ich es heraus und las Missys Name auf meinem Display. Als ich gerade abnehmen wollte, erstarrte ich.

Wieso rief sie mich an? Hatte Cody ihr erzählt, was wir getan hatten? Wusste sie, dass ich ihren Bruder geheiratet hatte? Diese Unterhaltung wollte ich nicht in der Limousine führen, wo alle mich hören konnten, also wartete ich, dass mein

Anrufbeantworter ansprang. Um zu vermeiden, dass sie bemerkte, dass ich sie ignorierte, schaltete ich das Handy auf stumm und wartete ab.

„Was ist das denn?", rief Jaqueline vom anderen Ende der Limousine.

Sie stand auf und machte sich auf den Weg zu meinem Platz. Sie griff sich die Hand, in der ich mein Handy hielt, um sie zu drehen, sodass sie den riesigen Ring an meinem Finger sehen konnte. Ich hatte vergessen ihn abzunehmen.

„Äh, also ..." Ich versuchte mir eine glaubhafte Lüge einfallen zu lassen, aber in meiner Müdigkeit fehlte mir die Kreativität für eine glaubwürdige Begründung.

„Hast du etwa den Kerl geheiratet, der dich zu unserem Zimmer gebracht hat?", fragte Rose, als auch sie sich zu meinem Platz gedrückt und neben Jaqueline gesetzt hatte.

Beide starrten sie den Ring an und griffen meine Hand, um jedes noch so kleine Detail sehen zu können. Der Ring war wirklich wunderschön. Das zu verleugnen wäre sinnlos gewesen. Er hatte einen Princess-Schliff und mindestens drei Karat, das war mir klar, ohne dass ich viel von Ringen verstehen musste.

„Also, wir sind zusammen losgezogen, um uns zu unterhalten ...", meinte ich, während ich nach einem Weg suchte, die Geschichte zu erzählen.

„Du bist auf einen Spaziergang gegangen und hast unterwegs geheiratet?", lachte Jaqueline. „Das ist aber ein ganz besonderer Spaziergang gewesen."

„Alexis hat geheiratet?", fragte Pam mit noch immer geschlossenen Augen und gegen das Fenster gelehntem Kopf.

„Ja, ich habe geheiratet", gab ich schließlich zu.

Urplötzlich herrschte Stille in der Limousine. Mein Plan,

unauffällig in der Ecke zu verschwinden, war gescheitert. Alle starrten mich in der Erwartung an, dass ich erzählen würde, was passiert war. Aber wie sollte ich das anstellen, wo ich mich doch selbst kaum erinnern konnte, was geschehen war?

„Also hat ausgerechnet die geheiratet, die Pams Junggesellabschied für eine dumme Idee gehalten hat?", fragte Margaret spöttisch und so gehässig, dass ich ihr am liebsten eine verpasst hätte.

„Ihr zwei saht aber auch wirklich süß aus zusammen", fügte Rose hinzu.

„Und die sexuelle Anziehung zwischen euch war jenseits von Gut und Böse", kommentierte Jaqueline

„Es ist wirklich nichts Besonderes. Ich werde das annullieren lassen, sobald wir wieder zuhause sind. Keine große Sache. Wir waren betrunken. Es war ein Fehler. Das ist alles. Kann ich jetzt bitte meine Hand wiederhaben?"

Jaqueline schaute noch immer den Ring an, als ob er ihr verraten könnte, wie die ganze Geschichte mit der Hochzeit zustande gekommen war. Als sie mich wieder ansah, musste ich schnell wegschauen, um nicht in Tränen auszubrechen.

Ich wollte auf keinen Fall, dass alle hier erfuhren, was für einen riesigen Fehler ich gemacht hatte. Es war so schon schwer genug für mich, selbst einen Umgang damit zu finden. Die Vorstellung, dass alle hier das mitbekamen, war mir absolut zuwider.

„Warum willst du die Ehe annullieren lassen?", fragte Jaqueline und schob meine Beine zur Seite, sodass sie näher neben mir sitzen konnte. „Er hat doch nett gewirkt, außerdem hat er vermutlich um die dreißigtausend Dollar für deinen Ring bezahlt. So viel gibt doch niemand aus, der nicht in dich verliebt ist."

„Wir waren betrunken. Ich glaube nicht, dass ihm bewusst

war, was er tat."

„Das glaube ich dir keine Sekunde", schaltete sich Pam ein. „So betrunken kann ein Mann gar nicht sein, dass er heiratet, ohne es zu wollen. Männer denken anders als wir. Er hätte einfach nur mit dir geschlafen. Warum sollte er dich heiraten? Sowas machen Männer nicht. Er mag dich mit Sicherheit."

„Danke, Pam." Ich spürte wieder Panik in mir aufkommen.

„Hat er gesagt, dass er eine Annullierung will?", fragte Rose. „Denn so, wie er dich geküsst hat, als er dich wieder zu deinem Zimmer gebracht hat – Scheiße, war das heiß – sah es gar nicht so aus, als würde er das wollen."

Sie lächelte, weil sie der Meinung war, die Sache in ein gutes Licht gerückt zu haben. Meistens war sie eine ruhige Zeitgenossin und es war schön zu sehen, wie sie auf diesem Trip ein wenig aufgetaut war. Natürlich hatte sie recht damit, dass Cody keine Annullierung wollte. Ich vermutete auch, dass er mit dem gegenwärtigen Zustand bedingungslos glücklich war.

„Er will nach L.A. kommen, damit wir schauen können, ob das mit uns beiden funktionieren kann", gab ich zu.

„Was?", schrie Jaqueline regelrecht auf und schüttelte mich aufgeregt. „Er will mit dir verheiratet sein? Das ist ja toll! Er lebt in Chicago und will für dich nach Los Angeles ziehen? Wow, das ist wirklich unglaublich."

„Übertreib mal nicht alles. Wir werden auf ein paar Dates gehen und schauen, wie sich die Dinge zwischen uns entwickeln. Ich kann mir nicht vorstellen, wie das zwischen uns funktionieren soll. Er ist Missys Bruder. Ich kenne ihn schon ewig."

„Warte mal!" Jetzt kam auch noch Pam zu mir und drückte sogar noch Jaqueline zur Seite, um sich neben mich zu setzen.

„Du kennst ihn schon ewig und triffst ihn zufällig in Las Vegas?"

„Ja."

„Das ist ja mehr als nur romantisch. Wahrscheinlich steht er schon seit Jahren auf dich. Hat dich immer nur mit seiner Schwester getroffen und wollte eigentlich immer dich. Dann trifft er dich in Vegas und auf einmal bist du erwachsen. Und außerdem siehst du in deinem Kleid auch noch heiß aus. Und auf einmal hat er die Chance, alles rauszulassen, und heiratet dich einfach. Diese Geschichte wirst du noch bis zu deinem Tod erzählen."

„Dein Enthusiasmus freut mich, Pam, aber ich habe eine Rolle in einer Fernsehshow über Singles. Kannst du mir sagen, wie das gehen soll, wenn ich verheiratet bin?"

„Oh, stimmt."

Für einige Minuten herrschte wieder Stille im Auto. Die Spannungen innerhalb der Gruppe waren jedoch verflogen. Meine Geschichte hatte wohl alle zusammengeschweißt.

„Warum wolltest du diese Show machen?", fragte Rose.

„Um heiße Männer treffen zu können und etwas Zeit vor der Kamera zu haben, damit ich bekannter werde und bessere Rollen bekomme", erwiderte ich ohne nachzudenken.

„Dann bewirb dich doch für was anderes. Einen heißen Typen hast du ja jetzt schon. Auch bei der Show hättest du niemand besseren als Cody treffen können. Er ist wirklich verliebt in dich. Und du doch auch in ihn. Gib der Sache eine Chance."

„Rose hat recht", schaltete sich Jaqueline wieder ein. „Du musst dem Ganzen eine Chance geben. Bei den Dreharbeiten hättest du eh nicht die Liebe deines Lebens gefunden. Das weißt du auch. Du hättest irgendwelche Schnösel und Spinner daten müssen, weil sich sowas gut macht im Fernsehen."

„Aber das sollte mein Durchbruch werden", gab ich zu bedenken. „Ich arbeite schon ewig an meinem Ruf und diese Show ist genau das Richtige dafür."

„Das zwischen euch, das war was Besonderes", sagte Jaqueline voller Leidenschaft und Erregung. „Du kannst das nicht einfach so wegschmeißen. Gib euch eine Chance. Vielleicht ist genau er die Liebe deines Lebens. Lass dir das nicht von einer Realityshow verderben. Du bekommst sicher wieder eine Gelegenheit. Eine bessere vielleicht sogar. Bei der du dein Talent als Schauspielerin präsentieren kannst."

Mir gefiel es, wie sicher sich Jaqueline war, dass sich auch noch andere Gelegenheiten bieten würden. Andererseits war ich mir dabei nicht so sicher. Ich hatte wirklich lange auf so eine Rolle gewartet und war mir sicher, dass das die Chance meines Lebens war.

„Gib ihm eine Chance", fügte Pam hinzu.

„Genau! Gib dem Kerl eine Chance", meinte auch Rose.

Alle in der Limousine waren davon überzeugt, dass Cody und ich füreinander bestimmt waren. Den Rest der Fahrt war das bestimmende Thema, wie wichtig die Liebe für uns alle war und dass sich schon alles fügen würde, wenn ich Cody eine Chance gäbe.

„Die Dreharbeiten starten eh erst in ein paar Wochen", gab ich schließlich zu, als wir wieder auf den Parkplatz unseres Büros fuhren, auf dem alle unsere Autos geparkt waren. „Ich date ihn in den kommenden Wochen und schaue, wie sich das Ganze entwickelt."

„Versuch dich wirklich darauf einzulassen. Sei nicht so grummelig wie sonst immer", schmunzelte Pam.

„Ja, sei nicht miesepetrig", meinte auch Jaqueline.

„Schon gut. Ich werde mich zusammenreißen, wenn ich mit meinem Ehemann ausgehe", lachte ich.

Kapitel 9

Cody

Noch bevor ich Las Vegas verlassen hatte, schrieb ich meinem Kumpel Noah. Wir hatten uns ein Zimmer an der Uni geteilt. Er lebte in einem riesigen Haus direkt am Huntington Beach und beschwerte sich immer darüber, dass ihn nie einer von uns besuchte. Bei ihm zu wohnen bedeutete die perfekte Verbindung von Besuch und Unterkunft. Unser Abschluss war schon neun Jahre her und wir hatten uns seitdem nur wenige Male getroffen.

Als wir gelandet waren, sah ich, dass Noah bereits zurückgeschrieben hatte und meinte, dass er sich freue, wenn ich ihn besuchte und für eine Weile bei ihm wohnen wollte. Ich hatte ihm nichts Genaueres verraten, sondern nur gemeint, dass es sich um eine Art Notfall handelte und dass ich ihm alles verraten würde, wenn ich bei ihm war.

Was meine Geschäfte betraf, gab es nicht viel zu regeln, bevor ich nach Los Angeles ziehen konnte. Meine alte Firma war schon verkauft und für die neue hatte ich noch keinen Kredit bekommen, es befand sich also alles in der Schwebe. Auch hatte ich noch keine Firma registrieren lassen für meine Hotelpläne. Bisher war es nur mein persönlicher Plan. Außer Richard musste ich niemandem Bescheid geben, dass ich die Stadt verlassen hatte.

Da wir explizit darüber gesprochen hatten, dass ich nicht losziehen und in Vegas heiraten würde, würde unsere Unterhaltung mit Sicherheit einigermaßen seltsam werden, wenn ich ihm von Alexis erzählte. Die Hochzeitsklausel im Testament meines Vaters machte mich wirklich nervös.

Nach meinem Verständnis war es so, dass unsere Ehe auch

juristische Gültigkeit haben musste, solange Alexis und ich verheiratet waren und zusammenlebten. Wer konnte schon sagen, ob eine Hochzeit echt oder unecht war? Ich hatte einige Bekannte, die sich binnen weniger Jahre verliebt und geheiratet hatten und dann auch schon wieder geschieden worden waren. Meine Verbindung mit Alexis stand dem in keiner Weise nach. Ich empfand eine Menge für sie, denn sie war sexy und nett. Zudem hatten wir eine Art miteinander zu kommunizieren, ohne die Grenzen des anderen zu überschreiten. Aber ich hatte mir die Klausel im Testament nicht genau angeschaut. Meine Schwestern hatten ihre Männer alle für einige Monate gedatet, bevor sie geheiratet hatten, und obwohl einige der Arrangements eher wirtschaftlicher als romantischer Natur waren, hatten sie sich Zeit gelassen, bevor sie tatsächlich geheiratet hatten. Die Geschwindigkeit, mit der Alexis und ich uns getroffen und geheiratet hatten, würde das sein, was Richard die größten Sorgen bereiten dürfte. Aber es war sein Vorschlag gewesen, dass ich gehen und eine Frau finden sollte, die ich heiraten wollte. Es war offensichtlich, dass er gemeint hatte, dass ich mich auf die Suche nach einer geeigneten Partnerin machen sollte. Dass all das in nur einer Nacht geschehen war, hatte er sicher nicht erwartet, weswegen es spannend werden würde zu sehen, wie er reagierte.

Ein weiteres, sehr konkretes Problem war, dass ich Alexis nichts von der Klausel verraten hatte, die besagte, dass ich verheiratet sein musste, um Zugriff auf die Immobilien meines Vaters zu bekommen. Früher oder später würde ich ihr das sagen müssen, weil mir klar war, dass Richard einige Fragen an sie haben würde. Allein der Gedanke daran verursachte mir schon Kopfzerbrechen und ich lehnte mich an die Wand, um aufrecht stehen zu bleiben. So einer war ich nicht. Ich manipulierte keine Frauen. Aber schon der Fakt, dass ich Alexis nicht gleich alles offen gesagt hatte, machte mich zu einem Lügner. Egal wie sehr ich versuchte, diese Gedanken beiseite zu schieben, sie kamen immer wieder.

Als ich Richard anrief, war ich mir noch nicht im Klaren darüber, wie ich ihm erklären wollte, was in Las Vegas passiert war. Ich hatte zittrige Hände und ich wechselte die ganze Zeit die Hand, in der ich mein Handy hielt. Es war ja nicht so, dass ich Alexis nur geheiratet hatte, um an das Geld zu kommen. Tatsächlich hatte ich nichts dergleichen geplant. Was geschehen war, war geschehen, und auf Basis dessen mussten wir jetzt weitermachen.

„Hey Richard", sagte ich, als seine Mailbox meinen Anruf beantwortete. „Als ich in Las Vegas war, bin ich zufällig einer alten Freundin begegnet. Wir haben uns betrunken und geheiratet. Ich hatte schon seit Jahren ein Auge auf sie geworfen. Ich bin selbst ziemlich verwirrt wegen der ganzen Sache. Ich ziehe nach Los Angeles und ich würde gerne mit dir über die Freigabe des Geldes aus dem Nachlass meines Vaters sprechen."

Das war genug von der Wahrheit fürs Erste. Zwar hatte ich nicht wirklich seit Jahren ein Auge auf Alexis geworfen, aber das musste ja niemand wissen. Soweit es Richard betraf, waren Alexis und ich verheiratet und würden das auch für die nächsten fünf Jahre bleiben. Allein schon, um Probleme mit der Auszahlung des Geldes zu vermeiden. Jetzt musste ich nur noch Alexis überzeugen, dass sie über diesen Zeitraum mit mir verheiratet bleiben wollte. Ich hatte ein ungutes Gefühl im Bauch und ich wusste, dass ich es erst loswerden würde, wenn ich Alexis die ganze Wahrheit darüber erzählt hatte, warum ich mit ihr verheiratet bleiben wollte. Aber es würde außergewöhnlich schwer werden, ihr das alles zu beichten.

Ich musste noch viele Kleinigkeiten erledigen, bevor ich nach Los Angeles ziehen konnte, und sobald ich wieder nach Hause kam, packte ich eines nach dem anderen an. Ich kontaktierte eine Agentur und ließ meine Eigentumswohnung als zu vermieten listen, dann packte ich alles, was mir wichtig war, um es irgendwo einlagern zu lassen. Außerdem rief ich meine Schwestern an, um ihnen zu sagen, dass ich nach L.A. gehen würde. Was ich jedoch nicht verriet, war, dass ich geheiratet hatte. Das zu erklären würde deutlich schwerer werden. Alle Unterhaltungen außer der mit Missy verliefen reibungslos.

„Du warst also in Las Vegas dieses Wochenende?", fragte sie.

„Ja, ich bin mit Henry und Todd bei dem Kampf gewesen."

„Alexis war dieser Tage auch in Vegas."

„Ich weiß. Wir sind uns in einem der Clubs begegnet", sagte ich, um wenigstens einen Teil der Wahrheit zu verraten. Es ergab keinen Sinn, diesbezüglich zu lügen, da die Wahrheit sowieso früher oder später ans Licht kommen würde.

„Oh, das ist ja witzig. Warum ziehst du denn jetzt nach Los Angeles? Ich dachte, du hasst die Stadt und wolltest nie wieder da hin?"

Ich schluckte. Diese Frage war schwer zu beantworten. Kannte sie die Wahrheit? Wollte sie mich nur dazu bringen, die Wahrheit zuzugeben? Ich konnte mir zwar nicht vorstellen, dass Missy und Alexis bereits miteinander gesprochen hatten, rechnete jedoch selbst in diesem Fall nicht damit, dass Alexis ihr alles erzählt hatte. Trotzdem machten Missys Fragen mich nervös. Ich wollte sie nicht anlügen. Nicht mal bei Kleinigkeiten und ganz bestimmt nicht, wenn es um meine Hochzeit ging.

„Das war nach meinem Abschluss, Missy. Du weißt doch, dass sich die Dinge ändern. Wenn ich mit meinen Hotelplänen weiterkommen will, dann muss ich wieder an den Ort, an dem ich die Idee hatte. Die Hotels sollen zwischen L.A. und Vegas entstehen."

Es bestand keine Notwendigkeit, dass sie alle Details darüber erfuhr, warum ich nach Kaliforniern ging. Ich würde versuchen, allen so wenig wie möglich zu erzählen, um so wenig wie möglich lügen zu müssen. All das war völlig ungewohnt für mich. Normalerweise war ich wie ein offenes Buch. Ich sagte immer allen die Wahrheit. Das Geheimnis, dass Alexis und ich geheiratet hatten, würde schwer zu wahren sein. Dazu kam mein Unbehagen darüber, dass ich Alexis noch nichts von meinem Erbe erzählt hatte. Mein Magen zog sich zusammen und meine Hände schwitzten, und aus irgendeinem Grund hatte ich an einem meiner Arme einen kleinen Ausschlag bekommen, den ich mir nur als stressbedingt erklären konnte.

„Ich wollte eigentlich mit Alexis nach Vegas kommen. Das wäre eine gute Möglichkeit gewesen, sich mal wieder zu treffen", meinte Missy.

„Ja, das wäre wirklich toll gewesen", antwortete ich. „Ich halte dich auf jeden Fall auf dem Laufenden, wie sich bei mir alles entwickelt. Aber jetzt muss ich wirklich los. Bis bald."

„Bis bald."

Mein Bauch grummelte, als ich auflegte. So war ich sonst nicht. All diese Lügen schickten meinen Körper in eine Stressspirale. Ich wusste, dass es möglich sein musste, Alexis zu überzeugen und das Erbe meines Vaters anzutreten. Diese Sache zu regeln würde jedoch schwer werden.

Eigentlich hatte ich erwartet, dass sich Richard melden würde, sobald er meine Nachricht gehört hatte. Sein Rückruf erreichte mich jedoch erst am nächsten Tag, als ich schon auf meinem Weg nach L.A. war. Es verschlug mir den Atem, als sein Name auf dem Display meines Handys stand. Das würde eine wichtige Unterhaltung werden.

„Guten Morgen, Richard", sagte ich. Ich saß im Terminal am Flughafen. „Ich bin zwar schon auf dem Weg nach Kalifornien, aber ich habe etwas Zeit."

„Willst du mir sagen, was das soll? Ist das ein Mädel, mit dem du irgendein Arrangement getroffen hast?"

„Nein, eigentlich hatte ich weder geplant, sie zu treffen, noch sie zu heiraten. Wir kennen uns schon seit Jahren und ich habe echte Gefühle für sie."

„Also hast du ihr alles über die Immobiliengeschichte erzählt und ihr habt deswegen geheiratet?"

„Nein."

„Cody, wenn es so ist, wäre das kein Problem. Du weißt, dass die Heirat deiner Schwester Maggie mit Rex genauso ein Arrangement war. Die beiden haben einen Ehevertrag und alles was dazu gehört."

„Richard, so war das bei mir aber nicht. Ich war betrunken. Wir waren völlig im Rausch und am nächsten Morgen waren wir verheiratet. Das war alles total unerwartet. Also, wir wussten beide, was wir tun, aber mein Plan fürs Erste ist, dass ich jetzt erstmal zu ihr gehe, um sie besser kennenzulernen."

„Cody, du weißt, dass ich dich gernhabe, aber ich kann dir keine krummen Dinger durchgehen lassen. Wenn du sie geheiratet hast und ihr zwei nicht zusammenlebt, bekommst du keinen Zugriff auf das Vermögen deines Vaters. Ich muss mir sicher sein, dass ihr beide eine echte Beziehung miteinander führt. Wie intim das Ganze ist, könnt ihr entscheiden. Aber ich entscheide, ob es sich um eine echte Beziehung handelt."

Ich ächzte bei seinen Worten. Was sollte das heißen? Eine echte Beziehung? Intimität teilten wir doch schon. Wir kannten einander viel besser als Maggie und Rex zu Beginn ihrer Ehe. Die beiden hatten sich angefreundet, angefangen auszugehen und dann geheiratet. Ich dagegen kannte Alexis seit Jahren.

„Du kannst gerne nach Los Angeles kommen und uns beide besuchen, wenn du das willst. Alexis ist eine wunderbare Frau und ich bin schon sehr auf unsere gemeinsame Zukunft gespannt", erwiderte ich in dem Versuch, entspannt zu wirken.

„Wie denkt Alexis über diese ganze Geschichte?"

„Als ihr klar wurde, was es bedeutet, dass wir beide geheiratet haben, hat sie ein wenig kalte Füße bekommen. Aber sie will mir eine Chance geben. Deswegen bin ich jetzt auf dem Weg nach Los Angeles."

„Und das Geld?"

„Mein Geld ist ihr egal", sagte ich, ohne die Frage direkt zu beantworten. Ich konnte vor Richard nicht einfach zugeben, dass Alexis keine Ahnung von dem Geld hatte oder davon, dass ich verheiratet sein musste, um es zu bekommen.

„Ich melde mich bei dir, um einen Termin zu vereinbaren, an dem ich euch beide besuchen komme. Irgendwas stimmt doch nicht ganz an deiner Geschichte. Ich weiß nicht, was hier los ist, aber vor wenigen Tagen hast du dich noch strikt geweigert zu heiraten. Ich weiß, dass ich dir gesagt habe, dass du auf die Suche nach jemandem gehen sollst. Aber ich dachte, dass du mit einer Frau ausgehen und sie kennenlernen würdest, bevor ihr so eine große Entscheidung trefft."

„Vertrau mir. Wenn du Alexis triffst, wirst du verstehen, warum ich mich in sie verliebt habe."

„Ich hoffe, dass du da recht behältst", gab Richard ohne große Überzeugung zurück. „Ich melde mich in ein paar Tagen bei dir, um die Sache ins Rollen zu bringen. Aber nur, dass das klar ist, Cody, wenn es sich bei der Sache um einen Trick handelt, dann siehst du keinen müden Heller. Selbst Maggie hat sich einige Monate Zeit gelassen. Ich versuche dich nur zu warnen."

„Ich verstehe dich, Richard. Aber Alexis und ich lieben uns. Du wirst dir selbst ein Bild machen können", war der Satz, mit dem ich das Gespräch beendete.

Obwohl ich während des Telefonats mit Richard scheinbar entspannt geblieben war, schlug mir das Herz bis zum Hals, nachdem ich aufgelegt hatte. Er schien ganz und gar nicht glücklich mit meiner Hochzeit zu sein und vermutlich hatte ich von den anderen Menschen in meinem Leben ähnliche Reaktionen zu erwarten.

Ein Schatten legte sich über die ausgelassene Erregung der vergangenen Tage. Richards Unmut legte sich über meine Freude, mit Alexis zusammen zu sein. Wie sollte ich ihn überzeugen, wenn Alexis und ich selbst noch nicht wussten, ob wir überzeugt waren?

Ich hoffte, dass Richard uns ein paar Wochen geben würde, bevor er zu Besuch kam, um sich selbst ein Bild zu machen.

Ich schrieb eine Nachricht an Alexis, bevor ich mein Flugzeug bestieg. Die Idee war, herauszufinden, wie es ihr mit der ganzen Sache ging.

CODY: Das Boarding geht los. Ich kann es kaum erwarten dich wiederzusehen. Vielleicht können wir morgen auf ein Date gehen?

ALEXIS: Klar.

Das war alles. Keine Emojis, Keine Folgenachricht. Einfach nur ein Wort. Immerhin hatte sie nicht Nein gesagt.

Der Flug verlief ereignislos und als wir landeten, wartete Noah schon auf mich, um mich einzusammeln. Der schnelle Umzug bewirkte, dass ich weder ein Auto noch einen Ort zum Wohnen in L.A. hatte, als ich dort ankam. Aber das würde sich mit etwas Zeit schon lösen lassen. Ich war erleichtert, dass ich nicht in einem Hotel schlafen musste.

Einer der Gründe, warum ich ein Konzept für eine Hotelkette entwickelt hatte, war, dass ich mich in Hotels immer so einsam fühlte. Nach dem Check-in ging man auf sein Zimmer und isolierte sich vom Rest der Welt. Manchmal gab es eine Art Happy Hour, die die Leute dazu bringen sollte, miteinander in Kontakt zu treten. Aber ich wollte das Ganze organischer angehen. Statt der Hotelatmosphäre sollte ein Ort entstehen, an den Menschen kamen, weil sie gerne dort waren. Wie in einem Club.

„Danke, dass du mich abholst", sagte ich, als ich in Noahs Range Rover kletterte. Das hochklassige Leder des Sitzes wirkte entspannend auf mich.

„Kein Ding. Du willst also etwas in der Gegend bleiben, um dich besser auf dein kommendes Projekt vorbereiten zu können?"

„Ja, aber ich habe auch einiges in meinem Privatleben auf die

Reihe zu bekommen."

„Ich weiß, was du meinst", lachte er. „Also, erzähl. Was ist los?"

„Also, ich bin nach Las Vegas gegangen und hab zufällig die beste Freundin meiner Schwester geheiratet. Was gut ist, weil ich so an das Erbe meines Vaters komme. Aber das Problem ist, dass alles drunter und drüber geht, weil ich verheiratet bin." Das Ganze klang so absurd, dass ich lachen musste.

„Wow. Du bist jetzt also verheiratet?"

„Jawohl."

„Und du musstest heiraten, um an die Kohle zu kommen. Daran erinnere ich mich. Also ist doch eigentlich alles gut oder? Die Freundin von welcher deiner Schwestern?", lachte auch er.

Wir waren beide in Blödelstimmung. Aber der Kern unserer Unterhaltung war ernst. Ich musste mit irgendjemandem offen über meine Situation sprechen können. Wenn ich Noah also nicht die ganze Wahrheit erzählte, hatte ich ein Problem.

„Missys Freundin. Alexis. Die mit den roten Haaren."

„Ohhh, gute Wahl. Die hätte ich auch ohne Weiteres geheiratet", neckte mich Noah.

Wir standen im Stau auf dem langen Weg vom Flughafen zur Huntington Bay. Ohne all den Verkehr wäre der Weg gar nicht so weit gewesen. Aber wir waren eben in Los Angeles, hier gab es immer Verkehr. Ich machte mir eine geistige Notiz, dass ich Zeit einplanen musste, wenn ich in die Stadt kommen wollte.

„Das Ganze war reiner Zufall. Wir hatten einfach nur eine fantastische Nacht in Las Vegas. Dumm an der Sache ist nur, dass sie gerade eine Rolle in einer Reality-Serie über Singles in L.A. bekommen hat."

„So ein Mist. Aber mit dem Geld deines Vaters sollte es für sie doch okay sein, auf ihre Rolle zu verzichten, oder?"

„Du weißt wirklich gar nichts über Frauen, stimmts?", kicherte ich. „Wie viele Frauen kennst du, die ihren Traum aufgeben würden, weil sie im Suff irgendeinen dahergelaufenen Typen geheiratet haben?"

„Sie wird dich schon mögen, wenn sie dich geheiratet hat. Dafür spielt es keine Rolle, ob sie betrunken war."

„Ja, schon. Wir mögen uns beide. Aber es ist kompliziert. Ich hoffe, dass wir einen Weg miteinander finden, bevor Richard hierherkommt. Ich habe Alexis schon gefragt, ob wir morgen zusammen auf ein Date gehen."

Noah war still. Und je länger diese Stille anhielt, desto besorgter wurde ich, was er wohl sagen würde.

„Und weiß sie von dem Geld und der Regel, dass du verheiratet sein musst, um es zu bekommen? Hat sie deswegen zugestimmt, dich zu heiraten? Oder habt ihr euch einfach betrunken und geheiratet? Ich bin ein wenig verwirrt, Cody."

„Letzteres. Wir waren tanzen und es war einfach eine Wahnsinnsnacht, und dann ist es eben passiert. Die Spannung zwischen uns ist überhaupt nicht zu beschreiben."

„Und du hast ihr nichts von der Klausel erzählt? Alter Schwede, da hast du dir aber ganz schön was eingebrockt."

„Ich habe versucht ihr das zu erzählen. Wirklich, als mir klar wurde, dass wir heiraten, wollte ich ihr das sagen. Eigentlich dachte ich, dass das eine gute Sache wäre. Auch für sie. Aber dann hat sie mir von dieser Show erzählt. Jetzt bin ich mir sicher, dass sie, sobald sie davon erfährt, unsere Ehe annullieren wird und ich das Kapital für meine Hotelkette verliere."

„Du willst ihr also gar nichts davon erzählen? Wenn sie dir etwas bedeutet und du willst, dass die ganze Sache fünf Jahre oder länger hält, musst du das aber tun."

„Ich weiß. Aber ich hoffe darauf, dass es möglich ist, dass wir uns verlieben, bevor ich ihr erzählen muss, dass wir verheiratet bleiben müssen, damit ich mein Hotel finanzieren kann."

Noah schüttelte nur den Kopf und sah mich stirnrunzelnd an. Ich zuckte unter seinem Blick zusammen.

„Es ist also kein Problem für dich, ihr ihren Traum zu nehmen, um deinen zu verwirklichen? Und du bist bereit, sie anzulügen, damit sie sich in dich verliebt, bevor du zugibst, dass du ihren Traum für deinen geopfert hast? Okay, du hast dich wirklich verändert, seitdem wir zusammen im College waren. So viel ist sicher."

„Autsch."

„Was soll ich sonst sagen?"

„Noah, ich habe nicht vor, diese Frau zu benutzen und dann einfach wegzuwerfen. Ich habe Gefühle für sie. Ich weiß nicht, was aus der Sache werden wird, und ich versuche nur, das Beste aus der Situation zu machen."

„Das fühlt sich falsch an, Cody. Du musst ihr die Wahrheit sagen. Gleich jetzt. Bevor sie sich richtig in dich verliebt. Du wirst sie unglaublich verletzen, wenn du sie dazu bringst, sich in dich zu verlieben, und sie dann im Nachhinein von der ganzen Sache erfährt."

Ich wusste nicht, was ich sagen sollte. Er hatte recht und das wusste ich. Das Ganze fühlte sich nicht richtig an. Wenn ich es gleich in meinem Hotelzimmer zu ihr gesagt hätte, hätten wir vielleicht einen Weg gefunden, die Sache ins Reine zu bringen. So, wie die Dinge jetzt lagen, hatte ich Angst, dass Alexis sich betrogen und benutzt fühlen würde, sobald sie herausfand, was es mit dem Erbe auf sich hatte. Ich musste einen Weg finden, die Sache für uns beide zum Guten zu wenden.

Als wir endlich ankamen, war ich beeindruckt von Noahs Haus. Es war drei Stockwerke hoch und das komplette Erdgeschoss war eine Garage. Von dort ging eine Treppe in den ersten Stock. Die graue Fassade verhieß zwar nichts Besonderes, aber die aufwendige Gartengestaltung stach deutlich hervor im Vergleich zu den umliegenden Häusern.

„Dein Garten ist dir wirklich wichtig, oder?", meinte ich, als ich einige der Tierformschnitte betrachtete.

„Ich weiß, dass das verrückt ist. Ich habe die Dinger nur behalten, weil mein Haus so leichter zu finden ist. Selbst der Pizzabote ist schneller, wenn er weiß, dass er zu dem Haus mit den Löwen an der Einfahrt muss."

„Ja ich verstehe schon. Du liebst diese Dinger."

„Ich nicht. Die Gärtner. Ich habe einfach den alten weitermachen lassen, der schon hier gearbeitet hat, bevor ich das Haus gekauft habe. Ich hab es sogar hinbekommen, ihm einen Job bei Warner Brothers zu verschaffen, wo er jetzt auch Büsche trimmt."

„Nett von dir. Was genau machst du denn eigentlich im Studio?"

„Eigentlich bin ich nur ein besserer Verwalter. Es hat nicht viel mit Filmstars und rotem Teppich zu tun. Ich kümmere mich ums Budget und das Team und versuche, alles irgendwie zusammenzuhalten."

„Also hast du eh nicht viel mit den weiblichen Stars zu tun?"

„Schon ein wenig", zwinkerte er.

Weder Noah noch ich waren im eigentlichen Sinne Frauenhelden. Zwar hatten wir im College und danach ausreichend Erfahrungen mit Frauen sammeln können, aber dabei war es auch immer um Respekt und Ehrlichkeit gegangen. Mir schien, als müsse ich bei Alexis an diesem Thema arbeiten, da wir unsere Beziehung schon auf einer Lüge basierend begonnen hatten.

Noah und ich gingen die Treppe zur Türe hinauf. Ich legte meine Tasche ab und bewunderte die Aussicht. Sie war malerisch. Schon vom ersten Stock aus raubte einem der Blick den Atem, da man über den ganzen Spaziergängern am Strand stand und freie Sicht auf den Ozean hatte. Am Himmel waren fast keine Wolken und er strahlte tiefblau. An diesen Ausblick würde ich mich leicht gewöhnen können.

„Jetzt verstehe ich, wieso du dir diesen Weg in die Arbeit antust. Es ist wirklich wunderschön hier."

„Es ist nicht gerade günstig. Aber es lohnt sich. Denkst du wirklich darüber nach, dir hier draußen was zu suchen?"

„Ja, das tue ich. Ich glaube, dass ich das alles schaffen kann. Alexis zu überzeugen und meine Hotelkette aufzubauen."

„Um ehrlich zu sein, bin ich mir sicher, dass dich das Ganze noch so richtig in den Arsch beißen wird, wenn du ihr jetzt nicht die Wahrheit sagst."

Die frische Brise, die vom Meer hereinwehte, verhieß Aufbruch zu neuen Ufern. Die Wärme und der Ausblick entspannten mich und ich konnte mir gut vorstellen, hier zu leben. Bis zu diesem Augenblick war ich mir nicht sicher gewesen, ob ich in Kalifornien wieder würde glücklich werden können. Ich hätte es schon irgendwie ausgehalten, weil ich mit Alexis ein neues Leben beginnen und meine Hotelkette gründen wollte, aber die Hoffnung, die ich am Rande der Wellen hier verspürte, barg noch mehr als das. Ich würde es schon irgendwie schaffen meinen Weg durch die persönlichen und finanziellen Landminen zu finden, ohne dabei zu großen Schaden anzurichten.

„Ich weiß. Die Sache ist, dass ich sie wirklich mag und ich nicht will, dass sie mir davonläuft, bevor wir die Chance bekommen, uns besser kennenzulernen. Die Balance zu halten wird auf jeden Fall schwierig."

„Ich hoffe, du weißt, was du da tust, mein Alter. Frauen mögen es gar nicht, wenn man sie belügt."

„Was das angeht, sind wir uns einig. Ich will sie auch nicht belügen. Ich will sie auf ein echtes Date ausführen und ich will alles Menschenmögliche tun, um es ihr so bald wie möglich zu sagen."

„Dann hättest du es ihr gleich am Anfang sagen müssen", ließ er nicht locker. „Aber ich weiß schon, was du meinst. Tu, was du tun musst. Aber je länger du wartest, desto schwieriger wird es werden. Es würde mir das Herz brechen zu sehen, wie du versuchst, sie zu gewinnen, und sie dir am Ende verloren geht, wenn sie die Wahrheit erfährt."

„In spätestens zwei Tagen weiß sie Bescheid. Das schwöre ich."

Kapitel 10

Alexis

„Dein Date ist heute?", fragte Jaqueline, als wir zwischen unseren Intervallsprints am Strand entlangspazierten.

„Ja, ich mag ihn. Aber ich will diese Show nicht aufgeben. Ich habe wirklich lange auf so eine Chance gewartet."

„Vielleicht bedeutet deine Begegnung mit Cody, dass du auf eine weitere Chance warten sollst, oder vielleicht hättest du dich einfach nicht verlieben und Cody heiraten sollen. Ich glaube, dass er es auf jeden Fall verdient hat, dass du ihm eine Chance gibst. Wenn du schon jetzt sagst, dass es nicht funktionieren kann, dann wird es auch nichts werden. Lass ihm wenigstens eine Woche."

Jaquelines Erläuterungen waren alles andere als hilfreich. Seit wir Vegas verlassen hatten, musste ich sowieso die ganze Zeit an Cody denken. Der Gedanke, dass wir füreinander bestimmt waren, drängte sich immer wieder auf. Gleichzeitig wollte ich keine dieser Frauen sein, die alles stehen und liegen ließen, nur weil sie einen Mann getroffen hatte, der ihr gefiel.

„Ich werde mein Bestes geben, mich eine Woche wirklich auf ihn einzulassen", antwortete ich. „Können wir jetzt mit den Sprints weitermachen?"

Jaqueline rannte los und ich musste sprinten, um mit ihr auf einer Höhe zu bleiben. Hier Sport zu machen gehörte zu meinen Lieblingsaktivitäten. Zwar konnte ich mir nicht leisten, direkt am Strand zu wohnen, weswegen ich mit dem Auto fahren musste, aber sobald ich hier war, war ich mit mir im Reinen. Ich freute mich schon auf den Tag, an dem ich mir ein Apartment am Meer leisten konnte.

Ich machte mehr Sport und ernährte mich gesünder, um mich darauf vorzubereiten, vor der Kamera zu stehen. Vor der Kamera sah man wirklich dicker aus und das Letzte, was ich wollte, war, dass die Leute über meine Fitness und meinen Hintern zu spekulieren begannen. Natürlich würde sich das nicht zur Gänze vermeiden lassen, aber das Mindeste, was ich tun konnte, war, mich gut vorzubereiten, sodass ich wenigstens mit mir selbst zufrieden war.

„Um wie viel Uhr trefft ihr euch?", fragte Jaqueline, als wir wieder schlenderten.

„Er sammelt mich um sieben Uhr ein."

„Wir müssen anfangen, deine Haare vorzubereiten, dein Outfit zu planen und uns Gedanken über dein Make-up zu machen."

„Nein. Ich putze mich doch nicht extra raus."

„Diesbezüglich lasse ich dir keine Wahl. Du gehst auf ein Date! Du musst dich ein bisschen herausputzen. Und wenn es nur ist, um dich auf dein Debut vor der Kamera vorzubereiten. Sonst lasse ich dich nicht aus dem Haus. Um fünf bin ich bei dir", meinte sie und ihr Ton machte deutlich, dass sie keine Widerrede dulden würde.

Mir war der nächste Sprint aber gerade wichtiger. Streiten konnten wir uns später auch noch, also stimmte ich zu. Zumindest hatte sie recht, dass ich üben musste, mich zu schminken, wenn ich vor der Kamera stand. Zumindest das war einer der praktischen Vorteile, wenn Cody und ich uns treffen würden.

Als ich geduscht hatte und bei der Arbeit war, stand ein Termin nach dem anderen an. Meine Mittagspause reichte gerade so, um einen Müsliriegel zu essen, weil so viel zu tun war. Heute waren besonders viele Kunden und neue Mitarbeiter im Büro. Oder vielleicht kam es mir nur so vor, weil ich rechtzeitig aus der Arbeit wegwollte, um zu meinem Date zu kommen?

„Danke, dass du zu meiner Party in Vegas gekommen bist", sagte Pamela, als sie um vier Uhr zu meinem Schreibtisch kam.

„Sehr gerne. Es war eine großartige Fete", gab ich zurück. Eigentlich war ich damit beschäftigt, meine Sachen einzusammeln, um heimgehen zu können.

„Ich habe viele eingeladen, die abgesagt haben. Glaubst du, die Leute können mich nicht leiden?"

Ihre traurigen Rehaugen machten es mir unmöglich, jetzt einfach zu gehen und sie so stehen zu lassen. Ich versuchte verzweifelt, jemanden zu finden, der mich vor dieser Unterhaltung bewahren konnte, aber alle waren entweder wirklich beschäftigt oder taten zumindest so, als seien sie es.

„Nein, ich glaube, dass zu dieser Zeit im Jahr einfach alle viel zu tun haben."

„Ja, aber wie kommt es dann, dass ein paar sich auf Facebook über ihre langweiligen Wochenenden beschwert haben? Mary aus der Verwaltung zum Beispiel."

„Pam, Mary ist eben eine blöde Kuh. Warum hast du sie überhaupt eingeladen?", sagte ich, ohne ihre Frage auf mich zu beziehen. Ich war mir nicht mal sicher, ob die beiden wirklich befreundet waren. Gleichzeitig konnte ich mir vorstellen, dass jeder irgendwie mit Mary befreundet war.

Eine halbe Stunde später, in der wir über alle geredet hatten, die nicht zu Pams Party gekommen waren, verließ ich endlich das Büro und ging zu meinem Auto. Natürlich hatte ich einen Haufen Anrufe verpasst und ein Dutzend Nachrichten von Jaqueline, bis ich endlich zu Hause war.

„Wo zur Hölle bist du gewesen?", rief sie, als ich aus dem Auto stieg. „Wir bekommen dein Outfit niemals fertig, bevor du losmusst!"

„Was hast du überhaupt vor mit mir, was so lange brauchen

soll? Ich werde mich einfach schminken. Das reicht völlig. Er weiß doch eh schon, wie ich aussehe, wenn ich betrunken bin und mein Make-up im gesamten Gesicht verteilt ist." Ich lachte, aber Jaqueline schaute mich nur ungerührt an. „Sorry, Pamela hat mich aufgehalten", schob ich nach und schloss die Türe auf.

Jaqueline fing an, mir mit dem Lockenstab die Haare zu machen, und ich begann mich währenddessen zu schminken. Immer wieder zupfte sie irgendetwas zurecht, bis ich genau so aussah, wie sie es sich vorgestellt hatte. Nach zwei vollen Stunden, als wir gerade noch den Lippenstift in Ordnung brachten, klopfte Cody an die Türe.

„Ich bleibe hier", bestimmte Jaqueline, schob mich aus dem Bad und machte die Tür hinter mir zu.

Bis zu diesem Moment war ich überhaupt nicht nervös gewesen. Aber als ich auf die Wohnungstüre zutrat, zitterten meine Hände und ich spürte, wie sich an meinen Augenbrauen Schweiß bildete. Warum zur Hölle war ich nervös? Ich kannte Cody. Wir waren immerhin schon zusammen ins Bett gestiegen und es war fantastisch gewesen. Es gab absolut keinen Grund für Nervosität.

„Hey", sagte ich verlegen, als ich die Tür öffnete.

„Wow, du siehst umwerfend aus", war alles, was er sagen konnte. Offensichtlich wusste er genau so wenig, wie er sich verhalten sollte.

Vorsichtig betrachteten wir einander, bevor wir unseren Blicken wieder auswichen. Er hatte die Hände in den Hosentaschen und ich meine noch immer am Türknauf. Die Stille zwischen uns wurde unerträglich und ich überlegte krampfhaft, was ich sagen konnte. Aber je mehr ich versuchte, mir etwas einfallen zu lassen, desto leerer fühlte sich mein Kopf an.

Ich lief zur Tür hinaus und schnappte mir meine Handtasche. Schüchtern lächelnd drückte ich mich an Cody vorbei und die

Treppe hinunter, wobei ich kein Wort sagte und auch nicht auf ihn wartete.

„Das ist mein Auto", sagte er und deutete auf einen grauen Infinity auf dem Parkplatz. Er beeilte sich, mir die Tür aufzuhalten. Es gefiel mir, wenn sich ein Mann die Zeit nahm, so etwas für eine Frau zu tun. Insbesondere in Zeiten, in denen ein Knopfdruck reichte, um die Türe zu entriegeln.

„Danke", sagte ich.

„Sehr gerne", fügte er an und lächelte charmant.

Als er sich auf den Fahrersitz setzte und versuchte das Auto zu starten, war nur ein Klicken zu hören. Er versuchte es wieder und wieder war da nur dieses Klicken. Da es ein Mietwagen war, schien es sehr unwahrscheinlich, dass er nicht funktionierte. Und doch ging keine der Leuchten an, als er versuchte, den Wagen anzulassen.

„Ich glaube, die Batterie ist leer", sagte ich leise und nervös lächelnd.

„Ja, sieht ganz so aus. Ich rufe beim Verleih an", meinte er.

Die Magie, die Cody und mich in Vegas verbunden hatte, schien verschwunden oder war zumindest gerade nicht greifbar. Anstatt Schmetterlingen und Aufregung war da nur dieses seltsame Gefühl, mit jemandem auf ein Date zu gehen, den ich nicht kannte. Irgendetwas fühlte sich nicht richtig an.

Still wartete ich, bis Cody mit dem Verleih telefoniert und arrangiert hatte, dass sie uns einen anderen Wagen brachten. Er war damit beschäftigt, unser Problem zu lösen, und schaute mich während der zwanzigminütigen Konversation kaum an. Kein sexy Lächeln. Kein Flirten. Wir waren nicht das gleiche Paar wie in Vegas.

„Eine halbe Stunde brauchen sie", sagte er, als er aufgelegt hatte. „Sollen wir nochmal zu dir hoch gehen?"

Ich hatte gesehen, dass Jaqueline gegangen war, während wir gewartet hatten, aber ich wollte diese seltsame Stimmung auf gar keinen Fall in meine Wohnung bringen. Außerdem wollte ich vermeiden, dass wir wieder miteinander im Bett landen würden. Selbst ohne die Spannung aus Vegas hielt ich es für möglich, dass ich ihn küssen würde und eins zum anderen führte. Und die Nacht mit ihm im Bett zu verbringen, anstatt ihn kennenzulernen, war wirklich nicht Sinn der Sache.

„Wir können einfach hierbleiben. Es ist eine schöne Nacht."

„Okay. Das ist in Ordnung für mich", sagte er und zog sein Smartphone aus der Tasche, um nach seinen Emails zu schauen.

Bei jedem anderen Date wäre ich jetzt wütend geworden, wenn ein Mann so etwas gemacht hätte. Aber die unangenehme Spannung zwischen uns beiden war so intensiv, dass ich sogar erleichtert war und auch mein Handy aus der Tasche zog. Mein Bauch zog sich zusammen, als ich darüber nachdachte, dass wir verheiratet waren. Fühlte sich das so an? Kein Flirten mehr, kein Versuch mehr, den anderen von sich zu überzeugen? So etwas sollte doch eigentlich nicht so schnell passieren. Aber zwischen uns beiden herrschte eine erstaunliche emotionale Distanz.

Als das neue Auto ankam, hielt Cody mir wieder die Türe auf und tat sein Bestes, um den Gentleman zu geben. Ich war durch das Gefühl fehlender Verbindung so eingenommen, dass ich überhaupt nicht wusste, wie ich mich verhalten sollte. Obwohl unser Date schon schlecht begonnen hatte, wurde es jetzt noch schlechter. Im Restaurant kam es mir vor, als säße ich mit einem Fremden am Tisch und nicht mit dem Mann, den ich noch vor wenigen Tagen ohne zu zögern geheiratet hatte.

„Wie ist dein Essen?", fragte er, wobei er es kaum wagte, mich anzuschauen. Wir waren in einem italienischen Restaurant.

„Schmeckt ganz gut."

„Gut."

Dann konzentrierten wir uns beide wieder auf unser Essen und darauf, an unserem Wein zu nippen. Irgendwie war die Stille zwar schon erträglich. Anders, als sie mit einem Fremden gewesen wäre. Trotzdem waren da weder Flirten noch Gelächter. Unser Date schien niemals enden zu wollen.

Als der Kellner unsere Teller mitnahm, bemerkte ich, dass Cody mit dem Bein wippte. Er war hibbelig und schien tief in Gedanken versunken. Er starrte Löcher in die Luft und es schien fast, als murmle er irgendetwas vor sich hin. Worüber er auch immer nachdachte, es verursachte ihm sichtliches Unbehagen. Aber er teilte sich mir nicht mit. Stattdessen bezahlte er die Rechnung und reichte mir die Hand, um mich wieder zum Auto zu führen.

Seine Hand ruhte auf meinem Kreuz und das erste Mal an diesem Abend fühlte ich mich ihm verbunden. Seine Berührung führte bei mir unmittelbar zu Erregung. Selbst inmitten dieses schrecklichen Dates.

„Sollen wir tanzen gehen oder so?", bot ich ihm an in der Hoffnung, dieses Gefühl so etwas länger aufrecht zu erhalten.

Das Prickeln auf meiner Haut hielt länger an als seine Berührung. Meine Haut hatte sich über den Kontakt gefreut, sie sehnte sich so sehr danach, dass die Stelle noch Minuten, nachdem wir uns ins Auto gesetzt hatten, warm war.

„Klar. Wir können gerne tanzen gehen. Wo würdest du gerne hin?"

„Es gibt eine kleine Salsa-Bar ungefähr eine Meile die Straße hinunter. Wie wäre es damit?"

„Klingt gut, finde ich." Als er das sagte, lachte er mich kurz an.

Okay. Jetzt waren wir auf dem richtigen Weg. Vielleicht hatten wir einfach nur einen schlechten Start erwischt. Bei beiden von uns war viel in Bewegung zurzeit und es war gut möglich, dass wir einfach nur Schwierigkeiten hatten, unsere Erwartungen abzugleichen. Unsere Zeit in Las Vegas war einfach der absolute Wahnsinn gewesen und die Wahrscheinlichkeit, dass dieses Date genauso werden würde, war von vornherein sehr gering gewesen. Wir waren in einer anderen Umgebung und verhielten uns auch anders. Ich fühlte mich noch immer, als wolle Cody mir etwas sagen. Aber vielleicht bildete ich mir das auch nur ein, da ich schon die ganze Zeit versuchte, unser Date zu analysieren.

Ich schloss für einen Moment die Augen und stellte mir vor, wie schön es sein würde, wenn wir zusammen tanzen gingen. Salsa zu tanzen, ohne eine Verbindung zu spüren, war einfach nicht möglich. Es war jetzt genau die richtige Bar für uns.

„Ich war schon ewig nicht mehr Salsa tanzen. Es ist gut möglich, dass ich das noch schlechter mache als in dem Club in Las Vegas", witzelte Cody, als wir in die Bar gingen.

„Ich erinnere mich gar nicht, dass du ein schlechter Tänzer warst", lachte ich.

„Gut. Das liegt daran, dass ich ein umwerfender Tänzer bin", meinte er und führte im Gehen einen grauenhaften Tanz auf.

Die Band spielte ein langsames Liebeslied und wir hatten kaum unsere Sachen abgelegt, als Cody mich auch schon auf die Tanzfläche zog. Es war zu laut, um sich zu unterhalten, und ich hatte das Gefühl, dass das gut für die Stimmung war. Wir waren besser dran, wenn wir uns nicht so viel unterhielten. In der Tanzhaltung lagen meine Hände in seinen und plötzlich zog er mich an sich, sodass unsere Körper sich berührten.

Als ich ihn anschaute, gab es keine Zweifel mehr daran, dass die Chemie zwischen uns stimmte. Die alte Spannung war wieder da. Sein Blick verriet Sehnsucht und Verlangen, aber der Moment hielt nur kurz. Dann nahm er wieder eine formalere Tanzposition ein und brachte wieder etwas Distanz zwischen uns beide. Als wir uns voneinander entfernten, konnte ich erkennen, dass ihn das schmerzte. Es schien, als fiele es ihm schwer, von mir getrennt zu sein. Wie kam es dann, dass er mich wieder von sich wegschob?

Warum wollte er keine Nähe, wenn er sich doch gleichzeitig danach verzehrte?

Die Band spielte jetzt ein schnelleres Lied und Cody übernahm die Führung. Er wirbelte mich über die Tanzfläche. Objektiv gesehen waren wir wirklich gut im Salsa tanzen. Ich war nur einige Male mit Freundinnen bei Tanzstunden gewesen, aber Cody schien irgendwo mehr über das Tanzen gelernt zu haben. Wir brauchten eine Weile, um in Fahrt zu kommen, aber dann konnte uns nichts mehr aufhalten. Einige Leute machten uns sogar Platz und schauten uns beim Tanzen zu, als wir an ihnen vorbei rauschten.

Wir tranken Sangria und tanzten den ganzen Abend. Wir hatten etwas gefunden, dass uns verband. So konnten wir vermeiden, intim zu werden, und es nahm uns den Druck, uns unterhalten zu müssen. Das war zwar nicht meine Idealvorstellung davon, meinen Ehemann kennenzulernen, aber ich ergab mich einfach der Musik und hatte einen wirklich tollen Abend.

Um Mitternacht waren wir beide völlig fertig und uns einig, dass wir es nun gut sein lassen konnten. Als Cody bezahlte und wieder zu unserem Tisch zurückkehrte, sah ich ihn wieder mit sich selbst reden. Es sah aus, als führte er ein Streitgespräch, so wie bereits bei unserem Essen im Restaurant. Als er am Tisch war, lächelte er mich wieder an und reichte mir die Hand, um mir aufzuhelfen.

„Das war ein tolles Date", meinte ich, als wir vor der Bar standen und darauf warteten, dass uns unser Auto gebracht wurde.

„Ich glaube, ich tanze lieber Salsa, als mir das bewusst war", lachte er.

Ich griff nach seiner Hand, doch er zog sie zurück. Stattdessen fingerte er in seinem Geldbeutel herum, um ein Trinkgeld herauszuholen, und das lange bevor unser Auto ankam. Aber so konnte er seine Hände beschäftigen.

My Best Mistake

Er hielt mir wieder die Tür auf und ich stieg ein. Kein Lachen, kein Augenkontakt mehr. Nichts. Was auch immer er vor sich hingesagt hatte, hatte ihn dazu gebracht, sich wieder vor mir zu verstecken.

Unser Weg zu mir nach Hause war sehr ruhig. Wir wechselten einige Worte über das Wetter und den Verkehr, aber nichts von Bedeutung. Ich begann wieder, mich unwohl zu fühlen. Ich hatte den Eindruck, als wolle er mir etwas sagen und sei dabei, seinen Mut darauf zu konzentrieren, es mir auch wirklich zu sagen. Ich hatte keine Ahnung, was ihn wohl so beschäftigen mochte.

„Danke für das Date. Es war schön", sagte ich, als er das Tor zu meinem Apartmentkomplex öffnete.

„Ja, es war wirklich schön, dich wiederzusehen."

„Ja, das war es."

Er bedeutete, dass ich ihm vorangehen sollte. Alles war wieder so seltsam in diesem Moment. Würde er mir irgendein schreckliches Geheimnis verraten? Erinnerte er sich an irgendetwas, das mir entfallen war? Klar war, dass er wieder mit seinem stummen Monolog beschäftigt war.

„Wohnst du mit deiner Freundin zusammen hier?", fragte Cody, als wir vor der Tür standen.

„Meine Freundin?", fragte ich. Ich hatte keine Ahnung, was er meinte.

„Ja, die Freundin, die sich im Bad versteckt hat, als ich dich abgeholt habe."

„Ach so", lachte ich. „Nein, das war Jaqueline. Sie war nur zu Besuch, um mich für unser Date herzurichten. Ich wohne alleine. Magst du noch reinkommen?"

„Nein. Ich glaube, dass es besser wäre, wenn ich das nicht tun würde", sagte er ohne jeglichen Ausdruck im Gesicht.

Es war sein Ernst. Er wollte wirklich nicht. Ich hatte ihm gerade gesagt, dass ich alleine lebte, und wir waren schon verheiratet. Es fiel mir absolut kein vernünftiger Grund ein, dass ein Mann mit auch nur einem Funken Feuer im Leib sich entschied, nicht die Nacht mit mir zu verbringen. Ich hatte noch nicht mal vorgeschlagen, dass wir miteinander schliefen. Wobei er mich wahrscheinlich so verstanden hatte. Und doch stand er vor mir und lehnte mein Angebot ab. Ich stand unter Schock.

„Ähm, also gut."

„Ich rufe dich morgen an", sagte er und lehnte sich verkrampft vor, um mich auf die Wange zu küssen.

Ich war mir sicher, dass er nicht auf meinen Mund gezielt hatte. Er hatte sich ganz bewusst für meine Wange entschieden. Es war noch nicht mal romantisch. Es war einfach nur seltsam.

„Okay", sagte ich leise. Ich konnte mich kaum rühren. „Lass uns morgen reden."

Cody war schon die halbe Treppe hinuntergelaufen, als er sich umdrehte, um mir nochmals zu winken, bevor er ins Auto stieg. Das war überhaupt nicht der Mann, in den ich mich verliebt hatte. War Cody in Wahrheit so? Wenn er im Alltag so war, dann würde keine Spannung der Welt uns zusammenhalten können. Wenn es sich so anfühlte, Zeit mit ihm zu verbringen, wollte ich auf keinen Fall mit ihm zusammen sein.

Zumindest würde es so leichter sein, sich von ihm zu trennen. Bis heute Abend hatte ich tatsächlich darüber nachgedacht, mit ihm zusammenzubleiben. In meiner Fantasie war das Ganze zu einer ernsthaften Beziehung geworden. Ich hatte sogar darüber nachgedacht, meine Show aufzugeben, um zu schauen, was aus unserer Romanze werden konnte. Aber nach diesem Date war alles anders. Die Chemie zwischen uns hatte nur in ganz wenigen Momenten gestimmt. Den Rest der Zeit war unser Date ein totales Desaster gewesen.

Den ganzen Abend lang hatte ihn eigentlich etwas ganz anderes beschäftigt. Wenn er nicht bereit war, etwas mit mir zu teilen, das ihn so belastete, dann konnte ich nicht anders, als mich daran zu halten, was ich wusste. Und zum jetzigen Zeitpunkt wusste ich nur, dass ich nicht mit Cody verheiratet bleiben konnte, wenn ich Teil einer Show über Singles in La La Land war.

Als ich mich ins Bett legte, war mir klar, was passieren musste. Es gab keine Notwendigkeit, dass wir uns eine gesamte Woche damit quälten, uns kennenzulernen. Morgen würde ich Cody anrufen und mit ihm darüber reden, wie sich unsere Ehe auflösen ließ.

Als ich die Augen schloss, sah ich alles klar vor mir. Cody und ich würden unsere Ehe annullieren lassen, bevor irgendjemand Wind von der ganzen Geschichte bekommen konnte.

Kapitel 11

Cody

Sie würde mich hassen. Das war das einzige, woran ich den ganzen Abend denken konnte. Alexis würde mich verabscheuen, sobald ich ihr von der Klausel im Nachlass meines Vaters erzählte.

Egal, was ich mir überlegte, es klang immer zu schlimm, um es ihr zu sagen. Es würde sie verletzen und das Letzte, was ich auf dieser Welt tun wollte, war, Alexis zu verletzen. Je mehr ich versuchte ihr zu sagen, was es damit auf sich hatte, desto sicherer war ich mir, dass ich es besser sein ließ.

Alexis war eine umwerfende Frau und ich mochte sie. Ich musste einen Weg finden, der versprach, für uns beide zu funktionieren. Ich brauchte das Geld meines Vaters, um mit der Hotelkette weiterzumachen, und ich würde es nicht bekommen, wenn Alexis und ich uns trennten.

Die Last dessen, dass ich ihr nichts vom Geld meines Vaters erzählt hatte, lag schwer auf meinen Schultern. Ich verbrachte eine lange Zeit damit, mich im Bett hin und her zu wälzen, bevor ich mich entschied, am Strand eine Runde laufen zu gehen.

In diesen frühen Stunden am Strand zu sein, war noch viel entspannender, als ich mir das vorgestellt hatte. Hier ließ es sich wirklich leben. Um diese Uhrzeit waren noch nicht viele Menschen auf den Beinen und wenn doch, dann waren sie auf dem Weg zur Arbeit. Noah war schon vor Sonnenaufgang aufgebrochen und hoffte, so den Berufsverkehr umgehen zu können. Er meinte, dass er so auf dem Arbeitsweg und dem Heimweg Zeit sparen konnte.

Um diese Uhrzeit hatten lediglich ein kleines Café und eine

Saft-Bar geöffnet. Alles andere war noch geschlossen. Der meiste Umsatz wurde hier wohl von den Touristen und anderen Leuten generiert, die tagsüber kamen.

Ich lief weiter, als ich das eigentlich geplant hatte. Ich verlor mich in meinen Gedanken und in dem Gefühl, das mir der Strand gab. Als ich umkehrte, machte ich mir Sorgen, dass ich nicht genau wusste, wo ich war und wo Noahs Haus stand.

Ich entschied mich zu Noahs Haus zurück zu gehen, statt noch weiter zu laufen. So hatte ich die Möglichkeit, mich besser meinen Gedanken zu widmen und mir außerdem die Lokale und Läden an der Strandpromenade einzuprägen.

Ich stand vertieft in ein Schaufenster, als ich im Augenwinkel eine Nachrichtensendung im Fernseher des kleinen Cafés bemerkte. Irgendetwas erregte meine Aufmerksamkeit. „Kein Single in La La Land" war die Überschrift auf dem Bildschirm.

Ich verstand nicht, was der Moderator sagte, aber ich sah, dass ein Bild von einem Paar eingeblendet wurde. Dann ein Bild von Alexis und mir beim Tanzen. Wie zur Hölle hatten sie uns in der Salsa-Bar gefunden? Und warum hatten sie Alexis und mich fotografiert?

Schnell ging ich in das Café in der Hoffnung zu hören, was der Moderator sagte. Ich bekam nur noch die Schlussbemerkung mit.

„Nur ein weiteres Beispiel für Reality-TV, das gar keines ist", sagte der Moderator, bevor er sich dem nächsten Thema widmete.

Das konnte nicht gut für Alexis sein, aber ich musste zugeben, dass ein Teil von mir sich darüber freute, dass die Geschichte ans Tageslicht kam. Zumindest war es nicht explizit ein Bericht über uns beide, sondern auch noch über die anderen Paare der Show. Und außerdem war es auch nicht die ganze Wahrheit über uns.

Den Rest des Heimweges bereitete ich mich darauf vor, Alexis zu beruhigen, falls sie ihre Rolle verlieren würde. Ich würde für sie da sein. Ich war bereit, ihr aus der Geschichte herauszuhelfen und sie darin zu unterstützen, eine neue und bessere Gelegenheit zu bekommen. So würde es sein. Wir waren füreinander bestimmt und unser Leben würde so erheblich leichter sein. Oder zumindest würde es mein Leben einfacher machen, da ich nicht mehr befürchten musste, sie um ihre Show zu bringen. Stattdessen würden die Produzenten einfach den Vertrag kündigen und alles würde leichter sein.

Ich machte Frühstück und notierte mir ein paar Dinge, die ich zu Alexis sagen wollte, wenn wir uns unterhalten würden. Ich wollte ihr sagen, wie sehr ich bereit war sie zu unterstützen. Außerdem, dass die nächsten guten Jobs schon auf sie warteten, wenn wir es schafften, zusammenzuhalten. Es würde ein guter Moment für uns sein.

Ich machte den Fernseher an, um den ganzen Bericht zu finden. Als mir das endlich gelungen war, machte ich mir noch einige Notizen mehr. Der Bericht war nicht besonders schlimm. Alexis und einige der anderen Frauen schienen feste Freunde oder zumindest Männer in ihrem Leben zu haben, für die sie etwas empfanden. Es ging also nicht nur um Alexis. Wenn sie den Job verlor, würde es auch noch einige andere erwischen. Vielleicht würde das ihr eigenes Unglück ein wenig relativieren?

Langsam, aber sicher musste ich mich meiner Arbeit widmen und bald führte ich Telefonat um Telefonat. Wir kamen der Auswahl des Standorts für das erste Hotel näher. Ich konnte mir den Grund natürlich noch nicht leisten. Dafür brauchte ich das Geld meines Vaters. Aber das war nur noch eine Frage der Zeit.

Alexis und ich würden zusammenbleiben. Ich würde sie als ihr Ehemann unterstützen, während sie sich vom Verlust ihres Jobs erholte und ich ihr half, einen besseren zu finden. Und dann, wenn sich alles etwas beruhigt hatte, würde ich ihr vom Geld meines Vaters erzählen.

Die Zeit verflog und erst am Nachmittag bemerkte ich, dass ich Alexis weder angerufen noch ihr geschrieben hatte. Ich nahm an, dass sie den Bericht noch nicht gesehen hatte, da auch sie sich nicht bei mir gemeldet hatte. Ich wollte ihr gerade schreiben, als sie mich anrief.

„Hey." Ich versuchte den Ball flach zu halten.

„Cody, im Fernsehen läuft ein Bericht über uns."

„Echt jetzt?"

„Ja, irgendjemand ist uns gestern gefolgt. Ich weiß nicht, was ich machen soll. Ich werde meinen Job verlieren."

Die Sorge in ihrer Stimme verursachte mir physische Schmerzen. Selbst wenn mir die Sache helfen würde, war es doch kaum auszuhalten, dass sie etwas, das sie so sehr wollte, nicht bekommen würde. Ihre Stimme brach, als sie noch etwas sagen wollte. Stattdessen begann sie zu weinen und zu schluchzen. Ich kam mir vor wie ein Monster. Wie konnte ich ihr das nur gewünscht haben? Was für ein Ehemann war ich, dass ich hoffte, die Träume meiner Frau würden zerbrechen?

„Das tut mir leid für dich", versuchte ich zu beschwichtigen, aber ich war mir nicht mal sicher, ob sie mich durch ihre Tränen überhaupt hörte.

„Das sollte mein großer Durchbruch werden. Ich wollte bei der Sache nur eine Weile mitmachen, um so an andere Jobs zu kommen. Ich weiß, dass das unser Verhältnis erschwert hat und ich hasse mich dafür, aber ich hatte diesen Traum schon so lange. Ich will ihn nicht verlieren."

„Gibt es irgendetwas, das du machen kannst?"

„Ich weiß nicht."

Still dachten wir beide über die Situation nach, in der wir uns befanden.

„Zumindest haben sie nicht herausgefunden, dass wir verheiratet sind", sagte ich, um ihre Laune etwas zu heben.

„Ich weiß. Das wäre das Allerschlimmste gewesen. Wir sollten unsere Ehe trotzdem annullieren lassen. Oder was denkst du?"

Nein. Nein, alles bloß das nicht!

Irgendwie musste ich sie davon abbringen, dass sie eine Annullierung wollte. Das würde alles ruinieren. Meine Hände zitterten und ich fing an, im Zimmer auf und ab zu gehen. Es musste doch eine Lösung geben.

Aber mir wollte einfach nichts einfallen. Mein Kopf war komplett leer. Zuerst überkam mich Angst. Zunächst dachte ich, diese Angst rühre daher, das Geld meines Vaters zu verlieren. Je länger ich mir darüber Gedanken machte, desto klarer wurde mir jedoch, dass meine eigentliche Angst daher rührte, Alexis zu verlieren. Sie war eine umwerfende Frau. Dass wir uns kaum kannten, tat dem keinen Abbruch. Ich wollte sie in meinem Leben haben. Ich konnte sie nicht einfach so aufgeben. Für keine Fernsehsendung der Welt.

„Ich weiß nicht, ob das die beste Option ist. Die Paparazzi würden sicher Wind von der Sache bekommen. Wir sollten uns einfach ruhig verhalten", sagte ich.

„So habe ich das noch gar nicht gesehen."

„Wir sollten die Sache jetzt noch nicht aus der Hand geben. Willst du vielleicht einfach vorbeikommen? Dann können wir uns darüber unterhalten, wie wir weitermachen. Ich bin im Haus von meinem Freund Noah am Huntington Beach."

„Du hast einen Kumpel, der ein Haus am Strand hat? Natürlich. Wie konnte ich auch was anderes denken", lachte sie.

„Du kennst Noah noch vom College. Er und ich haben Missy und dich immer aufgezogen. Er hat dunkelbraunes Haar und trägt immer hochgekrempelte Hemden, bei denen der oberste Knopf offen ist."

„Klar erinnere ich mich an ihn. Scheint, als ginge es ihm gut."

„Er arbeitet bei Warner Brothers. Ich weiß zwar nicht genau, was er macht, aber ich glaube, es hat irgendwas mit Filmfinanzierung zu tun."

„Ich würde dich total gerne besuchen, aber ich glaube, ich muss zum Studio und versuchen die Sache zu klären. Würdest du mitkommen? Vielleicht könnten wir da zusammen hingehen und denen sagen, dass wir nur Freunde sind oder so? Ich weiß auch nicht. Aber irgendwas muss ich tun."

Ihre Stimme brach schon wieder und mir stockte das Herz. Ich konnte jetzt nicht Nein sagen. Sie bat mich um Hilfe. Sie bettelte mich schon fast an. Vielleicht würde mir das die Zeit geben, die ich brauchte, um unsere Beziehung auf eine breitere Basis zu stellen. Oder es war eine Möglichkeit für sie, die Paparazzi davon zu überzeugen, sie in Ruhe zu lassen.

„Ich weiß nicht. Ich glaube nicht, dass es gut wäre zu lügen. Was steht in deinem Vertrag zu Dates?"

„Ich bin mir nicht ganz sicher. Ich glaube, wir dürfen auf Dates gehen, aber keine festen Freunde haben, während die Aufnahmen laufen."

„Und was steht in deinem Vertrag für die Zeit vor dem Dreh?", hakte ich weiter nach, um herauszufinden, was alles vertraglich geregelt war.

„Also, um ehrlich zu sein, habe ich keine Ahnung, ob da überhaupt was steht." In der darauffolgenden Minute sagte sie kein Wort, aber ich hörte, dass sie sich unruhig bewegte. „Ich habe den Vertrag hier irgendwo liegen. Kannst du bitte vorbeikommen und mich zum Studio bringen? Ich bringe dir dann auch den Vertrag mit, damit du ihn dir anschauen kannst."

„Ja, ich komme vorbei. Aber gib mir eine Stunde. Bei dem Verkehr werde ich eine ganze Weile brauchen."

„Schreib mir einfach. Dann komme ich runter an die Straße. Das ist wirklich wichtig und ich werde dir für immer dankbar sein, wenn du mir aus diesem Schlamassel hilfst."

„Natürlich. Wofür hast du schließlich einen Ehemann?", witzelte ich. „Ich beeile mich. Bis gleich."

Ich duschte kurz, zog ein frisches T-Shirt und eine frische Jeans an und beeilte mich dann, zu Alexis zu kommen. Sie brauchte mich, also würde ich für sie da sein.

Jetzt ging es mir überhaupt nicht mehr um das Geld oder mein Unternehmen. Ich konnte nur an Alexis Enttäuschung denken, wenn sie von der Show gefeuert wurde. Zum jetzigen Zeitpunkt musste das Team davon ausgehen, dass wir uns nur miteinander aus gewesen waren. Ich musste sie irgendwie davon überzeugen, dass wir uns kaum kannten und dass das zwischen uns nichts Ernstes war. Das sollte eigentlich nicht schwer werden, da wir einander tatsächlich erst vor wenigen Tagen in Vegas begegnet waren.

Als ich auf den Parkplatz zu Alexis Apartment fuhr, wurde ich plötzlich ganz ruhig. Wir würden einfach niemandem sagen, dass wir verheiratet waren. Wir würden einfach behaupten, dass ich ein alter Freund war und wir gestern einen netten Abend zusammen verbracht hatten. Um alles andere würden wir uns später kümmern. Ich konnte es nicht verantworten, dass Alexis wegen mir ihren Traum nicht verwirklichen konnte. Was für ein jämmerlicher Ehemann wäre ich gewesen, wenn ich das zugelassen hätte?

Nachdem ich ihr geschrieben hatte, dass ich da war, erschien Alexis auf der Treppe. Es war ihr deutlich anzusehen, dass sie ihre Aufregung kaum im Griff hatte. Trotzdem sah sie wunderschön aus in ihren verwaschenen Jeans und dem alten T-Shirt. Sie hatte die Haare zusammengebunden und trug kaum Make-up. Allein der Gedanke, dass sie gleich neben mir sitzen würde, ließ mein Herz schneller schlagen.

„Der Vertrag hat keinerlei Regelungen für den Zeitraum vor dem Dreh. Ich habe ihn einige Male durchgelesen. Lies du ihn auch mal. Ich wüsste gerne, was du dazu sagst. Heißt das, dass ich nicht gefeuert werde?"

Sie redete so schnell, dass ich kaum mitkam, geschweige denn antworten konnte. Unterdessen drückte sie mir den Vertrag in die Hand.

„Ich bin mir nicht sicher. Lass mich mal sehen", sagte ich und fing zu lesen an.

„Die können doch nicht darüber bestimmen, was ich mache, bevor die Show losgeht, oder? Ich weiß schon, dass ich nicht hätte heiraten sollen. Aber das wissen die ja nicht. Wir hätten auch einfach auf einem Date sein können. Immerhin sehe ich gut aus, da kommt es doch vor, dass man auf Dates geht."

„Ja, du bist wirklich wunderschön."

„Okay, das reicht jetzt. Schau dir mal meinen Vertrag an."

„Ich versuchs ja gerade, aber irgendjemand lenkt mich ab."

„Entschuldigung."

Ich konzentrierte mich wieder darauf, den Vertrag zu lesen, und kam zu dem Schluss, dass er keine Klausel enthielt, wie sich die Frauen vor Drehbeginn zu verhalten hatten. Trotzdem sah es so aus, als könnte es Ärger geben.

„Es gibt eine Moralklausel. Für die könntest du gefeuert werden."

„Was? Warum?"

„Dabei geht es darum, dass eine Firma entscheiden kann, dass du nicht zu ihrem Image passt. Sollte das der Fall sein, können sie dich entlassen. Wenn sie dich wirklich feuern wollen, dann werden sie versuchen, es über diese Klausel zu begründen. Ich halte es aber auch für möglich, dass sie aus der ganzen Sache eine Werbeaktion für ihre Show machen."

„Was?" Sie zog die Stirn in Falten, als sie versuchte meinem Gedankengang zu folgen.

Alexis war der Wahnsinn. Die Stimmung zwischen uns war jetzt viel leichter, als sie auf unserem Date gewesen war. Ich war so damit beschäftigt gewesen, darüber nachzudenken, wie und wann ich ihr sagen konnte, was es mit meinem Erbe auf sich hatte, dass ich ihr die Hälfte der Zeit nicht hatte zuhören können. Das Date war seltsam gewesen und die Verantwortung dafür lag komplett bei mir.

Jetzt war es so viel leichter, Zeit mit ihr zu verbringen. Wir waren beide auf die Lösung ihres Problems konzentriert, sodass ich nicht die ganze Zeit alles analysierte und darüber nachdachte, was ich tat.

„Na klar. Jede Firma, die diesen Namen verdient hat, würde den Spieß umdrehen und aus der Geschichte eine PR-Aktion machen. Sie haben so scharfe Frauen angeheuert, dass die Männer schon jetzt hinter ihnen her sind. Das muss man gesehen haben." Schon während ich das sagte, bereute ich jedes Wort davon.

Ich überredete sie gerade dazu, an einer Show teilzunehmen, deren Konzept es war, dass sie andere Männer kennenlernte. Das war wirklich keine gute Idee. Zumindest nicht für uns beide. Aber das Problem war, dass ich niemals ihr Herz brechen würde und ihr die Show so viel bedeutete, dass ich ihr einfach helfen musste.

„Also, lass uns zum Studio fahren", meinte Alexis aufgeregt. „Wir erzählen allen, dass wir auf einem normalen Date waren und alte Freunde sind. Ende der Geschichte. Dann lassen wir unsere Ehe im Geheimen annullieren und ich kann an der Show teilnehmen", schob sie hinterher, als wir losfuhren.

Ich hoffte noch immer, dass ich unsere Heirat geheim halten und das Geld meines Vaters behalten konnte. Aber im Moment sah es wirklich nicht gut aus. Ich versuchte mir einen Weg zu überlegen, der beides ermöglichte. Unsere Ehe und ihre Show. Aber egal, wie viel ich darüber nachdachte, mir wollte einfach nichts einfallen. Sobald Richard herausfand, dass Alexis Teil einer Reality-Show für Singles war, würde er unsere Ehe nicht als legitim anerkennen.

Widerwillig akzeptierte ich das Unvermeidbare, das uns bevorstand. Es war sowieso völlig irre gewesen, dass wir überhaupt geheiratet hatten. Bis zu unserer Nacht in Vegas hatte ich noch nicht mal daran gedacht, überhaupt zu heiraten.

Außerdem hatte ich das Geld ja noch nicht mal bekommen. Wenn die Sache schon scheitern musste, dann war jetzt der richtige Zeitpunkt. Bevor ich das Grundstück tatsächlich gekauft hatte und somit, bevor ich die Hotelkette tatsächlich startete. Der Gedanke traf mich hart, aber wenn ich schon akzeptieren musste, dass ich das Geld nicht bekam, dann war es besser, wenn es jetzt geschah.

Was ich aber nicht so leicht akzeptieren wollte, war, Alexis zu verlieren. Sicher konnten wir unsere Heirat annullieren lassen, sodass sie an der Show teilnehmen konnte. Aber ich würde in L.A. bleiben und vielleicht konnte ich sie ja auch im Rahmen ihrer Show daten. Vielleicht konnten wir die Sache groß aufziehen und so tatsächlich eine Chance für uns beide bekommen.

Kapitel 12

Alexis

Was Cody gesagt hatte, hatte meine Aufregung nur noch vergrößert. Die Produzenten davon zu überzeugen, dass sie die Sache in etwas Positives wenden konnten, war ein fantastischer Plan. Das zu erreichen war mein Plan, als wir uns mit den Verantwortlichen trafen.

Das ganze Team war gerade zu einer Notfallbesprechung zusammengekommen. Ich war überrascht, dass nur Cody und ich hier waren, um mit den Produzenten zu sprechen. Vielleicht hatten die anderen Frauen sich per Telefon gemeldet, aber ich wollte die Angelegenheit persönlich klären. Wenn ich hierherkam und meine Begeisterung für das Projekt zeigen konnte, würde das sicher viel mehr bewirken. Dass Cody dabei war, um zu bestätigen, dass unser Verhältnis rein freundschaftlich war, würde meine Überzeugungskraft noch erhöhen.

„Atme ein paarmal tief durch", sagte Cody, als wir in der Lobby warteten.

„Ich versuche schon mich zu beruhigen, aber das alles stresst mich total."

„Du bist großartig. Und genau deswegen werden sie dich auch weiterhin an Bord haben wollen. Die wollen dich auch nicht einfach so ziehen lassen. Bleib einfach entspannt und sag ihnen, was du anzubieten hast."

„Genau das werde ich versuchen", antwortete ich.

Die Sekretärin beobachtete uns so aufmerksam, dass es mir schon unangenehm war. Ich bemerkte, wie ich mehr Distanz zwischen mich und Cody brachte, um sicherzustellen, dass wir nicht wie ein Paar wirkten.

Die Sache mit Cody durchzusprechen machte mich zuversichtlicher. Wir arbeiteten wirklich gut zusammen. Heute gab es keine seltsame Distanz, die uns trennte. Seitdem wir uns auf den Weg gemacht hatten, fühlte sich auf einmal alles wieder wie in Vegas an. Cody schien wieder er selbst zu sein. Ich versuchte unser Date gegen das Gefühl jetzt gerade und in Vegas aufzuwiegen.

„Willst du proben, was du sagen wirst?", fragte Cody und nahm meine Hand in seine.

Sofort zog ich meine zurück. Ich wollte nicht, dass die Sekretärin sah, wie wir uns die Hände hielten. Alle hier sollten denken, dass wir einfach nur Freunde seien, die zusammen unterwegs gewesen waren.

„Du bist ein toller Freund, Cody. Vielen Dank für deine Unterstützung", sagte ich laut genug, dass die Sekretärin es hören konnte.

Cody schaute mich misstrauisch an, da meine Bemerkung nicht in unsere Unterhaltung passte. Aber er verstand schnell, worum es mir ging, und rutschte wieder etwas weiter weg von mir.

„Dafür sind Freunde doch da", gab er zurück.

„Ich freue mich total, dass wir uns mal wieder getroffen haben. Ich hoffe wir bleiben in Kontakt, wenn das hier vorbei ist", fügte ich an. „Denkst du, dass du in Kalifornien bleibst? Oder gehst du wieder nach Chicago?"

„Ich weiß noch nicht genau."

„Falls du dich entscheidest zu bleiben, könnten wir zusammen am Strand trainieren oder so. Ich hab mal gehört, dass man bei einem Strandlauf die meisten Kalorien verbrennt."

„Die sind wirklich verdammt anstrengend."

„Alexis, in fünf Minuten haben die anderen Zeit für dich", sagte die Sekretärin.

„Vielen Dank."

Codys Handy vibrierte und die Nachrichten lenkten ihn dermaßen ab, dass er mich kaum anschauen konnte, geschweige denn mitbekam, was die Sekretärin gesagt hatte.

Er war völlig vertieft in die Konversation mit der Person, die ihm diese Nachrichten schickte. Also stand ich einfach auf und ging los. Ich musste einen langen Flur entlang und gerade als ich auf Höhe der Sekretärin war, wandte er sich noch mal an mich.

„Ich muss telefonieren. Hol mich einfach, wenn du meine Hilfe brauchst", sagte er und wartete nicht einmal meine Antwort ab.

„Okay", erwiderte ich, aber er war schon so weit weg, dass er mich vermutlich schon gar nicht mehr hörte.

Sein Gesicht war voller Sorge gewesen, als er geschrieben hatte, sodass ich einfach nicht anders konnte, als mich zu fragen, mit wem er sich unterhielt. In mir erwachte die Eifersucht. Hatte er eine andere geheime Beziehung oder war das nur ein kindischer Gedanke? Naheliegender war der Gedanke, dass es irgendeinen Notfall bei der Arbeit gab. Er war so überstürzt aus Chicago aufgebrochen, dass es noch reichlich offene Fragen in seinem Unternehmen geben musste.

„Du kannst jetzt hineingehen", wiederholte die Sekretärin mit einer Geste in Richtung der Tür.

Das Herz schlug mir bis zum Hals und mir war schwindelig, als ich in Richtung der Tür ging. Dieses eine Meeting konnte den Ausschlag geben, ob ich Karriere machte oder für den Rest meines Lebens eine gescheiterte Schauspielerin blieb.

„Guten Morgen, Miss Livingston. Vielen Dank, dass Sie sich die Zeit genommen haben, hierherzukommen", begrüßte mich

Ralph und gab mir zu verstehen, dass ich mich setzen solle.

„Danke, dass Sie sich Zeit genommen haben. Ich habe den Bericht im Fernsehen gesehen und wollte einfach nur vorbeikommen, um einige Dinge klarzustellen."

„Sehr schön. Wir sind sehr erfreut, dass Sie sich entschieden haben, das zu tun", meinte darauf Sondra, ein weiterer der Produzenten.

„Mein Freund Cody ist mitgekommen. Er musste nur einen geschäftlichen Anruf entgegennehmen. Wir kennen uns seit dem College."

„Der Mann, der gestern mit Ihnen tanzen war?", schaltete sich Troy ein. Auch er war Produzent.

„Genau."

„Ihnen ist klar, was das für Ihre Eignung die Show betreffend bedeutet, oder?", fragte Sondra.

„Tatsächlich bin ich mir darüber nicht ganz im Klaren. Deswegen bin ich hier. Wir waren einfach nur einen Abend miteinander unterwegs. Ein Abend sollte mich nicht daran hindern, an der Show teilzunehmen. Zwischen uns ist nichts weiter."

„Wir sind gerade dabei zu versuchen, die Sache zu bereinigen. Können Sie sich nicht denken, wie schlecht das für unsere Show ist, wenn es so aussieht, als hätten alle Kandidatinnen bereits Dates oder feste Beziehungen?"

„Mir ist auch klar, dass versucht wird, die Sache so darzustellen. Aber Sie wollten doch Frauen in Ihrer Show, die viele Dates haben. Und mein ‚Date' ist so gesehen nur ein Beweis dafür, dass das auch der Wahrheit entspricht. Vielleicht könnte ich Cody auch im Rahmen der Show nochmal daten, das könnte helfen, noch mehr Rummel um die Sache zu generieren."

Die drei lächelten kurz, woraus ich ableitete, dass sie diese Idee auch schon diskutiert hatten. Durch ihre Reaktion gewann ich weiter an Sicherheit.

„Wo ist dieser Cody? Können wir mit ihm reden?", fragte Sondra.

„Er sollte eigentlich schon wieder zurück sein", sagte ich.

„Schicken Sie Cody herein", sagte Sondra in eine Freisprechanlage, von der ich davon ausging, dass sie mit dem Tisch der Sekretärin verbunden war.

„Wie oft haben Sie beiden sich denn schon getroffen?", erkundigte sich Troy.

„Das war unser erstes Date", gab ich nervös zurück.

Das war zwar nicht direkt die Wahrheit, aber auch nicht direkt gelogen. Wir hatten keine echten Dates gehabt außer dem gestrigen. Zuvor waren wir uns nur zufällig in Las Vegas begegnet. Dass wir in jener Nacht geheiratet hatten, brauchte ich an dieser Stelle ja nicht zu erzählen.

„Auf dem Bild sah es so aus, als würden Sie sich erheblich besser kennen", hakte Sondra ein. In diesem Moment schwang die Tür auf und die Sekretärin brachte Cody herein.

Anstatt wieder zu gehen, setzte sie sich in eine Ecke des Zimmers. Zu diesem Zeitpunkt dachte ich mir noch nichts dabei.

„Guten Tag meine Herren. Ich bin Cody Gleason", grüßte Cody, wobei er geradewegs auf die drei Produzenten zutrat und jedem die Hand gab.

Er strahlte eine gelassene Ruhe aus, die den gesamten Raum erfüllte. Er wirkte überhaupt nicht nervös, eigentlich wirkte er sogar noch viel gelassener als vorher, wo wir gemeinsam auf der Couch gewartet hatten. Er konnte wirklich gut mit Menschen umgehen. Es war leicht vorstellbar, wieso er so ein erfolgreicher

Geschäftsmann war. Cody gab allen ein gutes Gefühl und auch die Produzenten waren ihm zugetan.

„Sehr erfreut, Cody. Können Sie uns etwas mehr über Ihre Beziehung zu Alexis sagen?", fragte diesmal Ralph.

„Aber sicher. Alexis und ich kennen uns aus dem College. Sie ist eine Freundin meiner kleinen Schwester. Vor einer Woche sind wir uns zufällig in Las Vegas begegnet und ich habe sie gefragt, ob sie mit mir Essen gehen will, als ich nach Los Angeles gekommen bin."

Ich war wahnsinnig erleichtert, dass er sich so kurzfasste. Bisher lief alles nach Plan. Allerdings konnte ich vor lauter Anspannung kaum atmen. Wenn alles aufging, würden alle zufrieden sein. Ich spürte einen leichten Optimismus. Die Art, wie sie Cody ansahen, vermittelte mir, dass sie die Idee gut fanden, ihn in der Show zu haben.

„Sie beiden sahen wirklich innig aus miteinander", merkte Sondra an.

„Tatsächlich war das Date wirklich seltsam", klinkte ich mich da ein. „Erst, als wir zusammen tanzen gegangen sind, wurde das Ganze ein wenig entspannter."

„Aber das stimmt doch gar nicht", wehrte sich Cody mit gespielter Überraschung in der Stimme.

„Klar stimmt das. Du warst viel zu schüchtern."

„Das war nur, weil mich deine Schönheit eingeschüchtert hat", antwortete er.

„Könnten Sie sich vorstellen, vor der Kamera zu stehen?", fragte Troy.

„Ich weiß nicht genau. Ich starte gerade eine neue Hotelkette und wir beginnen mit dem Bau der ersten Einrichtung. Ich habe viel zu tun, aber ich werde darüber nachdenken."

„Werden Sie beiden sich auch vor der Kamera weiter treffen?", hakte Sondra nochmals gezielt nach.

„So weit haben wir noch gar nicht gedacht", lachte ich. „Wir haben noch nicht mal besprochen, ob wir uns nochmal treffen wollen."

„Ich habe schon über ein zweites Date nachgedacht", sagte Cody charmant. „Das hier ist ja quasi unser zweites Date. Ich lerne so eben deine Eltern kennen."

Alle drei Produzenten mussten über seinen Witz lachen – und mir ging es da nicht anders. Vor Menschen war Cody voll in seinem Element. Er hatte die Sache im Griff und ich war wirklich glücklich darüber, dass er mit mir hergekommen war.

„Wir sollten die Details zwar noch untereinander besprechen. Aber ich glaube im Namen aller hier zu sprechen, wenn ich sage, dass wir Sie beiden gerne für ein weiteres Date vor der Kamera gewinnen würden. Wie Alexis bereits gesagt hat, ist davon auszugehen, dass uns das höhere Quoten beschert, da sie beide bereits als Paar bekannt sind."

„Sie wollen mich also nicht entlassen?"

„Nein, Alexis. Das hatten wir sowieso nicht vor. Sowas kommt immer mal wieder vor während der Dreharbeiten. Seien Sie einfach ehrlich und erhalten Sie sich Ihre offene Art. Ich gehe davon aus, dass dies eine sehr fruchtbare Beziehung für beide Seiten sein wird", schloss Ralph.

„Vielen Dank Ihnen allen", sagte ich und schüttelte allen die Hände.

Ich bemerkte, wie die Sekretärin herüberkam, um Sondra etwas ins Ohr zu flüstern. Ich hatte mir schon meine Handtasche gegriffen und wartete darauf, dass sich das Produzententeam von uns verabschieden würde. Sie sah sehr ernst aus und mein Magen zog sich zusammen, als ich den finsteren Gesichtsausdruck sah, den auch Sondras Gesicht annahm, während sie mit ihm sprach.

Auf einmal schaute er mich an.

„Warten Sie", sagte Sondra, um uns vom Gehen abzuhalten. „Cody, mit wem haben Sie sich am Telefon unterhalten?"

„Ähm, mit einem Familienfreund."

„Ein Freund, dem Sie gesagt haben, dass Sie und Alexis sich lieben und, wenn unsere Sekretärin recht gehört hat, sogar verheiratet sind?"

Sondra schaute von Cody zu mir und wieder zurück. Mir stockte der Atem. Ich konnte weder denken noch mich bewegen. Meine Finger kribbelten und von ihnen breitete sich dieses Gefühl in meinem ganzen Körper aus. Ich merkte, wie die Panik mich ergriff. Ich sah Cody an in der Hoffnung, dass er mich retten möge.

„Wie bitte, Madam?", sagte er, ohne direkt auf sie einzugehen.

„Sie beiden sind also ineinander verliebt?", fragte sie Cody.

„So würde ich das nicht ausdrücken", sagte er. Sein Selbstvertrauen war verschwunden.

„Am Telefon haben Sie sich aber genauso ausgedrückt. Sie haben versichert, dass Sie sich Ihrer Liebe zu Alexis sicher sind. Wie kann es sein, dass Sie hier eine ganz andere Geschichte erzählt haben? Schon als Sie beiden miteinander gesprochen haben, war Ihre Zuneigung deutlich zu erkennen. Alexis, wollen Sie dazu irgendwas sagen?"

„Es tut mir leid", sagte ich unter Tränen. „Es tut mir leid."

„Wir haben wirklich sehr lange nichts miteinander zu tun gehabt. Wir haben uns auch wirklich zufällig in Las Vegas getroffen und das hat dann dazu geführt, dass wir geheiratet haben", schluchzte ich und bekannte mich somit zu der ganzen Wahrheit.

„Sie beide sind verheiratet?", hakte Ralph ungläubig nach.

Seine Stimme verriet, was er davon hielt. Jetzt würden sie mich rausschmeißen. Genau das konnte ich zweifelsfrei aus seinem Gesicht lesen. Es war total unprofessionell, vor diesen Leuten zu weinen, aber ich konnte in diesem Moment einfach nicht anders.

„Wir wollen die Sache annullieren oder uns scheiden lassen", setzte Cody wieder an. „Wir waren auf dem Date, um darüber zu reden, wie wir das anstellen können."

„Okay. Wir haben genug gehört. So werden wir nicht mit Ihnen arbeiten können. Wir schicken Ihnen einen Anwalt vorbei, der sich um die Angelegenheit kümmern wird. Ihr Vertrag ist nichtig, wenn Sie verheiratet sind. Wir haben keine geschiedenen Frauen in der Show und auch eine Annullierung ist nichts, das dieses Problem aus der Welt schaffen kann", stellte Troy in einem Ton fest, der keine Widerrede duldete.

„Klar. Das verstehe ich", antwortete ich darauf durch meine Tränen. „Vielen Dank für die Chance, die Sie mir gegeben haben."

„Bitte behalten Sie uns im Kopf, falls sich in Zukunft wieder eine Gelegenheit bieten sollte", sagte Cody und hielt mir die Tür auf.

Ich konnte kaum geradeaus laufen, als wir durch die Eingangshalle zu seinem Auto gingen. Tränen rannen mir von den Wangen und ließen die Wimperntusche überall in meinem Gesicht verlaufen. Das war der Super-GAU. Das Ganze war ein riesen Desaster für mich.

„Es tut mir leid", sagte Cody und umarmte mich, als wir in seinem Auto saßen.

Vielleicht hätte ich sauer auf ihn sein sollen, aber in diesem Moment wünschte ich mir nichts mehr als eine Umarmung und wusste sehr zu schätzen, dass er für mich da war. Wir waren uns beide einig gewesen zu heiraten. Ich hatte genauso großen Anteil an der Geschichte wie er und das hatte ich den Produzenten so nicht gesagt. Ihm war offensichtlich nicht klar gewesen, dass die Sekretärin ihm zugehört hatte.

„Ich hatte so viel Hoffnung in diese Show gesetzt", schluchzte ich und hielt mich an ihm fest. „Ich habe so viele Jahre auf meinen Durchbruch gewartet und war mir sicher, dass ich es jetzt geschafft habe."

„Du wirst bald die nächste gute Gelegenheit bekommen, Alexis. Das spüre ich."

„Ich weiß nicht, ob du damit recht hast."

„Du wirst schon sehen. Jetzt lass uns erst mal versuchen die Köpfe frei zu bekommen. Sollen wir was zusammen unternehmen? Wir könnten den Rest des Tages damit verbringen, irgendwas Schönes zu machen. Ich bin mir sicher, dass dir das dabei helfen wird, dich ein wenig abzulenken von dem, was gerade passiert ist."

„Vermutlich schon", sagte ich und begann damit zu versuchen, mich wieder etwas herzurichten.

Cody verstand nicht, wie hart ich hatte kämpfen müssen, um an diesen Punkt zu gelangen. Zu ihm schien das Leben immer gut gewesen zu sein. Die Leute hingen an seinen Lippen, sobald er einen Raum betrat. Er hatte ein Händchen für Menschen und Geschäftliches. Bei mir war das anders. Ich musste schon darum kämpfen, meinen aktuellen Job zu behalten, und diese Show war einer Stelle als Schauspielerin nähergekommen als alles andere in den letzten Jahren. Ich hatte all meine Hoffnung darin gesetzt, alle meine Träume für meine Karriere darauf konzentriert, und jetzt war alles vor meinen Augen zu Bruch gegangen.

Ich war emotional völlig erledigt und döste ein, während Cody uns irgendwo hinfuhr. Mir war auch völlig egal, was unser Ziel war. Alles, was ich wollte, war zu vergessen, dass dieser Tag jemals stattgefunden hatte. Ich hoffte, dass ich morgen aufwachen und feststellen würde, dass alles nur ein übler Albtraum gewesen war und ich den Job noch hatte.

„Wir sind da, Alexis", unterbrach Cody meine Gedanken.

„Was heißt 'da'?", fragte ich, ohne meine Augen zu öffnen.

„Disneyland", antwortete er so laut und gut aufgelegt, dass ich meine Augen öffnete und mich umschaute.

Wir standen wirklich vor Disneyland. Das konnte ich an der Form der Schilder erkennen, die überall angebracht waren, um Besuchern dabei zu helfen, den Ort wiederzufinden, an dem sie geparkt hatten.

„Ich war schon jahrelang nicht mehr hier. Danke für die schöne Idee", nuschelte ich.

Ich umarmte ihn mindestens eine Minute lang. Dabei versuchte ich nicht zu weinen. Aber als er anfing, mir über den Rücken zu streicheln, begannen meine Tränen wieder zu fließen. Mein Traum war zerstört. Alles, wofür ich so lange und so hart gearbeitet hatte, hatte sich in Luft aufgelöst.

„Weine einfach so viel, wie du willst. Wenn es wieder geht, werden wir noch einen schönen Tag miteinander verbringen. Nicht umsonst sagt man, dass wir am fröhlichsten Ort der Welt sind. Ich halte es schlichtweg für unmöglich, weiterhin traurig zu sein, wenn wir die Schwelle einmal übertreten haben."

„Das hoffe ich auch", murmelte ich mit rotziger Nase.

„Nimm das." Cody gab mir ein Tempo.

Ich drehte mich noch nicht mal um, um mir die Nase zu putzen. Ich hatte einfach keine Kraft mehr, um eine Lady zu sein. Ich war völlig am Boden zerstört.

„Dankeschön", war alles, was ich sagen konnte.

Wir hielten uns an den Händen, als wir auf den Park zuliefen. Es fühlte sich gut an, Cody bei mir zu haben. Er bot mir genau die

Sicherheit, die ich gerade brauchte. Er kaufte unsere Karten und als wir den Park betraten, musste ich einfach lächeln, weil schon die Musik so schön war.

Familien machten Bilder, Kinder kreischten vor Freude und Aufregung. Die Freude ließ sich mit Händen greifen und wirkte unglaublich ansteckend. Ich merkte, wie ich begann mich etwas besser zu fühlen.

„Das ist genau das Lachen, auf das ich gewartet hab." Cody zog mich an sich und gab mir einen flüchtigen Kuss auf die Wange.

„Soll ich ein Bild von Ihnen machen?", fragte da ein junger Mitarbeiter des Parks.

„Oh, bitte nicht ...", setzte ich an.

„Natürlich. Wir würden uns darüber wirklich sehr freuen", unterbrach mich Cody an dieser Stelle. „Wir werden uns für immer an diesen Tag erinnern wollen, Alexis. Das ist der erste Tag vom Rest deines Lebens."

Sein Kuss hatte sich total natürlich angefühlt. Nicht so wie der auf unserem ersten Date. Ich stand da und er hatte mich in seinen Armen. Beide lachten wir in die Kamera. In diesem Moment glaubte ich kurz, dass dies wirklich der Beginn des Rests meines Lebens sein könnte. Aber das Gefühl hielt nicht lang. Schon als wir unseren Bon von dem jungen Mann bekamen, weinte ich wieder.

Auch im weiteren Verlauf des Tages musste ich immer wieder weinen. Ich weinte, als ich sah, wie ein kleines Kind sich auf Mickey Maus stürzte. Ich weinte, als wir in einer Achterbahn waren und ich Angst bekam. Aber die Zeit zwischen den Tränen war wirklich wunderschön.

Cody hielt mich bei jeder Gelegenheit im Arm. Seine Nähe gab mir den Halt, den ich so dringend brauchte. Als wir anstanden, um uns eine Kleinigkeit zu essen zu kaufen, wurde mir klar, dass es niemand anderen gab, mit dem ich diesen Tag lieber hätte verbringen wollen. Keine meiner Freundinnen hätte mir den gleichen Halt vermitteln können und dafür gesorgt, dass ich mich so sicher fühlte.

„Brezel oder Churro?", wollte Cody da wissen.

„Wie wäre es denn mit beidem?"

„Beides geht natürlich auch." Er drückte meine Hand und bestellte. „Zwei Brezel, zweimal Churros und zwei Cola, bitte."

Wir suchten uns einen kleinen Tisch unter einem Baum und schauten den vorbeiflanierenden Familien zu. Mir ging das Herz auf, als ich sah, wie aufgeregt die Kinder waren und wie glücklich alle wirkten. Endlich beruhigte ich mich ein wenig.

„Wir dürfen auf keinen Fall vergessen unser Bild abzuholen", sagte Cody und holte den Bon heraus, den wir am Eingang bekommen hatten.

„Das kann ich dir nicht versprechen. Außerdem bin ich nicht davon überzeugt, dass wir das Bild abholen sollten. Ich bin sicher nicht traurig, wenn wir das vergessen."

„Sicher wirst du traurig sein. Du bist wundervoll, Alexis, und deine Art, mit diesem Rückschlag umzugehen, ist auch wundervoll."

„Danke, dass du heute mit mir hier bist." Ich ergriff seine Hand. „Ich weiß wirklich nicht, was ich ohne dich getan hätte."

Cody zuckte bei meinen Worten kurz zusammen. Für eine Sekunde dachte ich, dass ich etwas Falsches gesagt oder getan hatte. Er war mir doch den ganzen Tag so zugetan gewesen.

„Es tut mir leid", sagte er. In diesem Moment sah auch er so aus, als würde er gleich zu weinen beginnen.

„Was ist denn los?"

„Das ist alles meine Schuld. Ich hätte rausgehen müssen, um

zu telefonieren. Es tut mir unendlich leid. Ich wollte das nicht ruinieren."

„Wenn ich dir in einer Sache vertraue, dann darin, dass du niemals mit Absicht meinen Traum ruinieren würdest. Ich weiß nicht, wieso ich mir da so sicher bin. Aber in diesem Punkt gibt es für mich keinen Zweifel."

Er drehte sich weg von mir. Wurden ihm die Emotionen auch zu viel? Er war still. So still sogar, dass sich mir Eingeweide zusammenzogen.

„Sollen wir einfach ein bisschen weiter spazieren und uns dabei unterhalten? Ich habe gehört, dass es demnächst eine große Parade gibt. Die Kinder freuen sich alle auf ihre Lieblingscharaktere und, wenn ich ehrlich bin, bin ich auch schon aufgeregt."

Cody sprang auf und hielt mir seine Hand hin. Ich griff nach ihr, als sei ich eine Prinzessin, und wir gingen zusammen in Richtung der Hauptstraße, auf der die Parade stattfinden sollte. Wir würden einen gemütlichen Platz suchen, von dem aus wir Arm in Arm die Parade beobachten konnten. Ich erwischte mich bei dem Gedanken, ihm doch noch eine Chance geben zu wollen.

Kapitel 13

Cody

Ich hatte versucht so leise wie möglich zu sprechen, als Richard mich angerufen hatte. Ich war weit den Flur hinuntergegangen und hatte es einfach nicht für möglich gehalten, dass die Sekretärin mich hören konnte. Richard hatte mir einen Haufen Fragen gestellt und mich nervös gemacht. Ich begann mich zu sorgen, dass er das Geld zurückhalten würde. Ich hätte besser aufpassen müssen, dass Alexis' Geheimnis gewahrt blieb. Aber jetzt würde ich sie einfach ablenken und ihr eine schöne Zeit bescheren.

„Sollen wir nochmal mit der großen Achterbahn fahren?", fragte ich und zeigte auf den Mountainride.

„Ich kann mir nicht vorstellen, dass ich mein Essen im Bauch behalte, wenn wir den gleichen Drop nochmal machen."

„Komm, lass es uns ausprobieren." Ich zog sie in Richtung der Schlange. „Wir müssen sowieso mindestens eine Stunde warten, bis wir dran sind. Ich bin mir sicher, dass bis dahin wieder alles gut ist."

Ich legte meine Arme um sie und verweilte so während der gesamten Zeit, die wir anstanden. Ihr rotes Haar war zu einem Pferdeschwanz zusammengebunden und ihr Nacken nur wenige Zentimeter vor meiner Nase entblößt. Wenigstens ein Dutzend Male hätte ich sie gerne geküsst und genauso oft bremste ich mich wieder ein. Das Letzte, was sie jetzt brauchte, war angebaggert zu werden, während sie versuchte mit den Ereignissen des Tages klar zu kommen.

„Vielen Dank nochmal für diesen Tag", meinte sie und lehnte ihren Kopf gegen meine Brust. „Das habe ich wirklich gebraucht."

„Jederzeit wieder. Ich gehe gerne in jeden Vergnügungspark im ganzen Staat mit dir, wenn du das gerne willst."

„Du fühlst dich mir schon wirklich verpflichtet, oder?", lachte sie.

„Wie viele gibt es denn?", fragte ich neckisch. „Vielleicht habe ich mich gerade zu weit aus dem Fenster gelehnt."

Jetzt lachten wir beide. Nachdem es ein Stück weitergegangen war, fingen wir wieder an zu kuscheln. Alexis hatte mir den Rücken zugewandt und entfernte sich beim Gehen immer wieder ein Stück von mir. Sobald die Schlange wieder stand, kehrte sie jedoch jedes Mal an meine Brust zurück. Manchmal drehte sie sich sogar zu mir um und umarmte mich. Dann ruhte ihr Gesicht auf meinem Brustkorb. Das tat sie aber nur, wenn die Schlange komplett zum Stehen kam. Sie schaute mich dann mit ihren wundervollen grünen Augen für einen Moment lang an. Genauso hatte es sich auch in Las Vegas angefühlt. Da war es wieder, dieses Gefühl, dass nichts wichtig war, außer dass wir uns in den Armen lagen. Es war genau wie in Las Vegas. In Los Angeles war es uns kurz abhandengekommen. Aber jetzt war es wieder zurück.

„Du siehst entspannter aus jetzt. Wie fühlst du dich mittlerweile?", fragte ich, als wir nach einem langen Tag Hand in Hand zum Auto zurück gingen.

Alexis lächelte und drückte meine Hand etwas stärker, aber sie sagte kein Wort. Erst im Licht der nächsten Straßenlaterne konnte ich sehen, dass ihr wieder Tränen über die Wangen rannen. Ich fühlte mich scheußlich. Ich hatte mit unserem Parkbesuch bewirken wollen, dass sie sich besser fühlte, und jetzt weinte sie schon wieder.

„Es war ein guter Tag", sagte sie schließlich.

„Es tut mir leid, Alexis. Gibt es irgendwas, das ich tun kann?"

„Ich weiß nicht."

Als wir zu meinem Auto kamen, hielt ich ihr wieder die Türe auf. Gerade als sie eigentlich einsteigen wollte, drehte sie sich wieder um und nahm mich in die Arme, um mich zu küssen. Darauf war ich nicht vorbereitet gewesen. Die Impulsivität ihrer Bewegung hätte mich fast aus dem Gleichgewicht gebracht.

Ihre Lippen drückten sich hart auf die meinigen und die Aufregung des Moments riss mich mit sich. Ich schlang meine Arme um sie und drehte uns beide im Kreis, um uns etwas weiter vom Auto zu entfernen. Ich zog sie so nah an mich heran, wie ich nur konnte. Kurz dachte ich, dass sie gleich hier auf dem Parkplatz mit mir schlafen wollte.

„Sollen wir zusammen zu Noahs Haus?", sagte ich, als ich einen kurzen Moment zum Luftholen hatte.

„Ja", war ihre knappe Antwort.

Ihr Blick verhieß Verlangen und sie biss sich vor Lust auf die Unterlippe. Auch ich konnte mein Verlangen nach ihr kaum im Zaum halten. Die Fahrt zurück zum Haus würde unglaublich lang werden, wenn ich keinen Weg fand, mich etwas zu beruhigen.

„Okay, dann lass uns schauen, dass wir loskommen." Ich schob sie ein Stückchen weg, sodass wir ins Auto steigen konnten.

Aber sie bewegte sich nicht. Als ich ihr wieder in die Augen sah und das Feuer darin bemerkte, konnte ich nicht anders, als ihr noch einen Kuss zu geben. Diesmal war ich federführend und nutzte das, um den ersten Kuss so langsam und sinnlich zu geben, wie ich konnte. Daraufhin zog ich mich zurück, schaute sie an und gab ihr erst dann den nächsten Kuss. Diese Frau war dermaßen umwerfend, dass ich in keiner anderen Situation und mit keinem anderen Menschen der Welt hätte glücklicher sein können.

Es dauerte noch fast zwanzig Minuten, bevor wir es endlich schafften, uns auf den Weg zu Noahs Haus zu machen. Ich schrieb ihm kurz, dass wir auf dem Weg waren und er auf der Hut sein solle, bekam aber keine Antwort.

Alexis ließ meine Hand während des gesamten Heimwegs nicht los, obwohl sie irgendwann einschlief. Der Tag war sehr anstrengend für sie gewesen, weswegen ich beschloss, sie einfach schlafen zu lassen. Ich bereitete mich schon darauf vor, sie aus dem Wagen ins Bett zu tragen und sie den Rest der Nacht schlafen zu lassen, wenn es das sein sollte, was sie brauchte.

Noch vor wenigen Wochen war ich ein anderer Mensch gewesen. Die Liebe hatte mich verändert. Wie es Alexis ging, lag mir am Herzen und ich wollte, dass sie wusste, dass ich darauf immer bereit war, Rücksicht zu nehmen. Sie war ein wichtiger Teil meines Lebens und das nicht nur, weil sie mir den Weg ebnete, mein Traumprojekt zu verwirklichen. Sie war ein wichtiger Teil, weil ich sie zu lieben begann.

Ich war mir noch nicht ganz sicher, wie man am besten fuhr, und hatte daher das Navigationsgerät eingeschalten. Als wir uns Noahs Haus näherten, wachte Alexis von den Richtungsangaben auf. Bei all den Anweisungen war klar, dass sie irgendwann aufwachen musste.

„Sind wir schon da?"

„Fast."

„Okay", gab sie zurück und schloss ihre Augen wieder.

Diesmal schlief sie jedoch nicht, sondern entspannte sich nur. Mehrere Male veränderte sie ihre Position und rückte meine Hand auf ihrem Schoß zurecht. Sie hatte mich völlig hypnotisiert und ich musste mich anstrengen, mich auf die Straße zu konzentrieren. So eine schöne Frau an meiner Seite zu haben, machte unsere Fahrt gefährlich.

„Wir haben leider den Sonnenuntergang verpasst. Die Aussicht vom Balkon ist wirklich unglaublich schön."

„Dann lass uns eben früh aufstehen, um den Sonnenaufgang

zu sehen", bot sie mir an, wobei sie die Augen noch immer geschlossen hielt.

Ich würde ihr nicht widersprechen. Ich konnte mich an keine Situation in meinem Erwachsenenleben erinnern, in der ich eine Frau ins Bett gebracht hatte, ohne völlig darauf fokussiert zu sein, mit ihr zu schlafen. Diese Art der Verbindung mit einem Menschen anzustreben war ein seltsames Gefühl für mich, aber ich mochte es.

„Wir sind da", sagte ich und drückte den Knopf, der die Garage öffnete.

In der Garage standen Noahs Motorrad und zwei Autos, die er an die Schwelle zum Eingang geparkt hatte. Sein Alltagsauto war nicht da und so parkte ich dort, wo es üblicherweise stand. In der Einfahrt war noch für mindestens acht Autos mehr Platz. Das war sehr praktisch bei Besuch, da die Straße fast keine Parkmöglichkeiten bot.

„Das Haus ist ja großartig", bemerkte Alexis, als wir die Treppen zum ersten Stock hinaufstiegen. „Lebt er alleine?"

„Ja, zumindest, bis ich eingezogen bin."

„Schade für ihn."

„Warum?", fragte ich verwundert.

„In diesem riesigen Haus ist man doch alleine ständig einsam."

„So habe ich das noch nie betrachtet. Ich genieße es normalerweise, alleine zu sein", kommentierte ich ihre Feststellung, als wir auf den Balkon traten. Wir hatten keines der Lichter angemacht. „Zuerst müssen wir mal kurz die Aussicht genießen. Selbst bei Nacht ist sie wirklich fantastisch."

Der Mond schien hell genug, dass wir die Wellen über den Strand waschen sehen konnten. Still standen wir am Geländer und ließen die Stimmung auf uns wirken. Der Ozean erfüllte mich mit Ruhe. In meiner Collegezeit war das Erlebnis jedoch nicht mit meiner jetzigen Wahrnehmung zu vergleichen gewesen. Erst seit ich bei Noah wohnte, hatte es die dementsprechende Intensität bekommen.

„Vielen Dank, dass du mir heute den ganzen Tag beigestanden hast", sagte Alexis unvermittelt und drehte sich zu mir. „Mit dir unterwegs zu sein hat mir wirklich geholfen."

„Wie schon gesagt, es tut mir leid, dass ich diesen Schlamassel angerichtet habe. Ich wollte nicht, dass das passiert. Ich würde niemals wollen, dass du deinen Traum aufgeben musst."

„Ich weiß."

Dass Alexis nicht sauer auf mich war, zeigte, dass sie einen wirklich außerordentlichen Charakter besaß. Das einzige Problem war, dass ich mich selbst dafür verachtete, dass ich es nicht über mich brachte, Alexis die Wahrheit über mein Erbe zu erzählen. Egal, wie oft ich darüber nachdachte, jetzt war nicht der richtige Moment dafür. Neben mir stand eine wunderschöne und umwerfende Frau und ich würde all meine Energie dafür einsetzen, dass es ihr gut ging.

„Wünschen Sie die große Führung?", fragte ich theatralisch und machte eine einladende Geste in Richtung des Hauses.

„Oh ja bitte. Nichts lieber als das", gab sie zurück.

Als ich das Licht anmachte, leuchtete es auch den Weg am Strand vor dem Haus aus. Dass jeder, der vorbeilief, uns sehen konnte, war mir etwas unangenehm, trotzdem ließ ich die Jalousien nicht herunter. Stattdessen schloss ich die Tür hinter uns, um ihr eine Hausführung zu geben.

„Das ist die Küche. Ich bin mir nicht sicher, ob Noah sie überhaupt benutzt. Trotzdem gibt es jede Menge Essen im Kühlschrank für den Fall, dass du hungrig bist."

„Ich habe tatsächlich Hunger", kam unmittelbar die Antwort. Aber es klang nicht, als ob sie von Essen spräche. Stattdessen grinste sie mich lüstern an.

Der Funke sprang sofort über. Schon der Gedanke daran, wieder mit ihr zu schlafen, war fast zu viel für meinen Körper. Ich versuchte entspannt zu bleiben und die Hausführung zu beenden. Ich durfte ihrem Verlangen einfach nicht nachgeben.

„Ach, wirklich?"

„Ja, zeig mir doch mal dein Zimmer." Sie griff mich und zog mich an meinem Hemd in Richtung des Flurs. „Ist das hier dein Zimmer?"

„Nö."

„Ist es dieses hier?"

„Nö", wiederholte ich. In dem Wissen, dass wir uns meinem Zimmer näherten, begann ich zu grinsen.

„Dann muss es dieses hier sein." Alexis öffnete die Tür, ohne meine Antwort überhaupt abzuwarten.

„Du bist sowas von sexy", nuschelte ich, ohne darüber nachzudenken, was ich da gerade von mir gab.

„Du denkst wirklich, dass ich sexy bin?"

„Ja, schon. Ist das eine ernst gemeinte Frage? Du bist die heißeste Frau, die ich je getroffen habe. Weil du nicht nur äußerlich schön bist, sondern auch ein schönes Herz hast. Du bist in jeglichen Belangen sexy."

„Du weißt aber schon, dass ich bereits in deinem Schlafzimmer bin? Du musst mir keinen Honig mehr ums Maul schmieren."

„Honig? Das klingt nach einer guten Zutat. Ich hole uns ein Glas." Ich tat, als wolle ich gehen, aber sie zog mich zu sich.

Sie zog so stark, dass ich mich einfach direkt auf das Bett fallen ließ. Alexis sprang auf mich und spreizte ihre Beine. Ich mochte, wie sie den Moment genutzt hatte, um das Ruder zu übernehmen. Ihre sexuelle Energie war überwältigend.

Meine Hände strichen über ihren Hintern, während sie ihre Hüfte vor und zurück bewegte. Ich konnte es kaum erwarten, sie auszuziehen, sodass ich wieder ihre weiche Haut spüren konnte. Ich musste mich aufs Äußerste konzentrieren, um nicht völlig von meinem Verlangen mitgerissen zu werden.

„Du erinnerst dich, dass ich hungrig bin, oder?", fragte sie mit verführerischer Stimme.

„Ja, ich erinnere mich."

Sie machte sich an meinem Hosenknopf zu schaffen, während sie von mir herunterrutschte. Schon jetzt hatte ich eine stahlharte Erektion. Das zu bestreiten hätte keinen Sinn gehabt. Ich wollte in ihr sein und spürte meinen ganzen Körper vor Aufregung kribbeln.

„Schau mal, wer sich darauf freut, mich zu sehen", neckte sie mich, als sie mir die Hose auszog.

Sie schaute mir in die Augen, als sie mich in den Mund nahm. Als ich sah, wie ihre süßen Lippen sich um meinen Schwanz schlossen, wurde es mir beinahe zu viel.

Ich wollte die Augen zugleich geöffnet halten, um zu sehen, was geschah, und geschlossen, um mich meiner Lust zu ergeben. Dieses Bild wollte ich für immer in mein Gedächtnis einbrennen. Sie bewegte sich quälend langsam an meinem Schaft auf und ab. Oben angekommen ließ sie sich extra viel Zeit, um mit der Zungenspitze die Spitze meines Schwanzes zu umspielen. Wenn ich in diesem Moment gestorben wäre, hätte ich ohne zu lügen behaupten können, dass ich der glücklichste Tote der Welt gewesen wäre.

Das Verlangen, sie zu schmecken, mischte sich mit dem Gefühl der Lust, die sie mir bereitete. Als ihr Mund mich wieder berührte, hatte ich den Reflex, mich einfach gehen zu lassen, aber ich wollte nicht, dass das Ganze schon vorbei war. Auch ich wollte sie schmecken. Ich wollte ihren süßen Nektar auf meiner Zunge spüren.

„Ich halte es nicht mehr aus." Ich griff sie mir und schmiss sie rücklings auf die Matratze.

„Wovon redest du?"

„Ich will dich schmecken. Ich kann keine Sekunde länger warten."

„Kannst du nicht? Dann leg besser schnell los. Ich will gar nicht wissen, was passiert, wenn du mich nicht lecken kannst."

Unser Geplänkel beim Liebesspiel war einfach sexy. Es fühlte sich alles natürlich an. So wie in Las Vegas. Unser Vertrauen sorgte für das Gefühl der gegenseitigen Verbundenheit. Ich fühlte mich unglaublich geborgen mit Alexis. Deswegen wollte ich auch unbedingt, dass diese Sache mit uns beiden funktionierte.

Als ich sie auszog, spielte ich mit ihren Klamotten und ließ mir Zeit. Jedes Kleidungsstück brachte mich ihrem Nektar näher und mir begann das Wasser im Mund zusammenzulaufen. Alexis stöhnte auf vor Lust, als ich begann die Innenseite ihrer Schenkel zu küssen. Ihr Rücken drückte sich ein wenig durch, als ich mich ihrer Mitte näherte. Sie bettelte förmlich darum, dass meine Zunge sie berührte.

Meine Selbstkontrolle funktionierte besser, als ich das erwartet hatte. Statt ihr zu geben, wonach sie verlangte, küsste ich noch weiter ihre Beine, um die Spannung noch zu vergrößern. Mit Alexis im Bett zu sein war eine willkommene Ablenkung vom Stress des Tages.

„Jetzt hast du mich lange genug auf die Folter gespannt!" Sie klang bereits etwas entnervt.

„Du bist jetzt also die Chefin?", fragte ich sie und spreizte ihre

Beine, sodass ich ihren herrlichen Körper sehen konnte. „Keine Sorge, du wirst so oft kommen, bis du das Bewusstsein verlierst."

„Da bin ich ja mal gespannt. Auf gehts – trau dich", lachte sie.

Sie hatte ja keine Ahnung, was sie erwarten würde. Ich fing vorsichtig an, sie zu lecken, wobei ich mich entlang der Schamlippen auf ihre Klitoris zu bewegte und diese umspielte. Meine besondere Aufmerksamkeit galt dabei der Intensität, mit der meine Zunge sie berührte. So bekam sie die Möglichkeit, zwischen ihrem Stöhnen wieder zu Atem zu kommen. Sie hatte mehr Kraft, als ich erwartet hatte, und als sie sich ihrem Orgasmus ergab, musste ich ihre Hüfte mit aller Macht festhalten.

„Ich gebe auf", jaulte Alexis im Spiel. „Du gewinnst."

„Oh nein. Das war noch nicht das Spiel. Das war nur der Auftakt", grollte ich und machte sofort damit weiter, sie zu verwöhnen.

Jetzt, da sie ihren ersten Orgasmus gehabt hatte, ging es erst richtig los. Ihr Körper war bereit für weitere Höhepunkte und ich war genau der Mann, der sie ihr verschaffen würde. Alexis zu lieben bedeutete mehr, als nur nach meinem eigenen Verlangen zu schauen. Sie sollte wissen, wie viel ich für sie empfand. Nicht nur in einem körperlichen, sondern auch in einem geistigen Sinn. Also machte ich weiter und dabei wurde mir klar, dass ich dabei war, Gefühle für Alexis zu entwickeln, wie ich das noch nie für jemanden zuvor getan hatte.

Ich brachte es fertig, dass sie vier Orgasmen bekam, bevor sie mir in die Haare griff und meinen Kopf zu sich zog. Sie war wütend. Es war echte Wut, die in ihrem Gesicht stand. Ich konnte nicht anders, als loszulachen.

„Das wird zu viel. Ich muss dich jetzt in mir spüren."

Ich lächelte und streifte mir ein Kondom über. Langsam glitt ich vorwärts und küsste sie in dem Moment, in dem ich in sie eindrang. Sie schlang ihre Arme um mich und erwiderte meinen

Kuss. Jeder meiner Hüftstöße brachte mich ihr noch näher, als ich ihr im Moment zuvor gewesen war.

Die Nacht, die wir zusammen im Haus am Strand verbrachten, war ohne Zweifel der absolute Wahnsinn. Wir hatten wieder zusammengefunden, hatten den besten Sex aller Zeiten und fielen dann ineinander verschlungen in tiefen Schlaf. Es war, als ob wir schon immer Liebende und Partner gewesen wären.

Kapitel 14

Alexis

In Codys Arm aufzuwachen war das einzige Gute, was mir in den letzten vierundzwanzig Stunden widerfahren war. Meine Karriere war ruiniert, bevor sie überhaupt begonnen hatte. Ich würde zum Klischee der Sekretärin verkommen, die auf Ruhm in Hollywood hoffte.

Obwohl ich traurig war, dass ich die Show nicht mehr hatte, war ich abgelenkt von dem, was zwischen Cody und mir passiert war. Er hatte mich voll unterstützt, während ich im emotionalen Tumult versunken war, und hatte so seine Rolle als Ehemann gut gespielt. Das hatte ich nicht erwartet, aber es gefiel mir sehr gut.

Noch war die Sonne nicht ganz aufgegangen. Ich spürte, wie mich der Drang überkam, an den Strand zu gehen, um den Tag dort zu beginnen. Ich schnappte mir ein T-Shirt von Cody, zog meine Hose an und ging durch die Hintertüre des Hauses an den Strand. Ich hatte immer davon geträumt, am Meer zu wohnen. Leider war das außerhalb meines Budgets, was mich nur darin bestärkte, dass ich es heute Morgen voll auskosten würde.

Es war schon warm, als ich mich auf den Sand fallen ließ und den beginnenden Tag in mich aufsog. Wie schön war es doch, in dieser Stadt zu leben. Und doch kam ich zu dieser Uhrzeit eigentlich nie an den Strand. Ohne all die Menschen war es friedlich und ruhig. Obwohl ich immer noch meiner verlorenen Karriere nachtrauerte, versuchte ich mich auf die positiven Dinge in meinem Leben zu konzentrieren.

Ich war eine gute Schauspielerin. Sicher gab es bessere, aber ich war willens, mich weiterzuentwickeln und an meinem Können zu arbeiten. Vielleicht würde ich nochmal einen Schauspielkurs besuchen oder noch in einigen Werbungen mitspielen. Ich liebte meinen Beruf noch immer und ich wusste, dass ich nach einer kurzen Erholungspause wieder bereit sein würde, meinen Traum weiterzuverfolgen.

Ich hatte einen guten Job. Public Relations war zwar nie der Bereich der Arbeitswelt gewesen, den ich mir gewünscht hatte. Zugegeben meckerte ich bei jeder Gelegenheit darüber, aber ich hätte es auch schlimmer erwischen können. Die Vorteile meines Jobs waren, dass ich gut bezahlt wurde und so viel Freizeit bekam, wie ich brauchte, um an meinem großen Ziel zu arbeiten. Außerdem waren meine Kollegen wie eine große Familie, die mich in allem unterstützte, bei dem ich Hilfe benötigte.

Ich war glücklich mit Cody. Wir mussten zwar noch viel ausloten und ich wusste noch immer nicht, ob ich mit ihm verheiratet bleiben wollte, aber er war ein guter Mann und ich war froh, mit ihm zusammen zu sein. Vielleicht würde es uns jetzt, da der Druck wegen der Show weggefallen war, wirklich gelingen, einen gemeinsamen Weg zu finden. Wir konnten uns einfach wie ein normales Paar verhalten und schauen, wie sich die Sache entwickelte.

Seit ich eine Teenagerin gewesen war, hatte ich immer das Gefühl gehabt, dass die Dinge im Leben sich schon irgendwie fügten. Wenn ich mich in einen Mann verliebt hatte, der mich nicht mochte, oder einen Job wollte, den ich nicht bekam, hatte sich im Nachhinein herausgestellt, dass das schon alles seine Richtigkeit hatte. Im Licht der aufgehenden Sonne konnte ich nicht anders, als zu denken, dass das gerade der Beginn eines neuen Abschnitts in meinem Leben war.

„Darf ich dir Gesellschaft leisten?", fragte Cody und setzte sich neben mich. Er trug nur eine Hose.

„Natürlich."

Er rückte mir ein Stückchen näher und legte mir den Arm auf

die Schulter. Wir redeten nicht, sondern schauten lediglich den Wellen dabei zu, wie sie über den Strand wuschen. Der immer gleiche Rhythmus versetzte mich in einen Zustand der Gelassenheit. Ich schloss die Augen und lehnte mich bei Cody an.

Seine Nähe und die Stille, die uns umgab, füllten mich aus. Ich fühlte mich geborgen. Nicht viele Männer hatten mir je dieses Gefühl zu vermitteln vermocht. Aber Cody tat es. Hier und jetzt war er mein Ehemann. Ich war mir nicht sicher, was diese Bezeichnung genau bedeutete, aber noch schien sie nicht ganz passend zu sein.

Als die ersten Menschen am Strand auftauchten, entschieden Cody und ich einen kleinen Spaziergang zu machen. Er war mit freiem Oberkörper unterwegs. Als ich begann nachzudenken, bemerkte ich, dass ich noch immer verwirrt war von letzter Nacht. Wir liefen am Boulevard mit den vielen kleinen Läden entlang.

„Willst du dir was anziehen?", fragte ich.

„Nein, alles gut."

„Gibt es in den Läden keine Regeln dazu, dass man Schuhe und Kleidung braucht, um bedient zu werden?"

„Nein, denke nicht. Die würden ja auch nichts verdienen hier am Strand, wenn sie solche Regeln hätten. Wenn du nicht gerade in ein Restaurant gehst, ist das hier allen egal."

„Nun gut."

Cody griff nach meiner Hand und unsere Finger verschlangen sich ineinander. Die Berührung unserer Haut verursachte ein Kribbeln in meinem Bauch. Als wir unseren Weg fortsetzten, lächelte ich beständig wegen dieses Gefühls. Wir schauten hauptsächlich die Auslagen in den Schaufenstern an, da die meisten Läden noch nicht geöffnet hatten. Es sah so aus, als hätte er recht gehabt mit seiner Aussage, dass es keinen Dresscode gab. Wir sahen einige Männer aus dem Café kommen, die nur ihre Laufhosen trugen.

„Noah wird bald wieder daheim sein", bemerkte Cody, als wir uns an einen Tisch vor dem Café setzten. „Ich fände es schön, wenn ihr euch kennenlernen würdet."

„Was arbeitet Noah nochmal? Sein Haus ist wirklich der Wahnsinn."

„Er arbeitet bei Warner Brothers und macht irgendwas mit dem Budget. Ich bin mir sicher, dass er dir etwas vermitteln könnte, wenn du ihn fragst."

„Ich glaube, dass ich diesbezüglich jetzt erstmal langsamer machen sollte."

„Nicht doch, Alexis."

„Ich will den Plan nicht ad acta legen, ich will nur etwas langsamer machen. Es ist sowieso schon alles zu viel gerade."

Den eigenen Träumen zu folgen war schwerer, als viele Leute annahmen. Nicht nur, dass ich arbeiten musste, um meine Rechnungen bezahlen zu können, wahrscheinlich würde ich auch noch Werbeauftritte und Vergleichbares machen, um meine Bekanntheit weiter zu erhöhen.

„Worüber denkst du nach?", fragte Cody und blickte mich von der anderen Seite des Tisches durchdringend an.

„Dass mein Leben schon wieder ganz anders ist, als ich das erwartet habe. Ich glaube, dass ich mit dieser Auffassung am besten fahre. Ich fange von vorne an und stehe quasi wieder am Fuße eines großen Hügels."

„Oder vielleicht eines Berges?", lachte er.

„Vielleicht ist es auch ein Berg. Kann schon sein. Aber das ist egal, weil ich spüre, dass ich es schaffen werde."

„Wie wäre es, wenn wir uns ein paar Tage Zeit nehmen und einfach das Leben genießen? Wir verbringen einfach Zeit miteinander. Wann hast du dir das letzte Mal ein paar Tage Zeit für dich gegönnt?"

„Naja, ich war in Las Vegas", lachte ich und zwinkerte ihm zu.

„Dann lass uns doch einfach nochmal nach Vegas gehen?"

Für einen kurzen Moment dachte ich darüber nach. Las Vegas war gut geeignet, um die Realität hinter sich zu lassen. Es gab keinen Grund, irgendwelche Sorgen mitzunehmen. Man konnte in das pralle Leben abtauchen und alles vergessen.

„Das wäre sicher schön, aber im Moment sollte ich hierbleiben."

„Auch im echten Leben können wir Spaß miteinander haben", zwinkerte er zurück.

Ein Blick von ihm genügte und mein ganzer Körper sehnte sich nach ihm. Ich konnte das Verlangen und auch sein höherschlagendes Herz sehen, als er mich ansah. Er schaute kurz auf die Tasse vor sich, um meinen Blick dann erneut zu erwidern.

Die sexuelle Anziehung hatte es in sich. Natürlich war Cody ein gutaussehender Mann, aber ich hatte schon öfter gutaussehende Männer gedatet, ohne dass es ein solches Knistern zwischen uns gegeben hatte. Was auch immer die geheime Zutat war, derer es bedurfte – zwischen Cody und mir war sie vorhanden. Ich spürte, wie ich feucht wurde und wieder mit ihm schlafen wollte. Er flirtete noch nicht mal aktiv mit mir und doch hatte ich das Verlangen, mich an Ort und Stelle auf seinen Schoß zu setzten und seine Härte in mir zu spüren.

„Sollen wir wieder zurückgehen?", fragte ich leise. Die Pläne, die ich für uns hegte, wenn wir zurück in seinem Zimmer waren, behielt ich für mich.

„Ja, ich bin dabei", grinste er schelmisch.

Konnte es sein, dass er genau wusste, welche Art

Hintergedanken ich hegte? Vielleicht stand mir meine Lust auch ins Gesicht geschrieben?

Wir tranken unseren Kaffee aus und gingen zurück zu Noahs Haus. Eine warme Brise wehte an diesem Morgen über den Strand und trug uns den Geruch des Meeres zu. Die Luft schmeckte nach Salzwasser und ich merkte, wie ich mich entspannte. Ich hätte den ganzen Tag am Strand verbringen können.

Vielleicht war Codys Idee, sich ein paar Tage zum Entspannen zu nehmen, genau das Richtige. Ich hatte noch einige Urlaubstage angespart und war gerade wirklich nicht in der Stimmung zu arbeiten. Vielleicht waren einige ruhige Tage genau, was ich brauchte, um anschließend wieder in meinen Alltag zu finden.

„Hey Noah", sagte Cody, als wir zurück in Noahs Haus kamen. Noah lag auf der Couch. Er sah benebelt aus. So, als hätte er Drogen genommen. Aber was wusste ich schon? Ein hoher Mitarbeiter bei Warner Brothers konnte es sich sicherlich nicht leisten, unter der Woche feiern zu gehen und Drogen zu nehmen.

„Hi Leute", nuschelte er.

„Alter, geht es dir gut? In diesem Zustand hättest du eigentlich nicht Auto fahren dürfen."

„Was für ein Zustand?"

„Du bist völlig dicht."

„Nein. Ich bin nüchtern."

„Was ist dann los bei dir?"

„Oh Mann. Das ist eine lange Geschichte, Alter. Ich glaube ich bin verliebt."

Cody prustete so plötzlich los, dass ich dachte, Noah habe einen Witz gemacht. Wer lachte denn nur blöd, wenn ein guter Freund gesteht, dass er sich verliebt hat?

„Ich weiß, ich weiß", sagte Noah nur mit Widerwillen in der Stimme. „Aber diese Frau ist einfach umwerfend. Ich habe noch nie eine solche Frau getroffen."

„Ich wusste noch nicht mal, dass du dich mit jemandem triffst."

„Ich habe sie auch erst gestern Nacht kennengelernt."

„Okay. Ich glaube du bist betrunken. Ich mach dir Frühstück, damit du was im Magen hast. Bist du dir sicher, dass du nicht krank bist oder so?"

Als Cody seine Frage beendet hatte, war Noah schon halb eingeschlafen. Er hatte die Augen geschlossen und gab keine Antwort. Cody und ich schauten uns schulterzuckend an, bevor wir uns wieder Noah widmeten.

„Er hat sich in eine Frau verliebt, die er gestern Nacht kennengelernt hat?", fragte ich in dem Versuch zu begreifen, was hier eigentlich gespielt wurde.

„Noah hat sich schon vor Jahren von der Liebe abgewandt. Er macht immer Witze darüber, dass er nie eine Frau finden wird, die er für längere Zeit spannend findet. Wenn andere Liebeskummer haben, steht er ihnen gerne zur Seite, aber ich habe auch schon mitbekommen, wie er sich mit derselben Frau über Monate getroffen hat, ohne je einmal zu sagen, dass er sich verliebt hat."

„Wer sind wir, ihn zu verurteilen?"

„Seine Freunde."

„Du vielleicht. Und wir beide haben auch in unserer ersten Nacht geheiratet. Im Vergleich dazu kommt es mir nicht schlimm vor zu sagen, dass man sich verliebt hat."

„Oh ja, da habe ich gerade nicht dran gedacht."

Ich hätte so tun können, als wäre ich sauer auf Cody, aber

auch ich vergaß immer wieder, dass wir verheiratet waren. Wir waren so betrunken gewesen.

„Siehst du, wie erschöpft er ist? Lass ihn einfach schlafen", bestimmte ich, als Cody Frühstück gemacht hatte und Noah wecken wollte.

„Aber er sollte was essen, wenn er zu viel getrunken hat."

„Ich glaube, wenn überhaupt, dann ist er Liebestrunken."

Wir kicherten beide, als wir das selige Lächeln auf Noahs schlafendem Gesicht bemerkten. Was auch immer gestern Nacht passiert war und wer auch immer die Frau, die er kennengelernt hatte, war – sicher war, dass sie ihn glücklich machte. Noah sah aus, als sei er noch nie in seinem Leben so zufrieden gewesen. Ich wünschte ihm, dass es auch so blieb.

Da ich schon emotional nicht zufrieden damit war, wie mein Leben lief, wollte ich wenigstens die physische Befriedigung, die ich von Cody erwarten konnte. Ihn zu lieben war unbeschreiblich schön und würde mich mit Sicherheit alles andere vergessen lassen, was zurzeit in meinem Leben passierte. Ich nahm mir etwas von dem Frühstück, das Cody gemacht hatte, und ließ meine Gabel dann auf dem Tisch liegen. Ich rechnete damit, dass Cody mich fragen würde, wohin ich ging. Stattdessen hörte ich, dass er mir folgte.

„Hast du keinen Hunger?", fragte ich.

„Oh, ich habe Hunger", sagte er in verführerischem Ton und schloss die Zimmertüre hinter uns.

Wie schön es doch war, alle Sorgen noch für einen weiteren Tag hinter sich zu lassen. Wieder liebten wir uns. Er ließ sich Zeit und war noch zärtlicher als letzte Nacht. Seine süßen Bisse und Küsse rissen meinen Stress mit sich und hinterließen mich völlig erschöpft. Ich wurde schon süchtig nach den Orgasmen, die mir Cody verschaffte. Jedes Mal, wenn wir zusammen waren, erlebte ich längere und stärkere Höhepunkte, als ich es je für möglich gehalten hätte. Sicher, wir konnten einfach so weitermachen. Aber irgendwann würde der Sex sicher langweilig werden, oder etwa nicht? Würde so das Leben mit Cody aussehen? War die sexuelle Spannung zwischen uns so groß, dass wir ein Leben lang miteinander Sex haben konnten, ohne dass es langweilig wurde? Das war ein schöner Gedanke.

Beide ergaben wir uns unserer Erschöpfung und verschliefen fast den ganzen Tag. Die vergangenen vierundzwanzig Stunden waren die längsten meines Lebens gewesen und ich war froh, eine Gelegenheit zu haben, mich gebührend zu erholen. Ich hatte bereits mit meinem Chef vereinbart, dass ich den Rest der Woche frei bekommen würde. Die Angst davor, zu begründen, warum ich mir frei genommen hatte, schob ich einfach zur Seite.

Gegen vier am Nachmittag klopfte es an der Tür. „Seid ihr zwei wach?"

„Ja", antwortete ich, obwohl Cody gerade schlief.

„Ich habe was vom Asiaten bestellt und es wird bald hier sein. Habt ihr Lust auf ein spätes Mittagessen?"

„Ja, wir kommen gleich", sagte ich und weckte Cody auf. Er rührte sich und nahm gleich meine Brust in seine Hand und in den Mund, was mich sofort wieder scharf machte.

„Entschuldigung, dass ich heute Morgen so neben mir stand. Ich war die ganze Nacht wach", redete Noah auf der anderen Seite der Türe weiter.

Ich versuchte Cody zur Seite zu schieben, aber er saugte nur noch stärker an meinem Nippel. Meine Lust machte es mir fast unmöglich, klar zu denken. Ich versuchte mich zusammenzureißen, um Noah zu antworten. Dabei wollte ich natürlich nicht so klingen, als seien wir gerade dabei, Sex zu haben.

„Kein Problem. Wir kommen gleich", konnte ich gerade noch sagen, bevor Cody begann mich zu fingern.

„Lass uns noch ein paar Minuten Zeit", fügte Cody hinzu und machte eine kurze Pause.

Er arbeitete so präzise mit seinen Fingern, dass ich innerhalb kürzester Zeit kommen musste. Ich presste meine Hüfte rhythmisch gegen ihn und krallte mich ins Laken, als ich kam. Er beherrschte das Spiel mit meinem Körper bis zur Perfektion.

„Habe ich euch beiden von der Frau erzählt, die ich getroffen habe?" Noah wollte einfach nicht gehen.

„Nein, aber ich kann es kaum erwarten, mehr zu erfahren", antwortete Cody und brachte sich wieder zwischen meinen Beinen in Position.

„Was machst du denn?", flüsterte ich. „Lass ihn gehen und hör auf, mit ihm zu reden."

„Nein. So ist die ganze Sache viel witziger", lachte er. „Reiß dich zusammen und gib keinen Mucks von dir, sonst weiß er, was für ein Spiel wir spielen."

Cody schloss seine Lippen über meiner Pussy und zwang mich, mich ihm zu ergeben. Ich nahm mir ein Kissen, um mein Wimmern zu dämpfen, während Noah versuchte zu erzählen, wie er die Frau kennengelernt hatte, in die er sich verliebt hatte.

„Ich war im Bücherladen. Sie saß auf einem der Stühle in der Ecke und hatte ihr ganzes Gepäck dabei. Irgendetwas war offensichtlich nicht im Lot. Ich lief an ihr vorbei und beobachtete sie. Ich hätte mich nicht getraut sie anzusprechen, weil sie eine solche Schönheit war. Nicht einfach nur schön wie eine normale Frau, sondern eher wie ein Supermodel. Aber dann habe ich mich entschieden ..."

Ich hörte nicht mehr, was Noah danach sagte, weil mein eigenes Stöhnen im Kissen zu laut wurde. Cody entließ mich nicht. Er machte immer weiter. Ich wusste nicht mal, ob Cody noch zuhörte. Was ich wusste, war, dass ich nichts mehr hörte, als ich mich meiner Lust ergab.

„Das klingt wirklich verrückt", kommentierte Cody so entspannt, dass ich mich wunderte, wie er das fertigbrachte. „Wir kommen gleich zu dir."

„Okay. Ich gehe uns eine Flasche Wein holen."

Ich riss mir das Kissen vom Gesicht, als Cody mich endlich losließ. Ich hatte sein ganzes Bettlaken durchnässt. Mein Körper triefte vor Schweiß und Leidenschaft. Auf keinen Fall würde ich zeitnah in die Küche gehen.

„Das war wirklich unmöglich von dir", lachte ich und gab Cody einen Knuff auf den Oberarm.

Er leckte sich die Finger ab und lächelte mich dabei an. Er wirkte sehr zufrieden mit sich, als er aufstand und ein T-Shirt anzog. Er war stolz auf die Orgasmen, die er mir beschert hatte.

„Hm, ich hatte das Gefühl, dass es dir gefallen hat. Ich dreh dir schon mal die Dusche auf, aber drunter stellen musst du dich schon selber." Er zwinkerte und berührte mich an meinen Beinen, die noch immer zitterten.

„Seien Sie versichert, werter Herr, dass Sie dafür bezahlen werden."

„Ich kann es kaum erwarten."

Cody lehnte sich zurück und gab mir einen zärtlichen Kuss, bevor er im Bad verschwand und die Dusche anmachte. Als er fertig war, gab er mir noch einen Kuss und schaute sich an, wie mein Körper noch immer zuckte von dem, was er mit mir angestellt hatte.

„Was?", lachte ich. „Wieso starrst du mich an?"

„Weil du die schönste Frau bist, die ich je getroffen habe, und weil ich dich liebe", sagte er schulterzuckend und verließ den Raum noch bevor ich die Möglichkeit hatte, ihm zu antworten.

Das kam völlig unerwartet. Ich spürte, wie mir eine Träne über die Wange rann. Ich wischte sie weg, bevor eine weitere kommen konnte. Er hatte gerade gestanden, dass er mich liebte, und, indem er das Zimmer schon verlassen hatte, dass seine Liebe nicht einmal daran gebunden war, dass ich genauso empfand. Er hatte es einfach nur gesagt, weil er so fühlte.

Ich brauchte fast eine halbe Stunde, bevor ich die Kraft aufbrachte, aus der Dusche zu kommen. Ich öffnete Codys Schrank und nahm mir ein Shirt und eine kurze Hose, bevor ich zu den anderen ging, um das Essen zu genießen. Falls Noah wusste, weshalb ich so lange gebraucht hatte, ließ er es sich nicht anmerken.

„Noah, das ist Alexis. Alexis, das ist Noah."

„Ich glaube, ich kenne dich", sagte Noah mit kritischem Gesichtsausdruck, während er sein Hähnchen aß.

„Ich hoffe doch", schaltete sich Cody ein. „Sie war das hübscheste Mädel am ganzen College."

„Pass auf, dass du nicht auf deiner Schleimspur ausrutschst", gab ich darauf zurück und zwinkerte ihn an.

Wir begannen uns an unsere Zeit auf dem College zu erinnern und darüber zu reden, wie anders alles damals gewesen war. Eigentlich redeten hauptsächlich Cody und Noah und ich versuchte so schnell wie möglich wieder Flüssigkeit in meinen Körper zu bekommen. Ich fühlte mich, als hätte ich schon seit Tagen nichts Richtiges mehr gegessen. Als ich darüber nachdachte, wurde mir klar, dass ich in den vergangenen zwei Tagen wirklich fast nichts gegessen hatte.

„Du bist also Schauspielerin?", fragte Noah gerade, als ich mir den ganzen Mund mit Nudeln vollgestopft hatte.

„Ja", nuschelte ich und verdeckte meinen Mund mit der Hand, während ich versuchte so schnell wie möglich wieder normal reden zu können.

„Ich habe eine Liste, auf der alle Agenten stehen, mit denen Warner Brothers regelmäßig zusammenarbeitet. Da könntest du mal nach Arbeit fragen. Das wäre doch ein guter Anfang, oder? Cody hat mir erzählt, dass du gerade eine wirklich große Chance verpasst hast. Aber ich denke, dass du bei diesen Agenten kein Problem haben solltest, an Arbeit zu kommen."

„Wahrscheinlich kenne ich die meisten von denen schon, aber die arbeiten nicht gerne mit Statisten und Werbeschauspielern."

„Dann hör eben auf als Statistin oder für die Werbung zu arbeiten", empfahl Noah. Seine Worte kamen komplett unerwartet.

„Wie meinst du das?"

„Wenn das nicht die Art Arbeit ist, die du machen willst, dann mach sie nicht. Es gibt haufenweise Filmstudenten, die Schauspieler für ihre Projekte brauchen. Mach bei einem Projekt mit, schau, dass du wirklich Arbeit in deine Rolle steckst, und du kannst dir sicher sein, dass dir das helfen wird, wenn du deine Sache gut gemacht hast."

Ich hörte einfach auf zu kauen, als mir klar wurde, was er da gerade sagte. Noahs Sicht der Dinge war einfach und bestechend, aber bisher hatte ich die Sache noch nie so betrachtet. Es stimmte, dass ich so nicht weitermachen wollte. Ich hasste diese Werbungen. Ich wollte Charakterdarstellerin sein.

„Okay. Dann mache ich das", murmelte ich. Dieser eine Satz hatte komplett meine Sicht auf meinen Beruf verändert. So konnte ich mich weiterentwickeln und anderen helfen, die genauso filmbegeistert waren wie ich. Noah würde mir durch seine Kontakte dabei helfen, ein passendes Projekt zu finden, und vielleicht hatte ich schon bald eine Rolle in einem richtigen Film.

„Wenn du eine gute Schauspielerin bist, dann wirst du herausstechen. Ich kann für nichts garantieren, aber ich weiß, dass du Arbeit finden wirst, wenn du gut bist. Es gibt so viele schlechte

Schauspieler und jeder ist auf der Suche nach Talenten, die wirklich etwas von dem verstehen, was sie tun."

„Danke Noah. Ich weiß gar nicht, was ich sagen soll. Ich werde gleich nach den Aushängen in der Filmschule schauen. Dass es wichtig ist, in dem Bereich zu arbeiten, in den ich auch will, ist eigentlich offensichtlich. Du kannst dir gar nicht vorstellen, wie sehr du mir gerade hilfst."

„Kein Problem."

„Und jetzt erzähl uns mehr von der Liebe deines Lebens", wandte sich Cody an ihn.

„Das würde ich sehr gerne. Aber ich muss noch arbeiten. Ich habe mich krankgemeldet, muss aber noch einige Dinge erledigen, die nicht bis morgen warten können. Wir sehen uns dann später wieder. Und Cody, vielleicht solltest du das noch erledigen, worüber wir vorhin geredet haben."

„Okay", war Codys schlichte Antwort.

Noah griff sich seine Sachen und verließ das Haus, um sich auf den Weg nach L.A. zu machen. Cody blickte mir ernst in die Augen. Genauso hatte er mich auch angeschaut, als wir auf unserem Date in dem Restaurant saßen.

„Was?"

„Es gibt etwas, dass ich noch mit dir klären muss. Es ist keine große Sache."

„Okay." Ich war gespannt, was mich erwartete. Er sah so ernst aus, dass es wirkte, als trüge er das Gewicht der ganzen Welt auf seinen Schultern.

Die Stille zwischen uns war bedrückend. Cody wollte mir etwas sagen und ich konnte sehen, dass er darüber nachdachte, wie er es ausdrücken sollte. Er schaute mich an, als er sich die Worte zurechtlegte. Mir sank das Herz in die Hose. Es musste etwas wirklich Schlimmes sein, wenn er so lange darüber nachdenken musste, wie er es mir sagen konnte.

„Ich wollte dir das schon lange sagen", setzte er an. „Ich liebe dich. Was verrückt zu sein scheint, weil wir uns eigentlich nicht kennen. Wir müssen uns noch kennenlernen. Ich will nur, dass du weißt, dass es mir Ernst damit war, was ich gesagt habe. Du sollst nicht denken, dass ich das einfach so vor mich hingesagt habe."

„Okay, ist schon gut. Vielen Dank." Ich lachte ihn an. „Ich habe auch Gefühle für dich. Und ich weiß, dass das gerade eine verrückte Zeit ist. Danke, dass du für mich da warst, als ich meinen Job verloren habe. Ich weiß nicht, was ich ohne dich gemacht hätte."

„Also, da wäre noch eine Sache…", setzte er an und unterbrach sich wieder. „Das habe ich gern getan. Ich bin froh, dass wir das geschafft haben und das Noah dir dabei helfen will, wieder Arbeit zu finden."

Wieder war diese unangenehme Distanz zwischen uns. Es wirkte nicht, als hätte er gesagt, was er eigentlich sagen wollte. Er schaute weg, statt meinen Blick zu erwidern. Trotzdem umarmten und küssten wir uns. In diesem Moment wusste ich, dass Cody nicht sagen würde, was ihm eigentlich auf dem Herzen lag.

Irgendetwas stimmte nicht. Ich hatte es auf unserem Date bemerkt und fühlte es auch jetzt. Cody war da für mich. Er hatte alles stehen und liegen lassen, um zu mir nach Los Angeles zu kommen und mich kennenzulernen. Dass er mir etwas vorenthielt, das ihn beschäftigte, hinterließ aber ein schales Gefühl bei mir.

Kapitel 15

Cody

Ich brachte es einfach nicht über mich. Wie konnte ich ihr im einen Atemzug sagen, dass ich sie liebte, und im nächsten zugeben, dass ich sie belog? „Ich habe mir die nächsten drei Tage frei genommen. Dann muss ich nochmal nach Chicago, um ein paar Dinge zu regeln. Ich werde aber nur ein paar Tage weg sein."

„Klingt gut."

„Hast du Lust mit mir zusammenzuziehen, wenn ich zurückkomme?", fragte ich, um so schnell wie möglich von der Unterhaltung wegzukommen, die wir gerade geführt hatten.

„Äh, ja also ..."

„Keine Eile. Wenn dir das lieber ist, können wir uns auch noch Zeit lassen. Ich werde aber sicher hierherziehen. Ich kaufe ein Haus und würde mich freuen, wenn du mir in dieser Sache zur Seite stehen könntest. Natürlich würde ich auch einfach gerne mit dir zusammenwohnen."

„Es wäre seltsam, wenn wir das nicht täten", kicherte sie. „Was für ein verheiratetes Paar wohnt denn nicht zusammen?"

Ich war erleichtert, dass sie dabei war. Wenn Richard kam, um zu schauen, welcher Art unsere Beziehung war, dann mussten wir zusammenleben. Wir würden noch etwas Zeit haben. Richard war gerade noch damit beschäftigt, einen Immobiliendeal abzuwickeln. Es konnte gut sein, dass es noch monatelang dauerte, bis er uns besuchte und sich die Sache aus der Nähe anschaute. Für die nächste Zeit wollte ich daran arbeiten, unsere

Beziehung langsam, aber sicher zu festigen und das Vertrauen auszubauen.

Irgendwann im Laufe des Hauskaufs würde sich eine gute Möglichkeit ergeben, Alexis alles zu erklären. Es würde allerdings sehr schwer werden, das Ganze vor ihr so darzustellen, dass sie sich nicht betrogen fühlte.

Ich war überrascht, wie gut sie den vergangenen Tag wegsteckte. Es gab nicht viele Menschen, die nach so einem Schlag für ihre Karriere noch fähig waren, guter Dinge in die Zukunft zu blicken. Diese Eigenschaft liebte ich schon jetzt an ihr.

Liebe. Ich hatte gesagt, dass ich sie liebte, und das war auch genau so gemeint gewesen. Wobei ich mir nicht sicher war, ob Frauen vielleicht etwas anderes darunter verstanden. Ich hatte das einfach so gesagt, weil ich mich in dem Moment danach gefühlt hatte. Es war keinesfalls aus Versehen gewesen. Alexis war unglaublich anziehend für mich. Dass ich es nicht über mich brachte, ihr die Wahrheit über das Geld meines Vaters zu erzählen, spielte vermutlich auch eine Rolle bei alledem. Wäre ich auch bereit gewesen, meine Liebe offen zu bekunden, wenn ich kein schlechtes Gewissen gehabt hätte? Ich konnte nur hoffen, dass ich wirklich derjenige war, der sie glücklich machen würde.

Die folgenden Tage ritten wir auf einer Welle von Endorphinen. Ich fühlte mich, als seien wir auf unserer Hochzeitsreise. Wir blieben in Noahs Haus, machten unsere Handys aus und streiften durch die Umgebung.

Einen Tag verbrachten wir komplett am Strand. Wir ließen uns von der Sonne bräunen und schwammen im Meer. Es war ein friedlicher Tag, abseits der Geschäftigkeit unserer Arbeitsleben. Wir sprangen ins Wasser und schwammen über eine Stunde, ohne uns um irgendetwas auf der Welt zu scheren. Auch mussten wir unseren Platz am Strand nicht im Auge behalten, da wir nichts mitgenommen hatten.

Als der Tag endete, startete ich Noahs Grill und briet ein paar

Burger für uns auf dem Dach der Villa. Noah war quasi verschwunden. Er schrieb mir nur kurz, dass er einer Freundin helfe und ich mir keine Sorgen um ihn machen sollte. Ich rechnete damit, dass diese Freundin die Frau war, in die er sich Hals über Kopf verliebt hatte, aber ich wusste es nicht mit Sicherheit.

Die Tage in Noahs Haus fühlten sich genau nach dem reduzierteren Leben an, nach dem ich mich gesehnt hatte. Es war offensichtlich, dass auch Alexis die Zeit genoss. Es war, als hätten wir die Realität verlassen und lebten inmitten eines schönen Geheimnisses.

An einem der vier Tage gingen wir in die Stadt, um ein wenig in den Läden vor Ort einzukaufen. Hand in Hand berieten wir, in welche Geschäfte wir gehen wollten. Es fühlte sich an, als wären wir schon seit Jahren zusammen, was sehr ungewöhnlich war. Ich hatte nie eine Frau über einen längeren Zeitraum gedatet. Das Leben mit Alexis war entspannt, gemütlich und ich fühlte mich geborgen. Ich wollte mehr davon. Als der Tag gekommen war, an dem ich nach Chicago fliegen musste, fragte ich sie, ob sie mitkommen würde.

„Ich werde nicht übermäßig beschäftigt sein. Ich muss nur ein paar Dinge wegen meiner Wohnung klären und einen Anwalt und Freund besuchen. Ich würde mich freuen, wenn du dabei wärst."

„Tatsächlich habe ich über einen der Agenten schon eine Rolle in einem Film bekommen. Er hat mir gestern Nacht geschrieben. Ich habe einen Termin zum Vorsprechen. Aber die Sache ist eigentlich schon in trockenen Tüchern. Zumindest meinte er das. Ich arbeite ja auch umsonst. Deswegen ist das nicht weiter verwunderlich", lachte sie.

„Großartig! Wie lange bist du mit dem Dreh beschäftigt?"

„Nur zwei Tage. Es ist ein Kurzfilm." Sie zuckte dermaßen niedlich mit den Schultern, dass ich mir nicht anders helfen konnte, als sie an mich zu ziehen und ihr einen Kuss zu geben.

„Die können sich glücklich schätzen, dich an Bord zu wissen. Sicherlich hat es deinem Agenten nicht gefallen, dass er ohne Provision arbeitet."

„Ja. Er hat auch schon gesagt, dass er mich bei freiwilligen Arbeiten nicht weiter unterstützen wird. Das kann ich ihm auch nicht übelnehmen. Jeder muss schauen, dass er sein Stück vom Kuchen bekommt."

„Das ist nachvollziehbar. Ich werde nur einige Tage weg sein ..." Etwas Besseres fiel mir in diesem Moment nicht ein. Also brachte ich Alexis zu ihrer Wohnung, als ich mich auf den Weg zum Flughafen machte, und beließ es dabei.

„Schreib mir!", zwitscherte sie. Ich saß mit einem schlechten Gefühl im Bauch alleine im Auto. Ich hätte ihr mehr von Richard erzählen müssen. Ich hätte ihr sagen können, wer er war und was er für meine Familie tat. Ich hätte mich bemühen müssen, aber ich war wie gelähmt vor Furcht. Ich hatte kein einziges Wort über die Sache verloren. Als ich das Auto startete und den Parkplatz verließ, überkam mich der Gedanke, umzudrehen und ihr alles zu sagen. Aber ich tat es nicht. Stattdessen fuhr ich zum Flughafen.

Je länger ich es hinauszögerte, ihr die Wahrheit zu sagen, desto weniger brachte ich es über mich, auch nur daran zu denken. Ich versuchte immer wieder mir einen Weg zu überlegen, der nicht alles für Alexis und mich ruinierte. Wie konnte ich es ihr sagen? Wort für Wort ging ich es in meinem Kopf durch. Stück für Stück wollte ich ihr die Wahrheit beibringen, ohne dabei als der Böse dazustehen. Aber ich wusste nicht, wie ich das anstellen sollte.

Der Rückflug war ereignislos. Ich war fix und fertig von den drei vergangenen Tagen mit Alexis. Physisch wie emotional. Die drei Stunden Schlaf waren wirklich nötig und halfen mir, wenigstens etwas Energie zu tanken. Ich hatte mich entschieden, meine Wohnung weiterzuvermieten, und musste deswegen einige Dokumente unterschreiben, damit die Vermietergesellschaft sich in meiner Abwesenheit um alles kümmern konnte. Ich musste auch noch einige Dinge ausräumen und einlagern. Nichts davon drängte wirklich, weswegen ich mich zunächst mit Todd und Henry traf, um etwas zu trinken.

„Du siehst scheiße aus", bemerkte Todd, schon bevor ich mich an den Tisch gesetzt hatte.

„Bleib, wo du bist, wenn du krank bist. Ich will mir nichts einfangen", fügte Henry hinzu.

„Ich bin nicht krank. Ich habe nur seit Tagen zu wenig geschlafen."

„Oha, seine Neue hat ihn die ganze Woche knechten lassen. Zu wenig Schlaf also", frotzelte Henry.

Ich lachte nur. Dieser Kommentar hatte keine Antwort verdient. Wobei er natürlich recht hatte. Die beiden waren Gold wert, wenn mich das Leben zu überwältigen drohte. Besonders, wenn sie die ganze Zeit am Zanken und Streiten waren.

„Was ist los mit euch zwei? Ich glaube, ich habe euch noch nie so lange nicht streiten sehen", versuchte ich sie aus der Reserve locken.

„Jetzt, wo du weg bist, haben wir uns öfter mal getroffen. Und ich habe festgestellt, dass er eigentlich ganz in Ordnung ist", lachte Todd.

„Todd geht eben nicht gerne heim und ich bin der Einzige, der ihm dabei helfen kann, nicht mit seiner Frau abhängen zu müssen."

„Läuft es nicht gut oder wie?" So viel Sorge wie gerade hatte ich noch nie für Todds Ehe aufgebracht.

Mein Gefühl war authentisch und in diesem Moment wurde mir klar, wie es sein würde, wenn Alexis und ich stritten und ich einen Freund brauchte, der mir zur Seite stand. Als ich noch nicht verheiratet war, wäre mir die Sache mit Todd mehr oder weniger egal gewesen. Mein gegenwärtiger Status veränderte meine Sicht auf seine emotionale Unruhe.

„Manchmal macht der Alltagsstress es einfach schwer. Aber es ist nichts Wichtiges", erklärte Todd.

Ich spürte, dass das nicht alles war, und fühlte mich schrecklich, weil mein Kumpel mir nicht die ganze Wahrheit verriet. Bisher war diese Art der Zuwendung nie Teil unserer Freundschaft gewesen. Wir hatten uns schon öfter über Beziehungen unterhalten, aber wahrscheinlich war es eigentlich eher so gewesen, dass ich mich bei Todd ausgeheult hatte.

„Können wir irgendwas für dich tun?"

„Ja. Genau das, was ihr eh tut. Zeit mit euch zu verbringen hilft mir."

„Stets zu Diensten", scherzte ich.

Wir tranken und lachten viel in dieser Nacht. Das war genau die Ablenkung, die ich brauchte. Die anstehenden Probleme mit Alexis und Richard behielt ich für mich. Ich wollte einfach nur einen Abend über nichts nachdenken. Eine Nacht zum Entspannen und Spaß haben. Trotzdem verbrachte ich den halben Abend in Gedanken daran, was geschehen sollte, falls ich Alexis verlor.

Meine Wohnung war noch für die kommenden zwei Tage vermietet, weswegen ich die Zeit bis dahin in einem Hotel in der Nähe verbrachte. Ich hatte Richard einige Nachrichten auf seiner Mailbox hinterlassen, aber bisher hatte er auf keine davon reagiert. Ich hoffte, dass ich die Stadt wieder verlassen konnte, ohne mich mit ihm zu treffen. Jede Woche, ja sogar jeder Tag, den er mir gab, würde mir helfen, meine Beziehung zu Alexis zu verbessern.

Am kommenden Tag schlief ich so lange wie möglich. Ich wurde zu alt für die langen, feuchtfröhlichen Nächte. Oder vielleicht holte mich auch einfach der Stress der vergangenen Tage ein. Nachdem ich mir Essen auf mein Zimmer bestellt hatte, rief ich Alexis an, um mich zu erkundigen, wie es ihr ging.

„Hey, das ist die Mailbox von Alexis, hinterlasst einfach eine Nachricht nach dem Piepsen", war die einzige Antwort, die ich erhielt.

„Hi, wie geht's dir? Du hast gesagt, dass ihr heute filmt, oder? Ich wollte dir viel Glück für deinen ersten Drehtag wünschen. Falls du die Zeit findest, ruf mich doch einfach an oder schreib mir eine Nachricht."

Ich schaffte es gerade so, wach zu bleiben, bis das Essen kam. Ich beeilte mich, es aufzuessen, bevor ich neuerlich kollabierte. Ich hatte unseren Hochzeitsring am Finger gelassen, falls Alexis oder Richard sich meldeten.

Alleine zu sein und nichts zu tun zu haben war wirklich nichts, woran ich gewöhnt war. Üblicherweise beschäftigte ich mich mit der Planung von irgendwelchen Projekten oder versuchte Arrangements für meinen nächsten großen Deal zu machen. Aber die Geschichte mit Alexis brachte mich einfach aus dem Gleichgewicht. Nicht einmal im Schlaf fand ich Ruhe. Selbst meine Träume waren anders als sonst.

Ich wachte erst wieder auf, als es draußen schon dunkel war. Ich bemerkte als erstes, dass Alexis mich nicht zurückgerufen hatte. Auch Richard hatte sich nicht gemeldet. Da ich sonst weder mit jemandem reden musste noch wollte, beschloss ich, mich gleich wieder hinzulegen.

Mit meiner Hotelkette würde vorerst nichts passieren. Dafür brauchte ich erst das Geld von Richard. Aber es schien, als sei er mit seinem anderen Auftrag völlig beschäftigt und hätte daher keine Zeit, sich um die Sache mit Alexis und mir zu kümmern.

Im Hotel zu schlafen hatte etwas Friedliches. Das flauschige Bett, die sauberen Laken. Alles das war in diesem Hotel wie in jedem anderen. Ich erwachte gut erholt und überlegte mir, dass ich Richard in seinem Büro besuchen würde. Genau den richtigen

Druck auszuüben, der mich dem Geld näherbrachte, aber auch nicht auffiel, würde nicht leicht werden.

Als ich in Richards Büro ankam, standen einige Leute in der Lobby. Da er eine Kanzlei mit zwölf angestellten Anwälten führte, wunderte mich das nicht weiter. Jedoch schienen sie alle für eine Beerdigung angezogen zu sein.

„Ich würde bitte gerne Richard sehen", sagte ich zur Sekretärin am Empfang.

„Das wollen auch alle anderen hier", lachte sie und deutete auf die Familie. „Es wird eine Weile dauern. Das hier ist ein Notfall."

„Ein Immobiliennotfall?", scherzte ich. Als ob es so etwas geben konnte. Die betreffende Person war doch schon verstorben. Wie konnte sie von einem Notfall sprechen? Das war mir unerklärlich.

„Können Sie ihm einfach ausrichten, dass ich hier war?"

„Ja, ich werde ihm schreiben. Wollen Sie hierbleiben oder heute am Nachmittag nochmal vorbeikommen?", fragte sie.

„Ich komme wieder."

„Okay. Ich sage ihm Bescheid."

Ich war noch nicht mal bei meinem Auto, als Richard mich anrief. Ich atmete tief ein und versuchte mich zu beruhigen, bevor ich den Anruf entgegennahm. Er hatte keine Ahnung, dass ich Angst vor unserer Unterhaltung hatte. Ich musste einfach entspannt bleiben.

„Hey, Richard. Wie geht es dir?"

„Gut. Mir geht es gut. Wie geht es dir?"

„Mir geht es auch gut. Entschuldigung, dass ich vorbeigekommen bin, es sah aus, als seist du wirklich beschäftigt. Du kannst mich auch morgen zurückrufen, wenn das für dich besser ist."

„Sag mal, wann fliegst du denn wieder nach Kalifornien? Vielleicht komme ich gleich mit."

„Was?"

„Dieser Fall ist außer Kontrolle. Ich muss hier erst mal weg. Ich kann im Moment nichts für das Anliegen der Familie tun, aber sie machen es mir auch unmöglich, irgendetwas anderes zu arbeiten. Wie wäre es, wenn ich einfach gleich mitkomme und die Befragung mit dir und deiner Frau durchführe?"

Ich schluckte und versuchte ruhig zu bleiben. Ich ahnte Böses. Nein, er konnte jetzt nicht mit mir nach Kalifornien fliegen. Ich hatte noch keinen Ort, an dem Alexis und ich zusammenleben konnten, und ich hatte ihr noch nichts von der ganzen Sache erzählt. Richard würde Betrug wittern, sobald Alexis ihm gegenübersaß. Nein, nein, nein, nein. Er konnte nicht kommen.

„Hört sich an, als bräuchtest du einen Ausweg. Allerdings ist Alexis gerade damit beschäftigt, einen Film zu drehen. Ich weiß nicht, wie viel Zeit sie hat."

„Wir können ja einfach zu euch nach Hause gehen und ich rede mit ihr, wenn sie Zeit hat. Fliegst du schon heute oder bleibst du noch ein paar Tage?"

Das war nicht gut. Ich konnte auf gar keinen Fall mit Richard im Gepäck nach L.A. zurückkehren. Alexis und ich mussten uns einen Plan überlegen. Wir mussten die Sache besprechen, bevor Richard kam. Ich konnte nicht erwarten, dass er einfach aufkreuzte und sie alle seine Fragen in dem Sinne beantwortete, in dem ich das von ihr brauchte.

„Äh, also ich fliege morgen zurück", stammelte ich. „Ich räume meine Wohnung aus und gehe dann wieder zu Alexis."

„Sehr gut. Dann erledige ich hier noch ein paar Dinge und fliege morgen mit dir zusammen. Schick mir die Infos zu deinem

Flug und ich buche das gleiche Flugzeug. Wir treffen uns dann einfach im Flieger."

Ich wusste nicht mehr, was ich sagen sollte. Ich konnte nicht denken. Ich war starr vor Entsetzen. In meinem Kopf kreisten Bilder davon, wie ich alles verlor. Ein Sturm braute sich zusammen. Mir dämmerte, dass mein Traum mit der Hotelkette sich doch nicht so leicht würde verwirklichen lassen. Irgendetwas musste ich doch tun können. Ich wollte Alexis um jeden Preis in meinem Leben haben. Aber was konnte ich tun?

„In Ordnung. Ich schicke dir alles", sagte ich widerwillig. „Viel Erfolg bei der Arbeit. Wir sehen uns morgen."

Ich legte auf. Ich spürte, wie sich mir der Magen umdrehte und im nächsten Moment übergab ich mich direkt auf dem Parkplatz.

Kapitel 16

Alexis

An den Dreharbeiten für den Film teilzunehmen war eine der besten Erfahrungen meines Lebens. Alle, die an der Entstehung mitarbeiteten, taten das freiwillig. Alle machten es einfach aus Liebe zur Sache und die Energie, die dadurch freigesetzt wurde, war unglaublich. Wir pflügten geradezu durch das Skript und waren viel früher fertig, als es geplant gewesen war.

Natürlich war es etwas anderes, einen zwanzigminütigen Film zu drehen, als einen Film in Kinolänge. Trotzdem war ich in dieser Zeit länger vor der Kamera zu sehen und sprach mehr als in allen anderen Arbeiten, die ich bisher je gemacht hatte. Dazu kam, dass ich meine Arbeit außerordentlich gut machte.

Als Missy mich anrief, war mein Selbstvertrauen größer als je zuvor. Seit der ganzen Sache mit Las Vegas hatten wir nicht viel Zeit füreinander gehabt. Der Grund ihres Anrufs war, dass sie mich nach San Diego einladen wollte, um etwas Zeit mit mir zu verbringen, und da sagte ich gerne zu.

„Wirklich? Du kommst vorbei?" Meine Zusage kam völlig unerwartet für sie.

„Ja, ich habe ein paar Tage frei und ich würde echt gerne kommen."

„Schön. Dann bis später!"

Ich hatte zwar mit Cody nicht darüber gesprochen, wer von uns Missy Bescheid sagen würde, aber ich dachte mir, dass es wohl besser wäre, Missy einzuweihen, bevor sie von der ganzen Sache am Telefon erfuhr.

Der Weg nach San Diego war viel entspannter, als ich das in Erinnerung gehabt hatte. Ich ließ laut Musik laufen und sang jeden Vers mit. Die Fahrt hatte etwas sehr Entspannendes. Es passierte so viel Aufregendes in meinem Leben und ich konnte es überhaupt nicht erwarten, Missy davon zu erzählen. All die Jahre hindurch war sie mir eine riesen Unterstützung gewesen. Wann immer ich sie gebraucht hatte, war sie für mich da gewesen. Aber mittlerweile hatten wir sehr selten Gelegenheit, uns einfach zu zweit zu treffen.

Missys Haus war wirklich beeindruckend. Als ich geparkt hatte, kam sie mir schon entgegen. Ich hatte kaum genug Zeit, um die Tür zu öffnen, bevor sie mich in den Arm schloss. Wir hielten uns so lange gegenseitig fest, als hätten wir uns jahrelang nicht gesehen. Tatsächlich waren es jedoch nur ein paar Monate gewesen.

„Was du für eine Ausstrahlung hast! Woher kommt das?", fragte mich Missy und starrte mich an, als sei ich ein mystisches Wesen.

„Ich muss dir so viel erzählen. Ich weiß noch nicht mal, wo ich anfangen soll."

„Lass uns erstmal einen Kaffee machen und dann kannst du damit anfangen, mir zu sagen, warum deine Haut so schön schimmert und wer der Kerl ist, mit dem du gerade schläfst."

„Was?", fragte ich überrascht von ihrer Offenheit.

„Niemand sieht so aus wie du, ohne fantastischen Sex zu haben. Also bereite dich schon mal darauf vor, mir alles zu erzählen. Ein Nein werde ich nicht akzeptieren."

„Dann werde ich nicht Nein sagen", lachte ich über ihre Bestimmtheit.

Wir hatten normalerweise keine Geheimnisse voreinander. Es

war ungewöhnlich, dass ich ihr noch nichts von den Geschehnissen der letzten Wochen erzählt hatte. Sie war eine meiner engsten Freundinnen und ich hatte ihren Bruder geheiratet, ohne ihr etwas davon zu sagen. Das würde eine schwere Unterhaltung werden.

Missy führte mich in ihr großes neues Haus und ich war sofort beeindruckt von der stattlichen Einrichtung. Ihr Mann hatte sicher nicht so viel Geld und auch ihr Job brachte ihr keine Millionen ein. Trotzdem stand das Haus in einer teuren Gegend und war mit exzellenten Möbeln und Kunstwerken bestückt. Es sah aus, als hätte sie im Lotto gewonnen.

„Alter Schwede. Du hast recht. Ich hätte mir das schon früher mal anschauen sollen", sagte ich, als ich hinter ihr in die Küche ging.

„Ich habe dir doch gesagt, dass es ein wunderschönes Haus ist."

„Ihr habt ja fast schon eine Villa. Bei Scott muss es ja wirklich hervorragend laufen."

„Jetzt erzähl mir erst mal, was das für ein Typ ist, den du kennengelernt hast. Was passiert in deinem Leben? Mir kommt es vor, als wären Jahre vergangen, seit wir uns das letzte Mal gesehen haben."

Ich wusste nicht, wo ich anfangen sollte. Es war noch nicht viel Zeit vergangen, seit wir uns über Las Vegas unterhalten hatten. Trotzdem war jetzt alles anders, als es damals gewesen war. Ich war jemand anderes. Ich konnte überhaupt nicht beschreiben, wie ich mich in den vergangenen Tagen mit Cody verändert hatte.

„Ich habe die verrücktesten Tage meines Lebens hinter mir. Ich weiß noch nicht mal, wie ich das erklären soll", begann ich und legte mein Handy vor mich auf den Tisch.

Als ich auf das Display schaute, bemerkte ich, dass ich

keinerlei Benachrichtigungen hatte, was mir seltsam vorkam. Dass niemand versucht haben sollte mich zu erreichen, konnte eigentlich nicht sein. Ich bemerkte, dass ich das Handy noch immer im Flugmodus hatte. Nach dem Ende des Drehs hatte ich nicht daran gedacht, das wieder zu ändern. Als ich mein Handy wieder anschaltete, bekam ich sofort einen Haufen Nachrichten angezeigt. Einige Nachrichten und verpasste Anrufe von Cody verunsicherten mich am meisten. Ich war so mit meinem eigenen Leben beschäftigt gewesen, dass ich nicht mal daran gedacht hatte, mich bei ihm zu melden. Wahrscheinlich war er schon außer sich vor Sorge.

„Was ist?", fragte Missy, als sie sah, dass ich mit meinem Handy beschäftigt war.

„Entschuldigung, ich muss kurz einen Anruf beantworten. Ich hatte aus Versehen mein Handy aus."

„Sicher. Wenn du willst, kannst du in die Bibliothek gehen."

„Danke", sagte ich und verließ die Küche in Richtung der Flügeltür, auf die Missy gezeigt hatte.

Als ich die Tür öffnete, stutzte ich einen Moment lang, weil mich die schiere Größe des Zimmers überraschte. Ein normales Haus hatte gar keine Bibliothek. Aber auch ein großes Haus hatte normalerweise keine Bibliothek in diesem Ausmaß. Missy liebte Bücher und offensichtlich hatte sie beim Kauf genau darauf geachtet, dass ihre Leidenschaft gebührend Platz bekam. All das musste unglaublich teuer sein, besonders in einer Stadt wie San Diego.

Ich schloss die Tür hinter mir und wählte Codys Nummer. Es meldete sich direkt seine Mailbox. Ich kam nicht mal durch. Also war entweder sein Handy aus oder er saß im Flugzeug. Ich wusste nicht mehr, wie lange er hatte in Chicago bleiben wollen.

Nachdem ich ihm eine Nachricht geschickt hatte, in der ich ihm schrieb, dass es mir gut ging und dass ich bei Missy war, legte ich mein Handy weg, um mich wieder meiner Freundin zu widmen. Sich um ihn zu sorgen würde mich jetzt auch nicht weiterbringen. Den Nachrichten nach zu schließen, die er geschrieben hatte, schien im Großen und Ganzen alles in Ordnung zu sein.

Ich war erleichtert, dass ich mich um Cody gekümmert hatte und mich jetzt einfach auf Missy konzentrieren konnte. Sie strahlte über das ganze Gesicht und es war offensichtlich, dass sie darauf wartete, dass ich begann aus meinem Leben zu erzählen.

„Dann lass mal was hören", forderte sie mich auf und nippte an ihrem Kaffee.

„Was denn genau?", zierte ich mich.

„Versuchs gar nicht erst. Irgendwas ist los mit dir. Das kann ich sehen ..." Missy machte eine bedeutungsschwere Pause, die ich nutzte, um auch einen Schluck von meinem Kaffee zu nehmen.

In diesem Moment fiel mir auf, dass ich den Ehering trug, den Cody mir geschenkt hatte. Missys Blicke klebten an ihm, als ich meine Tasse wieder absetzte.

„Da ist etwas, das ich dir sagen muss", lachte ich nervös.

„Das ist wirklich ein ausnehmend schöner Ring. Bist du verlobt? Ich wusste noch nicht mal, dass du überhaupt jemanden hast. Habe ich dir nicht zugehört in letzter Zeit? Klär mich auf. Ich kann mir nicht erklären, wie das an mir vorbeigehen konnte. Hast du mir von irgendjemandem erzählt? Falls ja, erinnere ich mich nicht daran." Sie nahm meine Hand und zog sie an sich, sodass sie den Ring besser betrachten konnte.

„Eigentlich", begann ich und setzte ab. „Bin ich verheiratet."

„Was? Wer? Wann ist das denn passiert? Ich muss alles wissen, jetzt sofort."

„Als ich in Vegas war."

„Du hast in Las Vegas geheiratet? Wen denn? Du verwirrst mich."

Jetzt kam der Teil der Geschichte, vor dem ich mich fürchtete. Ich holte tief Luft, ballte meine Hände zu Fäusten und versuchte der Nervosität nicht die Oberhand zu geben. Ich musste ruhig bleiben, wenn ich wollte, dass auch Missy ruhig blieb.

„Weißt du noch, als ich dir erzählt habe, dass Cody und ich uns zufällig getroffen haben?" Mehr bedurfte es nicht, damit sie verstand, was los war.

„Ihr zwei seid *verheiratet*? Wow, das ist ja total abgefahren. Warum hast du mir das nicht gesagt?"

„Wie denkst du darüber?"

Ich hatte nicht erwartet, dass sie böse sein würde. Gleichzeitig hätte ich mehr Überraschung erwartet, und dass sie nicht einfach so hinnehmen würde, dass ihr Bruder und ich in einer Nacht- und Nebelaktion geheiratet hatten. Tatsächlich verunsicherte es mich, dass sie so ruhig blieb.

„Ich freue mich für euch beide. Das ist der perfekte Plan."

„Oh, eigentlich habe ich nicht damit gerechnet, dass du dich so für uns freust. Ich bin sehr erleichtert. Ich wusste wirklich nicht, wie ich dir das sagen soll."

„Ich verstehe schon. Ich wundere mich nur ein bisschen, dass du da mitmachst. Aber du hättest dir keinen besseren Ehemann wünschen können als Cody. Und es freut mich wirklich, dass er es sich anders überlegt hat. In der Sache mit dem Heiraten und dem Geld aus dem Erbe war er wirklich stur. Ich dachte, dass er sich entschieden hat, nicht zu heiraten. Dass er es nun doch getan hat, wundert mich."

Ich war verwirrt. Missy redete von irgendetwas, von dem ich nicht im Geringsten wusste, was es war. Aber was auch immer es sein mochte, es gefiel mir ganz und gar nicht.

„Was meinst du damit, dass du nicht gedacht hättest, dass ich da mitmache? An unserer Hochzeit war nichts geplant. Wir sind einander einfach in Las Vegas begegnet und irgendwie zusammen in der Kapelle gelandet, in der wir unseren Bund besiegelt haben."

„Ja, und da ihr beide euch schon aus dem College kennt, wird niemand vermuten, dass Cody sich das Geld nur erschleichen will. Und vielleicht bleibt ihr sogar länger als fünf Jahre zusammen. Ich hatte immer das Gefühl, dass ihr beiden euch gut verstehen würdet, wenn ihr euch mal richtig kennenlernt."

„Missy, ich bin wirklich verwirrt. Wovon sprichst du? Was ist das für Geld?"

„Cody wird erben, jetzt wo er verheiratet ist. Ich bin mir sicher, dass das eine gute Sache für euch beide ist. Außerdem ist es viel besser so, als wenn er eine Fremde geheiratet hätte. Ich hätte es nicht mit ansehen können, wenn er sein Geld für irgendeine Frau zum Fenster hinausgeschmissen hätte, die ihn nicht mal gerne hat. Und schau dich doch an: D siehst toll aus."

Ich konnte kaum atmen, als ich versuchte zu verstehen, was Missy da zu mir sagte. Cody musste verheiratet sein, um zu erben? Und das hatte er mir gegenüber nicht erwähnt? Er hatte kein Sterbenswörtchen über Immobilien oder ein Erbe gesagt, wenn ich es recht bedachte.

„Wir kommen tatsächlich sehr gut miteinander klar", sagte ich mit gespielter Fröhlichkeit. Ich wollte, dass Missy mir mehr über diese Sache erzählte. „Du bist also glücklich darüber?"

„Ja, ich könnte nicht glücklicher sein." Sie stand auf und umarmte mich. „Du bist einer meiner Lieblingsmenschen. Ich würde mich freuen, wenn ihr noch viel länger verheiratet wärt, als es für den Vertrag nötig ist."

„Wir haben keinen Vertrag unterschrieben."

„Natürlich. Ich vertraue dir und Cody tut das sicher auch. Unter Freunden gibt es für so etwas keinen Bedarf. Habt ihr einen

Betrag festgelegt, der dir zusteht, während ihr verheiratet seid?"

„Nein, ich denke, wir werden einfach sehen, was passiert. Ich mag ihn wirklich und ich glaube, dasselbe gilt für ihn auch." Ich versuchte noch immer das Ganze zu verstehen.

„Mein Gott, das ist ja wirklich wundervoll. Ich bin so aufgeregt. Ich weiß, dass er nicht verheiratet sein wollte, weil er von niemandem ausgenutzt werden wollte. Die Sache ist wirklich mehr als nur großartig. Und ihr beide empfindet wirklich etwas füreinander? Das ist ja noch besser."

Ihn ausnutzen? Natürlich nutzte ich ihn nicht aus. Es sah aber so aus, als würde Cody mich ausnutzen. Wenn er mich geheiratet hatte, um an sein Erbe zu kommen, dann hätte er mir das definitiv sagen müssen. Je länger Missy und ich uns unterhielten, desto klarer wurde mir, dass Cody nicht nur einige Kleinigkeiten ausgelassen hatte. Ich hatte meine Show verloren, weil wir geheiratet hatten. Ich hatte sogar meine gesamte Zukunft verloren. Die Details interessierten mich nicht. Entscheidend war, dass Cody mehr wusste, als er gesagt hatte, während mein gesamtes Leben zusammengebrochen war.

Dann hatte ich einen schrecklichen Gedanken. Was, wenn Cody dafür gesorgt hatte, dass die Sekretärin ihn hören konnte? Was, wenn er absichtlich meinen Dreh sabotiert hatte, damit er sein Erbe nicht verlor?

Beim bloßen Gedanken daran wurde mir übel. Ich hätte nie gedacht, dass Cody jemanden absichtlich so manipulieren würde, aber die Anzeichen häuften sich vor mir und plötzlich war ich mir mit nichts mehr sicher. Das Einzige, dessen ich mir im Moment sicher war, war, dass hier ein seltsames Spiel gespielt wurde und dass ich sehr wütend war.

„Über Codys Erbe wusste ich gar nicht so viel", sagte ich in dem Versuch, nicht zuzugeben, dass Cody mich belogen hatte. „Kannst du mir da noch ein paar Details verraten?"

„Aber sicher", sagte sie und nahm meine Hände. „Ich finde das alles wahnsinnig aufregend. Wir sind jetzt ja quasi Freundinnen und Schwestern. Kann es überhaupt noch besser werden?"

Es wäre schon besser gewesen, wenn ich nicht für Geld manipuliert und hintergangen worden wäre. Ich konnte meine Tränen kaum zurückhalten, als ich darüber nachdachte, welche Gefühle ich vergangene Woche für Cody entwickelt hatte. Er hatte mir gesagt, dass er mich liebte. War das alles nur ein Spiel gewesen?

Als Missy mir erklärte, was es mit dem Erbe ihres Vaters auf sich hatte, versuchte ich meine Emotionen unter Kontrolle zu halten und aufmerksam zuzuhören. Es war offensichtlich, dass Cody das Geld für sein Hotelprojekt benötigte, und je mehr Missy erzählte, desto klarer wurde mir das Ausmaß des Ganzen. Ich fühlte mich noch genau so benutzt wie zuvor, nur begann ich jetzt zu verstehen, wieso er sich keine Sorgen gemacht hatte, nachdem wir geheiratet hatten. Für Cody hatte das alles eine Menge Vorteile gehabt – und vor allem hatte es ihn seinem Traum nähergebracht.

Meine Hände zitterten dermaßen, dass ich sie unter dem Tisch verstecken musste. Auf einmal schien es möglich, dass die ganze Geschichte mit Cody eine Lüge war. Eine Lüge, die ihm helfen sollte, seine Hotelkette zu verwirklichen. Aber das wollte ich nicht glauben. Allein vom Gedanken daran bekam ich Kopfschmerzen. Es war offensichtlich gewesen, dass er ein Geheimnis vor mir hatte, und daher schien es nur logisch, dass er mich benutzt hatte.

Konnte es sein, dass ich mich Hals über Kopf in einen Schwindler verliebt hatte? Ich hatte mich kaum noch unter Kontrolle, als unser Gespräch zu Ende war. Eigentlich hatte ich die kommende Nacht bei Missy verbringen wollen, aber der Gedanke daran, meine Emotionen noch länger ertragen zu müssen, war unerträglich.

Missy machte einen Rundgang durch das Haus mit mir und

erzählte mir dabei, dass Scott noch den ganzen Tag für die Arbeit unterwegs sein würde. Es war offensichtlich, dass sie sich wünschte, dass ich bei ihr blieb. Sie schien einsam zu sein und fast schon versessen darauf, Zeit mit mir zu verbringen.

„Wie steht es zwischen Scott und dir?", fragte ich in dem Versuch, eine gute Freundin zu sein, obwohl meine Gedanken um etwas ganz anderes kreisten.

„Wir haben einen Vertrag unterschrieben. Das fühlt sich so seltsam an."

„Was genau meinst du?"

„Wegen dem Erbe. Gott, ich bin so froh, dass Cody dich geheiratet hat. Endlich habe ich jemanden, mit dem ich über all das reden kann und der auch versteht, wie es mir geht. Scott bedeutet mir viel und ich dachte zu Beginn auch, dass wir uns lieben würden, aber vielleicht hat er das alles doch nur wegen des Geldes getan."

„Du hast ihn geheiratet, um zu erben?", hakte ich schockiert nach.

Als ich die beiden das letzte Mal gesehen hatte, hatte es ausgesehen, als seien sie völlig verliebt ineinander. Ich wäre nie auf einen solchen Gedanken gekommen. Wobei wir ja auch im einundzwanzigsten Jahrhundert lebten und ich niemals gedacht hätte, dass es noch Testamente mit Heiratsklauseln gab. Warum hatte ihr Vater sich nur zu so etwas entschlossen?

„Wir haben angefangen auf Dates zu gehen und ich mochte ihn. Irgendwann hab ich mich dann eben entschieden, dass es besser ist, jemanden zu heiraten, den man schon ein wenig kennt und auch schon mag. Am Anfang lief alles bestens. Ich glaube, dass wir einander wirklich geliebt haben, und manchmal denke ich, dass wir das auch noch immer tun. Trotzdem war in der letzten Zeit alles seltsam zwischen uns."

„Du bist doch noch gar nicht so lange verheiratet. Was ist

denn dieses Seltsame, von dem du redest?"

„Er arbeitet immer so lange und hat immer irgendwelche Ausreden, warum er keine Zeit für mich hat. Ich bin wahrscheinlich nur paranoid ..."

„Vielleicht, aber wer weiß. Menschen machen seltsame Dinge für Geld."

„Ich weiß. Ich beschwere mich auch nicht. Er ist ein guter Mann. Ich bin mir sicher, dass wir die fünf Jahre miteinander schaffen, ohne zu große Probleme miteinander zu bekommen."

Missys Misere nahm mir auch noch den letzten Mut. Die Ausstrahlung, die ich eingangs gehabt hatte, war sicher schon längst verschwunden. Während unseres Gesprächs brachte ich es kaum fertig, interessiert zu sein oder zu lächeln. Mein Herz war gebrochen und mein Kopf verwirrt. Codys Falschheit war jenseits von allem, was ich je für möglich gehalten hätte.

Ich erzählte Missy von der Reality-Show und dem Filmprojekt, das ich gerade beendet hatte. Wir redeten über Noah und Cody und schwelgten sogar eine Weile in Erinnerungen an unsere Collegejahre. Obwohl ich herausgefunden hatte, dass mein ganzes Leben eine Lüge war, freute ich mich wirklich, wieder bei Missy zu sein. Hätte ich ihr die ganze Wahrheit über das Erbe gesagt, hätte sie meine Sicht der Dinge sicher bestätigt. Trotzdem brachte ich es in diesem Moment einfach nicht über mich, das zu tun.

Wir redeten bis spät in die Nacht und irgendwann zeigte mir Missy das Gästezimmer. Ich war so müde, dass ich einfach einschlief, bevor ich überhaupt darüber nachdenken konnte, ob ich heimfahren wollte. Ich war völlig erschöpft und es war schwer, auch nur im Ansatz zu begreifen, was gerade mit mir geschah.

„Ich denke, dass ich heute wieder nach Hause fahre", sagte ich, nachdem ich am nächsten Tag noch eine Weile mit Missy verquatscht hatte. Scott war sehr spät gekommen und schon in aller Frühe wieder gegangen. Wir waren allein in Missys Haus. „Es ist schon einige Tage her, dass ich Cody das letzte Mal gesehen habe. Er war in Chicago, um noch einige Dinge wegen seiner Wohnung zu klären, und ich würde gerne noch ein wenig schlafen, bevor er wieder da ist."

Ich log nicht. Ich wollte noch etwas schlafen. Außerdem war ich so von meiner Emotionalität überwältigt, dass ich noch etwas Zeit für mich brauchte. Ich war so schnell eingeschlafen, dass ich es noch nicht geschafft hatte, eine einzige Träne zu vergießen.

„Wirklich? Ich dachte, dass du noch mindestens eine weitere Nacht bei mir bleiben wolltest. Du kannst auch einfach den ganzen Tag ausschlafen, wenn du willst."

„Vielen Dank. Nächstes mal gerne", antwortete ich darauf und umarmte sie.

Wenn ich nicht schaute, dass ich Land gewann, würde Missy sicher versuchen mich die ganze Woche bei sich zu behalten und ich durfte es nicht zulassen, vor Missy in Tränen auszubrechen. Zuerst musste ich mit Cody reden und herausfinden, was hier eigentlich gespielt wurde.

„Okay. Du weißt, dass du jederzeit willkommen bist. Außerdem würde ich auch wirklich gerne mal wieder nach Los Angeles kommen. Lass uns doch in der näheren Zukunft einen gemeinsamen Termin suchen. Vielleicht kann ich dich und Cody zusammen besuchen. Ich freue mich wirklich für euch beide. Das ist so wahnsinnig aufregend."

„Danke", war alles, was ich sagen konnte. Ich umarmte Missy länger, als ich das sonst tat. „Es war schön dich zu sehen. Ich hab dich lieb!"

„Ich dich auch."

Wir umarmten uns noch einmal, bevor ich in mein Auto stieg und ich mich auf den Weg machte. Ich schaffte es nur ein paar Hundert Meter weit, bevor ich wieder anhalten musste. Meine

Tränen vernebelten mir die Sicht. Mein Leben lag in Trümmern. Ich hatte den Bruder meiner besten Freundin geheiratet und meine Rolle in der Show verloren. Außerdem hatte ich mich in einen Mann verliebt, der offenbar nur seinem Erbe hinterherjagte.

Ich wanderte stundenlang am Pier entlang. Wie in aller Welt hatte ich die ganzen Zeichen übersehen können? Auf einmal sah ich unser erstes gemeinsames Essen in Los Angeles wieder vor mir. Er hatte so abwesend gewirkt und außerdem hatte er den Eindruck erweckt, als wolle er mir etwas sagen. Auch an dem Tag, als er wieder nach Chicago hatte gehen müssen, schien ihm etwas auf der Zunge zu liegen. Ich spürte, wie sich in mir die Hoffnung regte, dass er ein schlechtes Gewissen hatte und mir erzählen wollte, was er getan hatte. Ein Teil von mir weigerte sich, sauer auf ihn zu sein, weil er das Gefühl hatte, dass es Cody leidtat, dass er mich belogen hatte. Aber dieser Teil hatte keine Chance gegen die Wut, die in mir zu brodeln begann.

Auch als der Abend heraufzog, war ich noch am Pier und beobachtete Familien in der Hoffnung, dass mich das fröhlicher machen würde. Aber mir war klar, dass es für mich in nächster Zeit keine Fröhlichkeit geben würde. Statt in einem glücklichen Leben befand ich mich nun inmitten eines schrecklichen Albtraums.

Kapitel 17

Cody

„Du hast es immer noch nicht geschafft, sie zu erreichen?", fragte mich Richard, als wir in Los Angeles gelandet waren.

„Nein. Sie war bei einem Filmdreh. Ich wette, sie hat ihr Handy ausgeschaltet", versuchte ich ihm die Sache plausibel zu erklären.

In Wirklichkeit wusste ich auch nicht, was eigentlich los war. Alexis hatte gestern versucht, mich zu erreichen, und ich hatte ihren Anruf verpasst. Sie hatte gesagt, dass sie in San Diego war und Missy besuchte und ich hoffte, dass alles in Ordnung war. Dass sie jedoch auf keine meiner Nachrichten oder meine Anrufe antwortete, verunsicherte mich.

Auch Richard witterte, dass irgendetwas nicht mit rechten Dingen zuging. So wie es im Moment aussah, würde ich keine Zeit haben, irgendetwas zu erklären. Ich konnte einfach nur hoffen, dass sie nichts sagen würde, das die ganze Sache für mich ruinieren konnte.

„Soll ich dich einfach zu deinem Hotel bringen?", schlug ich vor. „Alexis hat viel gearbeitet. Vielleicht versucht sie einfach auszuschlafen."

„Ich bleibe bei dir. Ich muss nur kurz mit ihr reden. Lass uns einfach in euer Apartment gehen."

„Um ehrlich zu sein, ist es eigentlich Alexis' Apartment, da ich noch nichts anderes für uns gefunden habe", sagte ich tonlos. Die Vorstellung, dass alles über mir zusammenbrechen würde, war alles, woran ich denken konnte. „Lass uns bitte erst zum Hotel gehen. Das würde sicher am besten funktionieren. Ich will sie nicht wecken."

„Nein, nein. Ich bestehe darauf, dass wir zusammen zum Apartment gehen", wiederholte Richard unerschütterlich.

Er versuchte mir nachzuweisen, dass ich ihn belog. Das hörte ich am Tonfall seiner Aussage. Ich konzentrierte mich darauf, entspannt zu bleiben, während ich zu Alexis' Apartment fuhr. Während der gesamten Fahrt hoffte ich, dass sie nicht zu Hause war. Das Herz schlug mir bis zum Hals und ich konnte kaum geradeaus denken, als wir aus unserem Leihwagen stiegen, um zum Apartment zu gehen.

Ich versuchte das Ganze kleinzureden: „Das ist jetzt etwas peinlich, aber ich habe noch keinen Schlüssel zu unserer Wohnung. Wir waren zwar die ganze Zeit zusammen unterwegs, aber haben es noch nicht geschafft, mir einen Schlüssel nachmachen zu lassen."

„Cody, das klingt alles ganz und gar nicht nach einer legitimen Beziehung für mich. Du kannst deine Frau nicht erreichen und hast keinen Schlüssel zu dem Apartment, in dem ihr wohnt? Ist es möglich, dass du mir etwas zu sagen hast?"

„Nein. Wir haben viel Zeit am Strand und in der Stadt verbracht. Wir waren quasi auf Hochzeitsreise, verstehst du? Wir haben es eben noch nicht geschafft, alles zu erledigen."

Sogar ich wusste, dass das alles wie ein Haufen schlechter Lügen klang. Je mehr ich versuchte, mich nicht zu verraten, desto mehr gab ich preis. Der Schlüssel dazu, eine Lüge aufrecht zu erhalten, war es, nicht zu viele Details zu erzählen, in denen man sich verstricken konnte. Aber genau das tat ich. Wie in aller Welt hatte ich mich in diese Situation gebracht? Ich hätte Alexis alles erzählen müssen, als ich noch die Chance dazu gehabt hatte. Die Möglichkeit, dass alles kein Problem gewesen wäre, wenn ich ihr schon in Las Vegas die Wahrheit erzählt hätte, war nicht von der

Hand zu weisen. Andererseits war sie da noch davon ausgegangen, in der Reality-TV-Serie aufzutreten. Also hätte auch dieser Plan vielleicht nicht funktioniert.

Ich fuhr auf den Parkplatz von Alexis Apartment und ließ mir Zeit, um einen guten Parkplatz zu finden. Aber mir war auch klar, dass ich nicht ewig Runden drehen konnte. Irgendwann würden wir die Treppe zur Wohnung hinaufgehen müssen.

Ich klopfte und wartete, ob sich in der Wohnung etwas rührte. Aber es kam keine Reaktion. Ich klopfte noch einmal, wobei ich versuchte jeglichen Blickkontakt mit Richard zu vermeiden. So sehr ich auch versuchte mich zusammenzureißen, musste Richard doch auch langsam spüren, dass ich nervös war.

„Cody, wo ist sie?"

„Ich habe wirklich keine Ahnung. Wahrscheinlich noch bei ihrem Filmprojekt oder so."

„Ich habe nicht vor, länger als einen Tag hier zu sein. Du wirst deine Braut finden müssen und für unsere Unterhaltung zu meinem Hotel bringen. Ich bin wirklich enttäuscht davon, wie das bisher läuft. Du überzeugst mich nicht gerade davon, dass es sich hier um eine legitime Heirat handelt."

„Es tut mir leid, aber wir sind noch dabei, das alles zu entwickeln. Die ganze Sache ist auch für uns beide noch neu. Wir versuchen alles so gut wie möglich auf die Reihe zu bekommen."

„Ich bringe dir so viel Verständnis wie möglich entgegen, aber wenn ich nicht mir dir und Alexis reden kann, bevor ich wieder abreise, werde ich einen Prozess wegen Betrugs gegen dich ins Rollen bringen müssen. Wenn das erstmal passiert ist, wirst du für die nächsten zwei Jahre keinen Zugriff auf dein Geld bekommen."

Verdammt. Das war keine Option. Nicht nur, dass ich mich dann von meinem Plan mit der Hotelkette verabschieden konnte. Ich war mir auch ziemlich sicher, dass unsere Beziehung den Bach hinuntergehen würde, wenn sie herausfand, dass ich so viel vor ihr geheim gehalten hatte.

„Kein Problem, Richard. Ich werde Alexis schon finden und wir treffen dich einfach morgen in deinem Hotel. Dort werde ich dich jetzt auch hinbringen."

„Das ist eine ernste Sache, Cody. Das ist nicht wie die anderen Angelegenheiten, bei denen ich immer etwas Spielraum hatte, um dir zu helfen. Wenn der Prozess einmal im Gange ist, habe ich keinen Einfluss auf den Verlauf. Dann wird ein unabhängiger Anwalt eingeschaltet, um sich alles genauer anzusehen. Ich sage dir das lieber schon jetzt. Diese Leute mögen es gar nicht, wenn sie den Eindruck bekommen, dass all ihre Arbeit umsonst war. Neunzig Prozent der Fälle werden abschließend als Betrug beurteilt. Wenn das passieren würde, dann verfügt ein Gericht darüber, was mit deinem Geld passiert."

„Ich werde mich heute noch darum kümmern, Alexis ausfindig zu machen, und sicherstellen, dass sie morgen zu deiner Verfügung steht. Ich bin mir sicher, dass sie noch am Set ist und ihr Handy ausgeschalten hat oder der Akku leer ist."

„Das hoffe ich."

Unsere Fahrt zum Hotel war sehr schweigsam. Ich konnte nur darüber nachdenken, wie wichtig es für mich war, Alexis ausfindig zu machen und sie davon zu überzeugen, mit mir zu dem Meeting bei Richard zu gehen. Wie ich sie auf das Interview vorbereiten sollte, wusste ich jedoch immer noch nicht. Wenn ich ihr die Wahrheit sagte, war sie sicher so wütend, dass sie gar nicht erst mitkommen würde. Wenn ich ihr gar nichts sagte, war es gut möglich, dass sie etwas ausplauderte, das einen Betrugsprozess heraufbeschwor. Der Grat war sehr schmal. Aber zunächst hing alles davon ab, ob ich es überhaupt schaffte, Alexis zu finden.

Nachdem ich Richard zu seinem Hotel gebracht hatte, wählte ich die Nummer meiner Schwester. Missys Nachricht hatte geklungen, als sei Alexis länger zu Besuch gewesen. Vielleicht wusste sie, wo sich meine Frau versteckt hielt.

„Hey Schwesterherz, ich suche nach Alexis. Sie meinte, dass sie dich besuchen wollte."

„Ja, wir hatten wirklich eine gute Zeit. Ich kann gar nicht glauben, dass du mir nicht gesagt hast, dass ihr beiden geheiratet habt."

„Ich weiß. Ich wollte den richtigen Zeitpunkt erwischen. Aber ich freue mich, dass sie es dir erzählt hat."

„Ich mich auch. Außerdem freut es mich, dass ihr beiden keinen Ehevertrag aufgesetzt habt. Ich bin mir sicher, dass unser Ehevertrag jegliche Romantik zwischen Scott und mir kaputt gemacht hat."

„Alexis hat dir gesagt, dass wir keinen Vertrag aufgesetzt haben?", fragte ich verwirrt.

„Sie schien vor allem interessiert daran, wie Scott und ich alles miteinander geregelt haben. Ich bin wirklich erleichtert, dass du sie nicht gebeten hast, einen Vertrag zu unterschreiben. Seid ihr beiden denn wirklich ineinander verliebt? Das wäre nämlich wirklich der Hammer. Ich habe nie bemerkt, dass ihr beiden am Anbandeln seid. Hast du ihr überhaupt von deinem Erbe erzählt? Alexis schien nicht besonders gut informiert zu sein."

„Du hast es ihr erzählt?" Ich stöhnte auf.

„Na ja, sie wusste es ja schon. Ich habe ihr nur noch einige der Details erklärt", sagte Missy im Unwissen darüber, dass sie Alexis gerade so viel von der Wahrheit verraten hatte, dass ich vermutlich keinen Weg finden würde, die Dinge zwischen uns wieder geradezurücken.

„Sie wusste nichts davon", gab ich widerwillig zu.

Eine unendliche Stille trat ein. Ich dachte schon, Missy habe aufgelegt, aber dann hörte ich sie atmen und beschloss zu warten. Ich war schon von mir selbst enttäuscht, aber die Enttäuschung meiner Schwester zu ertragen, war noch um ein Vielfaches schwieriger.

„Sie hat tatsächlich etwas abwesend gewirkt, als ich ihr davon erzählt habe. Äh, wieso habt ihr denn dann geheiratet?"

„Das ist eine lange Geschichte. Wir haben uns in Las Vegas getroffen und hatten eine wundervolle Nacht miteinander. Wir waren völlig betrunken und haben es irgendwie geschafft, am Straßenrand in einer kleinen Kapelle zu heiraten. Am nächsten Tag war alles eh schon so viel, dass ich ihr nicht auch noch von meinem Erbe erzählen wollte."

„Sie hat ihre Rolle verloren, Cody."

„Ich weiß."

„Du hast sie also betrunken gemacht und dazu gebracht, dich zu heiraten? Alles nur, damit du dein Erbe antreten kannst? Das klingt wirklich überhaupt nicht nach meinem Bruder."

„Wir waren beide betrunken. Ich habe sie nicht reingelegt. Sie wollte mich genauso heiraten wie ich sie. Ich hätte ihr am nächsten Morgen von dem Geld erzählen müssen. Ich hätte es an Ort und Stelle erledigen müssen und habe es nicht über mich gebracht."

Missy schwieg ein weiteres Mal, als wir beide zu verstehen versuchten, was eigentlich passiert war. Ich war ein schrecklicher Mensch. Das war alles, was ich aus den Fakten schließen konnte. Obwohl ich eine Menge Ausflüchte gefunden hatte, die Wahrheit für mich zu behalten, war der eigentliche Grund ein egoistischer gewesen. Ich war egoistisch.

„Sie ist heute am frühen Morgen aufgebrochen", sagte Missy schließlich. „Sie meinte, sie wolle heim, aber ich nehme an, dass sie noch mehr vorhatte, von dem sie mir nichts verraten hat."

„Es geht immer nur die Mailbox dran, wenn ich versuche sie zu erreichen. Ich glaube, mit ihrem Handy stimmt etwas nicht", antwortete ich darauf.

„Oder sie drückt dich weg, weil sie nicht mit dir reden will. Cody, du hast etwas wirklich Schlimmes getan. Das wird nicht einfach mit einer Entschuldigung, einem netten Lächeln und einem Kuss aus der Welt zu schaffen zu sein."

„Ich muss sie finden. Richard ist in L.A. und muss sie bis morgen befragen."

„Ich weiß eben auch nicht, wo sie ist. Versuch doch mal ihre Freunde zu erreichen. Viel Glück, Cody. Wenn ich Alexis wäre, würde ich wenigstens ein Jahr nicht mehr mit dir reden wollen. Das war wirklich hinterhältig von dir."

„Ich weiß", war das Letzte, was ich sagte, bevor ich auflegte.

Ich wollte Alexis nicht nur finden, damit sie mit Richard sprechen konnte. Ich wollte sie finden, um ihr meine Variante der Dinge zu erzählen. Nicht, dass das irgendeinen Unterschied machen würde, aber ich hoffte, so doch wenigstens noch eine Chance zu bekommen.

Ich kannte Alexis Freundinnen nicht gut und hatte keine Ahnung, wo sie sich aufhalten mochten. Ich nahm an, dass sie vermutlich in ihrem Apartment war und sich entschieden hatte, die Tür nicht zu öffnen.

Ich nahm all meinen Mut zusammen und hinterließ eine Sprachnachricht auf Alexis' Mailbox. Dass sie mich so zurückrufen würde, war die letzte Hoffnung, die ich noch hatte. Irgendetwas in mir war sich sicher, dass auch sie Gefühle für mich hatte und mich deswegen anrufen würde, auch wenn sie sauer auf mich war. Ich hatte nicht versucht, die Menschen um mich herum zu hintergehen. Alles, was ich gesagt hatte, war die volle Wahrheit gewesen.

„Hallo Alexis. Ich habe gerade mit Missy geredet. Dass ich dir nichts von dem Geld gesagt habe, war falsch. Aber es ist die Wahrheit, dass ich dich liebe. Lass uns reden, sobald diese Nachricht dich erreicht. Ganz egal zu welcher Nacht- oder

Tageszeit."

Ich hätte nicht gewusst, wo ich nach Alexis suchen sollte. Los Angeles war zu groß, um einfach nur durch die Stadt zu streifen in der Hoffnung, sie ausfindig zu machen. Also beschloss ich, in Noahs Haus zu warten. Als ich in die Einfahrt fuhr, sah ich ihr Auto. Zuerst durchfuhr mich Erleichterung, aber als mir klar wurde, dass sie vermutlich gekommen war, um mich anzuschreien, sackte mir das Herz in die Hose.

Als ich auf die Tür zuging, schaute ich durchs Fenster. Alle Lichter waren aus. Ich überlegte, ob Noah sie hineingelassen hatte. Wenn er allerdings nicht zu Hause gewesen war, gab es keine Möglichkeit, wie sie ins Haus gekommen sein konnte. Ich machte die Beleuchtung im ganzen Haus an und ging dann zur Veranda, um zu schauen, ob sie dort war. Da entdeckte ich sie am Strand. Sie schaute hinaus aufs Meer und in die Ferne.

Hier war sie also. Ich ging die Treppe hinunter und lief auf den Strand, um mich neben sie zu setzen. Sie tat, als nähme sie keinerlei Notiz von mir. Ihr Blick blieb auf den Horizont geheftet. Ich spürte eine tiefe Trauer von ihr ausgehen. Das Kribbeln zwischen uns war verschwunden. Genauso die sexuelle Anziehung, die zwischen uns geherrscht hatte. Ich spürte nichts als Trauer.

„Es tut mir leid", sagte ich und versuchte ihre Hand zu greifen, aber sie zuckte sofort zurück. „Alexis, ich habe so oft versucht dir die Wahrheit zu sagen und der richtige Moment wäre direkt am Morgen nach unserer Hochzeit gewesen."

„Von meinem Standpunkt sieht es so aus, als hättest du mich abgefüllt und mich dann überredet, dich zu heiraten, sodass du dein Erbe antreten kannst. Ich glaube nicht, dass das rechtens war."

„Nein. Alles, was in dieser Nacht passiert ist, war ehrlich und echt. Ich war genauso überrascht darüber, mit dir verheiratet zu sein, wie du. Nichts von alledem war gelogen. Ich hatte nicht vor, jemanden zu heiraten, in den ich nicht verliebt bin. Deswegen war ich auch der Einzige in meiner Familie, der noch nicht geheiratet hat, und deswegen bin ich auch der Einzige, der keinen Zugriff auf das Geld hat."

„Das ist ja schön für dich. Jetzt bist du verheiratet und kannst das ganze Geld einkassieren."

Dass sie wütend war, war nachvollziehbar. Wenn ich in der Lage gewesen wäre, die Schmerzen zu lindern, die ich ihr bereitete, hätte ich alles dafür gegeben, das auch zu tun. Aber ich wusste nicht wie.

Wir saßen gemeinsam am Strand und schauten in den Sonnenuntergang. Mir fiel auf, dass es viel kälter war als an den anderen Abenden, die ich gemeinsam mit Alexis am Strand verbracht hatte.

„Alexis, ich liebe dich. Nichts, was ich dir über meine Gefühle gesagt habe, war gelogen. Ich habe dir nichts von dem Geld gesagt, weil ich Angst hatte, dich zu verlieren. Ich habe die ganze Zeit versucht, einen Weg zu finden, der dir nicht vermittelt, dass ich dich benutzt habe."

„Aber genau danach sieht es aus, Cody."

„Ich weiß, dass ich schon früher etwas hätte sagen müssen. Ich habe es immer wieder versucht und dann Angst bekommen."

„Ich werde dich das nur einmal fragen und ich spüre, ob du mich anlügst." Sie machte eine Pause und wartete darauf, dass mir klar wurde, was sie gesagt hatte. „Hast du vorsätzlich dafür gesorgt, dass ich meinen Platz bei der Reality-Show verliere?"

„Nein."

„Lüg mich nicht an."

„Alexis, ich schwöre, dass ich nichts davon wusste, dass die Paparazzi Fotos von uns gemacht haben. Natürlich war es ein Problem, dass du diese Rolle hattest, aber ich habe wirklich daran geglaubt, dass wir beide uns genug lieben, um eine Möglichkeit zu finden, diese Sache zu lösen."

„Cody, es gab keinen Weg für uns beide. Ich konnte nicht mit dir verheiratet bleiben, wenn ich an dieser Show teilnehmen wollte."

Sie weinte und ich war der Grund für ihre Tränen. In diesem Moment wurde mir klar, dass sie mir wichtiger war als alles Geld der Welt.

„Ich weiß, und trotzdem habe ich gehofft, dass es möglich wäre. Der Grund, weshalb ich mit dir ins Studio gekommen bin, war, dass ich dir helfen und die Produzenten davon überzeugen wollte, dass sie dich in der Show behalten. Ich schwöre, dass ich nicht wollte, dass die Sekretärin mein Telefonat belauscht."

„Mit wem hast du überhaupt gesprochen?"

„Mit Richard, dem Anwalt, der das Vermögen meines Vaters verwaltet. Er muss uns beide zu unserer Beziehung interviewen."

„Du glaubst also, dass ich nach allem, was passiert ist, mit dir verheiratet bleiben werde?"

Das war die große Frage.

„Ich wünsche mir, mit dir verheiratet zu bleiben. Ich liebe dich. Ich will dein Ehemann sein. Ich möchte einen Weg finden, diese Sache zu klären."

„Wie sollen wir nach alledem verheiratet bleiben?"

„Ich würde wirklich alles tun, um dein Vertrauen zurückzugewinnen. Ich liebe dich mehr als alles andere auf der Welt. Ich will einen Weg für uns beide finden."

„Wann ist dieses Interview?", fragte sie. Sie hatte aufgehört zu weinen.

„Morgen."

„Was für einen Vertrag haben Missy und Scott da unterschrieben? Wie viel Geld bekommt er nach den fünf Jahren?"

Mir rutschte das Herz bis in die Kniekehlen. „Ich weiß es nicht genau, aber wenn es das ist, was du willst, dann können wir gerne darüber reden."

„Ich will nichts mehr mit dir zu tun haben, Cody. Ich will nicht Teil einer solchen Lüge sein. Wenn du willst, dass ich morgen zu diesem Meeting komme, dann werde ich das tun. Den Rest musst du dann selbst auf die Reihe bekommen. Ich werde nicht mit dir zusammenleben."

„Okay", antwortete ich, da ich sie in diesem Moment nicht weiter unter Druck setzen wollte. „Lass uns ins Haus gehen und dort weiterreden."

Sie stand auf und ging in Richtung von Noahs Haus, wobei sie nicht eine Sekunde auf mich wartete. Mir war klar, dass wir heute Nacht nicht mehr miteinander sprechen würden.

Kapitel 18

Alexis

Mit einem Mann, der so berechnend lügen konnte, wollte ich unter keinen Umständen verheiratet bleiben. Natürlich hatte ich Gefühle für ihn, aber deswegen durfte ich nicht meinen inneren Frieden aufgeben. Wenn ich mit Cody verheiratet geblieben wäre, hätte ich mich ständig fragen müssen, ob er mich nicht wieder belog. Unsere ganze Beziehung fußte auf einer Lüge, so etwas würde man nicht einfach vergessen können.

„Dann machst du also die Befragung und was dann?", fragte mich Cody am nächsten Morgen, als wir uns zum Frühstück zusammensetzten.

„Ich weiß nicht, da werden wir noch drüber reden müssen. Wenn wir irgendwie einen Vertrag aufsetzen können, überlege ich mir vielleicht, verheiratet zu bleiben, damit du an dein Erbe kommst. Das war dir offensichtlich ja so wichtig, dass du auf eine echte Beziehung mit mir verzichtet hast."

„Alexis, das hier ist echt", sagte er und wollte meine Hand nehmen.

Ich würde ihm nicht erlauben, die sexuelle Chemie zwischen uns gegen mich einzusetzen, und weil ich wusste, wie mein Körper darauf reagieren würde, ließ ich mich nicht von ihm berühren. „Ich will das nicht hören Cody. Du hast mich seit unserer Hochzeit unverhohlen angelogen. Du hast es einfach nicht für nötig gehalten, mir die ganze Geschichte zu erzählen."

Er antwortete nicht. Wir schliefen in separaten Zimmern und auch am nächsten Morgen hatte sich die Stimmung nicht wesentlich geändert. Cody wollte mit mir reden, aber ich brachte ihn zum Schweigen. Ich konnte mir einfach nicht vorstellen, ihn je wieder ansehen zu können, ohne den Lügner in ihm zu sehen.

Wir beendeten das Frühstück und ich ging mich duschen, während Cody alles in die Wege leitete, damit wir uns mit seinem Anwalt treffen konnten. Das alles gefiel mir nicht, aber wir waren verheiratet und ich wollte deswegen keine Lügen erzählen. Wenn ich Cody mit der Wahrheit in Schwierigkeiten brachte, war mir das egal.

Ich nahm eine lange Dusche, länger als ich es sonst getan hätte. Mir wäre es nur recht gewesen, im Zimmer zu bleiben und ihn bis zur letzten Minute zu meiden, bevor wir los und zu der Befragung mussten.

Leider sah Cody das anders als ich und hatte bereits zwei Mal an die Tür geklopft. Beim ersten Mal tat ich so, als hätte ich ihn nicht gehört. Beim zweiten Mal zog ich mich gerade an. Und beim dritten Mal öffnete ich schließlich doch die Tür und stellte mich vor ihn, um zu sehen, was er denn von mir wollte.

Ja, ich war sauer. Ich hatte nicht die geringste Lust, hier zu sein. Ich verschränkte die Arme und wartete darauf, dass er etwas sagte.

„Wir sollten, glaub ich, durchgehen, was du sagen wirst", meinte er. „Wenn du noch Fragen hast, kann ich dir dabei helfen."

„Du willst sichergehen, dass ich nichts Falsches sage?" Ich hob fragend eine Augenbraue.

„So in etwa", sagte er ertappt.

„Soll ich lügen? Ist es das, was du von mir willst? Ich werde nicht für dich lügen, Cody. Darauf lass ich mich nicht ein. Wenn du mich dabeihaben willst, dann werde ich jede Frage wahrheitsgemäß beantworten."

„Ich verstehe."

„Tust du das wirklich, Cody? Denn wenn er mich fragt, ob ich etwas über das Vermögen gewusst habe, dann ist die Antwort nein", sagte ich so entschlossen wie möglich.

„Alexis, ich bin dir dankbar, dass du mitkommen und die Befragung machen willst. Deine Grenzen sind mir bewusst und ich würde trotzdem gerne sehen, ob wir das nicht hinkriegen können. Ich möchte noch immer ein Zuhause in der Stadt kaufen und ich möchte noch immer mit dir verheiratet bleiben. Ich hoffe wirklich, dass du in deinem Herzen einen Weg finden kannst, mir zu vergeben."

„Das wird nicht passieren", sagte ich und machte ihm die Tür vor der Nase zu. „Wann gehen wir? Ich muss mich noch zurechtmachen."

„Vor zwei Uhr müssen wir nicht los. Richard meinte, es dauert nur eine Stunde oder so. Wir können vorher noch irgendwo zu Mittag essen, wenn du möchtest?"

„Nein, das Frühstück reicht mir. Ich komme um eins, dann können wir gehen. Bei dem Verkehr dauert es mindestens eine Stunde, da hinzukommen", fügte ich noch hinzu, bevor ich mich auf dem Bett niederlegte. „Komm nicht wieder, bevor wir gehen. Ich brauche keine Anleitungen und ich muss nicht üben, was ich sagen werde. Ich werde ehrlich sein. Dazu braucht man keine Übung."

„Es wäre aber vielleicht besser, wenn wir ein paar mögliche Fragen durchgehen und wie du sie auch ohne zu lügen beantworten könntest. Vielleicht ..."

„Nein", schrie ich durch die Tür, woraufhin ich ihn den Gang entlang davongehen hörte.

Böse zu sein gehörte nicht gerade zu meinen Stärken. Das hätte ich auf keinen Fall hinbekommen, wenn die Tür offen gewesen wäre und ich sein Gesicht gesehen hätte. Aber ich war sauer auf Cody. Ich war mehr als nur sauer; ich war verletzt. Er hatte die Vorstellung zerstört, die ich mir von unserer Liebe gemacht hatte.

Unter keinen Umständen würde ich mein Zimmer verlassen, bevor es Zeit zum Gehen war. Ich lag eine Weile auf dem Bett und versuchte zu schlafen. Als das mit dem Schlaf nichts wurde, stand ich auf und versuchte ein bisschen zu trainieren. Ich machte ein paar Hampelmänner, Liegestütze und Kniebeugen. Dann starrte ich noch eine halbe Stunde lang zum Fenster hinaus und beobachtete eine junge Familie dabei, wie sie sich damit abmühten, all ihr Zeug aus dem Wagen und zu ihrem Platz am Wasser zu bekommen.

Als es so weit war, schlüpfte ich in dieselben Klamotten vom Vorabend und machte mir einen Pferdeschwanz. Ich sah wahrscheinlich eher wie eine Erstsemester-Studentin aus als wie eine erwachsene Frau, aber das war mir jetzt wirklich schnuppe.

„Fertig?", fragte ich und stand an der Eingangstür, wo ich darauf wartete, dass sich Cody seine Schuhe fertig anzog.

„Ja", antwortete er. „Ich bin so weit."

Wir fuhren in völliger Stille zum Hotel. Wenigstens kam Cody nicht herüber und versuchte wieder, meine Hand zu nehmen.

Er ließ den Wagen beim Parkservice und wir betraten die Lobby. Cody schien schon einmal hier gewesen zu sein, denn er ging direkt aufs Restaurant zu und dann nach hinten, ohne sich überhaupt umsehen zu müssen. Ich ging ihm einfach hinterher. Immer wieder mal wurde er langsamer und wartete auf mich, aber sobald er weiterging, ließ ich mich wieder nach hinten fallen.

„Kann ich beim Reingehen deine Hand halten?", fragte er kurz bevor wir zur Tür kamen.

„Von mir aus", antwortete ich widerwillig. „Aber du lässt mich los, sobald wir am Tisch sitzen.

„Einverstanden."

Cody schlang seine Finger in meine und, genau wie ich es befürchtet hatte, reagierte mein Körper darauf mit einem fühlbaren Kribbeln. Er drückte meine Hand neckisch, während wir uns seinem Freund näherten, der an einem Ecktisch am Ende des Restaurants saß.

„Lass das", sagte ich durch die Zähne, während ich aufgesetzt lächelte.

„Danke, dass du mitgekommen bist und das für mich tust, Alexis. Das bedeutet mir viel."

Ich gab keine Antwort. Ich brauchte im Moment all meine Kraft, um die sexuelle Energie zu ignorieren, die von seiner Hand ausging. Genau deshalb hatte er sie nehmen wollen, er wusste, was da vor sich ging. Cody war klar, dass mich die kleinste Berührung daran erinnern würde, wie unglaublich unser Liebesspiel immer gewesen war und wie sehr ich unsere gemeinsame Zeit genossen hatte. Nein, ich durfte mich nicht dem Verlangen nach ihm ergeben. Sexuelle Kompatibilität machte zwei Menschen noch lange nicht zu einem guten Paar.

„Alexis, es freut mich sehr, dich endlich kennenzulernen", sagte der Anwalt und streckte mir die Hand hin. Das gab mir einen Grund, meine eigene Hand von Cody zu lösen und sie meinem Gegenüber zu reichen. „Ich bin Richard, ich verwalte das Erbvermögen von Codys Familie. Tut mir leid, dass das Treffen so eilig gewesen ist. Ich hoffe, mit deinem Film ist alles so weit in Ordnung."

„Ähm, ja, es ist sehr gut gelaufen", sagte ich ein wenig verwirrt, weshalb er mich etwas zu meinem Film fragte.

„Ich habe mir schon etwas Sorgen gemacht, dass es dich gar nicht gibt, als wir dich gestern Abend nicht erreichen konnten", fügte Richard hinzu.

„Oh, ja, das tut mir leid. Ich war draußen am Strand. Da nehm ich mein Handy nie mit, die werden gerne mal geklaut."

„Kein Problem, kein Problem. Ich hab nur ein paar Fragen und dann kann das alles recht schnell über die Bühne gehen. Also, Cody hat mir erzählt, dass ihr beide geheiratet habt, als ihr in Las Vegas wart. Kannst du mir ein bisschen erzählen, wie das alles abgelaufen ist?"

Auf einmal wünschte ich, ich hätte Codys Angebot angenommen, ein paar der Fragen zu üben, oder zumindest hätte ich mir von ihm sagen lassen sollen, was er dem Anwalt schon alles erzählt hatte. Aber für all das war es jetzt zu spät. Stattdessen würde ich mich einfach strikt an die Wahrheit halten.

„Ich war dort mit ein paar Freunden von der Arbeit. Cody ist uns über den Weg gelaufen und dann haben wir uns fantastisch miteinander verstanden."

Cody versuchte unter dem Tisch erneut meine Hand zu nehmen, aber ich wischte ihn forsch weg. Ich konnte seine Hand nicht auf mir gebrauchen, während ich meine Sicht der Dinge berichtete. Seine Berührung würde mich nur davon ablenken, den Job zu machen, für den ich hier war.

„Ja, sie war umwerfend, Richard. Ich wünschte, ich hätte ein Bild davon, wie unglaublich toll sie an dem Abend ausgesehen hat."

„Danke, Baby", sagte ich ein wenig zu übertrieben. „Du bist ja so süß."

Ich beugte mich vor und drückte ihm einen Schmatzer auf die Wange, während ich seine Hand nahm und so fest drückte, dass er verstand, dass ich nicht von ihm berührt werden wollte. Von dem Schmerz verzog er kurz das Gesicht, setzte dann aber schnell wieder ein Lächeln auf.

„Na klar, Schatz. Ich liebe dich."

„Ich dich auch", wiederholte ich, ohne Cody dabei anzusehen. Stattdessen blickte ich wieder zu dem Anwalt, damit er mit der nächsten Frage fortfuhr.

„Nach der durchtanzten Nacht habt ihr dann also gleich geheiratet?"

„Nicht ganz, wir haben uns am zweiten Abend noch einmal getroffen. Wir haben getanzt, haben aber auch viel Zeit mit Trinken und Umherspazieren verbracht. Wir tranken wirklich sehr viel Alkohol in jener Nacht, aber es war unglaublich schön."

All das war die Wahrheit. Alles, was ich von dem Abend noch wusste, war Spaß und Glückseligkeit. Und in Wahrheit glaubte ich Cody auch, dass er genauso wenig wie ich selbst beabsichtigt hatte, in jener Nacht verheiratet zu werden. Wir waren einfach beide ganz schön betrunken gewesen.

„Ihr seid also einfach herumgelaufen und Cody hat beschlossen, dass ihr beiden heiraten solltet? Hat er dir denn von dem Erbe und dem Geld erzählt?"

„Nein, damals nicht. Wir haben geflirtet und uns amüsiert. Die Hochzeit war ein Nebeneffekt dessen, dass wir sehr angezogen voneinander waren, sehr viel getrunken hatten und dass es dort möglich war, so einfach mal eben zu heiraten."

„Ja, das ist wirklich schnell gegangen", meinte Richard und wartete, ob ich noch etwas sagen würde, aber ich hatte nichts hinzuzufügen. „Also ich bin ein bisschen verwirrt. Bist du denn wirklich die Art von Person, die sich Hals über Kopf in so eine Sache stürzt und irgendeinen Kerl heiratet, den sie gerade erst kennengelernt hat?"

„Nun, Cody hat dir ja erzählt, dass wir uns schon im College gekannt haben", sagte ich mit einer ordentlichen Portion Selbstvertrauen, obwohl Cody mich nicht spezifisch aufgeklärt hatte, was er und Richard bereits besprochen hatten. „Cody war schon auf der Uni einer der süßesten Typen überhaupt gewesen. Seine Schwester Missy und ich sind befreundet und ich war damals ganz schön verknallt in ihn."

Cody sah zu mir herüber, als hätte ich etwas gesagt, von dem er zuvor noch nicht das Geringste gewusst hatte. Ihm musste doch bestimmt bewusst sein, dass er ein hübscher Junge gewesen war, und wenn ich wohl auch etwas ausgeschmückt hatte, wie sehr er mir gefallen hatte, so hätte ich doch lügen müssen, um behaupten zu können, dass ich ihn nicht total toll gefunden hätte. Ich konnte ihn und seine Mimik jedoch nicht allzu genau studieren, weil ich das hier durchziehen musste.

„Ich war auch in dich verknallt", platzte er da heraus.

„Was?", fragte ich etwas schockiert ob seines Geständnisses.

„Ich hab das niemandem erzählt, aber ich habe häufig Freunde gebeten, mitzukommen und nach meiner Schwester zu sehen, obwohl ich eigentlich nur zu dir wollte."

„Nicht im Ernst?", fragte ich völlig schockiert.

Irgendwie fegte diese Beichte all meinen Ärger mit einem Wisch weg. Ich hätte nie gedacht, dass mich Cody damals überhaupt bemerkt hatte, und jetzt gab er zu, dass er absichtlich zu uns ins Zimmer gekomen war, nur um mich sehen zu können. Ich hatte Gänsehaut bekommen. Es war alles echt, das Gefühl, das er mir gab, das war echt.

„Ich fasse es nicht, dass du in mich verliebt warst", sprach Cody weiter. „Soweit ich mich erinnern kann, warst du nicht sehr nett zu mir."

„Weißt du denn nicht, dass Mädchen nie nett sind zu Typen, die sie wirklich mögen?"

„Oh, na dann musst du mich ja wirklich gemocht haben. Ich glaube, du hast Missy sogar mal vor meiner Nase gefragt, wieso ihr Bruder, diese Pfeife, dauernd auf der Matte steht."

„Daran kann ich mich nicht konkret erinnern, aber das klingt nach mir", lachte ich. „Tut mir leid, Richard. Wolltest du mich sonst noch etwas fragen?"

„Ja. Haben Cody und du einen Vertrag für die Ehe eingerichtet? Das würde nicht notwendigerweise dazu führen, dass das hier Betrug wäre. Ich frage einfach nur, ob es einen gibt."

„Nein, wir haben keinen Vertrag", sagte ich mit voller Aufrichtigkeit. Richard musste ja nicht wissen, dass wir einen aufsetzen würden, sobald er gegangen war. Manchmal war es besser, je weniger die Leute wussten.

„Und wo hattet ihr die Ringe her?", wandte sich Richard nun an Cody.

„Das ist tatsächlich eine lustige Geschichte. Wir sind zu den Läden im Caesars Palace gegangen, aber die waren alle zu. Eine freundliche Dame hat mir ihr Geschäft aufgemacht und ich hatte ja noch immer die ganze Kohle vom Poker. Sie hat mir diesen fantastischen Ring hier verkauft."

„Okay", antwortete Richard und machte sich immer wieder Notizen auf einem Stück Papier.

Woran lag es nur, dass es mich so furchtbar nervös machte, nur weil ich vor jemandem saß, der sich Notizen machte? Für mich ging es bei dieser Befragung schließlich um nichts. Sollte ich etwas Falsches sagen, wäre das ausschließlich Codys Problem. Ich wäre kein Stück schlechter gestellt gewesen als zuvor.

„Cody und ich haben schon seit dem Studium Gefühle füreinander", sagte ich in dem Versuch, die Unterhaltung dorthin zu lenken, wo ich sie haben wollte. „Damals haben wir nichts daraus gemacht, aber als wir uns in Vegas wiedergetroffen haben, war es wie ein Feuerwerk."

„Habt ihr beiden eure Ehe vollzogen?", fragte Richard geradeheraus.

„Richard!", protestierte Cody und schlug die Hände über dem Kopf zusammen. „Das ist doch lächerlich. Verheiratet zu sein hat nichts zu tun mit ..."

„Ja", unterbrach ich ihn. „Wir hatten die ganze Nacht lang Sex, nachdem wir geheiratet haben. Dann haben wir drei Tage lang Flitterwochen im Strandhaus von seinem Freund Noah gemacht. Wenn ich mich nicht verzählt habe, hatten wir da zweiundzwanzigmal Sex, nein, halt ... dreiundzwanzig." Ich zwinkerte Cody zu. Dieses Detail war absolut nicht gelogen.

„Wow, okay, ein bisschen zu viel Information, aber danke", sagte Richard ohne aufzuschauen, während er weiter seine Notizen machte.

„Nun, jetzt kommt die Frage, wo es ein wenig knifflig wird. Cody hat dir nichts von dem Vermögen gesagt und das ist auch kein Problem, aber du weißt, dass er nur Zugang zu dem Geld bekommt, weil ihr zwei geheiratet habt. Ist es denkbar, dass er dich nur wegen seinem Erbe geheiratet hat und dass das alles hier eine Finte ist, um dich zu überlisten?"

Sosehr mir zuvor genau das durch den Kopf gegangen war, es von Richard laut ausgesprochen zu hören, war etwas völlig anderes. Es ließ Cody wie einen Psychopathen klingen und das entsprach so gar nicht dessen, was ich von ihm wusste.

„Ich verstehe, wie das vielleicht aussehen kann, aber wenn du das von Cody denkst, dann kennst du ihn offensichtlich überhaupt nicht. Ich bin noch nicht lange mit Cody verheiratet, aber ich weiß schon, dass er ein gutherziger Mann ist, der vieles aufzugeben bereit ist für jemanden, den er liebt."

„Gib mir ein Beispiel."

„Als ich den Schauspieljob nicht bekommen habe, auf den ich gehofft hatte, nahm sich Cody für den Rest der Woche von der Arbeit und den Planungen frei, um bei mir sein zu können, damit ich mich besser fühlte."

Cody drückte unter dem Tisch meine Hand. Dieses Mal schob ich ihn nicht weg. Es stimmte, ich war wirklich der Meinung, dass er ein guter Mann war. Er hatte etwas Mieses getan, als er mir das alles hier verschwieg, aber deswegen war er kein schlechter Mensch.

„Okay, schön. Ich glaube, ich habe so weit alles, was ich brauche", sagte Richard schließlich. „Es sagt mir nicht unbedingt zu, wie plötzlich das alles passiert ist, aber ich glaube nicht, dass hier ein Betrug vorliegt. Danke euch beiden, dass ihr euch mit mir zusammengesetzt habt. Ich werde in sechs Monaten noch einmal nachsehen müssen, aber davon abgesehen werde ich zustimmen, dass das Geld an dich ausbezahlt wird, Cody."

„Ich danke dir vielmals!" Cody stand auf, um Richard zu umarmen. Ich tat es ihm gleich. Ich war nur froh, dass diese ganze Sache vorbei war und dass ich Cody nichts verdorben hatte.

Wir verabschiedeten uns und Cody und ich gingen schnell zum Parkplatz hinaus. Auf dem Weg nach draußen versuchte er nicht, meine Hand zu nehmen. Ich hätte sie ihm vielleicht gegeben, wenn er es getan hätte, weil ich nicht im Streit auseinandergehen wollte.

„Danke", sagte er, als wir auf den Wagen warteten. „Ich werde einen Vertrag für dich aufsetzen, wenn du möchtest. Was immer du willst."

„Darüber möchte ich jetzt nicht reden."

„Ich verstehe. Ich lasse dir Zeit, wenn du das brauchst."

„Ja, und kannst du mich bitte nach Hause bringen?"

„Natürlich", sagte Cody.

Wir standen schweigend da, bis das Auto gebracht wurde. Ich wusste, dass er wollte, dass es mir gut ging. Und ich wusste auch, dass er mit mir wie vorher zusammen sein wollte. Ich zog in Betracht, mit ihm für den Vertrag verheiratet zu bleiben, aber fürs Erste wars das. Ich konnte mir einfach noch nicht vorstellen, weiterzumachen, als wäre nichts gewesen.

Kapitel 19

Cody

„Es tut mir leid, dass ich nicht ehrlich zu dir gewesen bin", sagte ich zu Alexis, als wir die Treppe zu ihrer Wohnung hinaufgingen. „Ich habe eine Menge Ausreden, warum ich nichts gesagt habe, aber nichts davon wäre dir gegenüber fair. Ich hätte offen zu dir sein müssen und es tut mir ehrlich leid, dass ich nichts gesagt habe."

„Danke", sagte sie und gab mir eine Umarmung.

Wir blieben eine Weile lang so stehen, aber mir war klar, dass sie einen Kuss nicht zulassen würde. Alexis ließ mich schließlich los und wandte sich ab, um ihre Tür aufzusperren. Sie lächelte nicht. Sie blickte nicht zurück zu mir.

„Möchtest du Noahs Nummer, falls du ihn wegen der Schauspielsachen direkt kontaktieren musst? Ich möchte nicht, dass du mit mir reden musst, wenn du das nicht willst."

„Oh, ja, das wäre wirklich gut. Danke", sagte sie.

Ich wünschte Alexis wirklich, dass sie mit ihrer Karriere Erfolg hatte. Selbst wenn sie zu dem Schluss kam, nur auf dem Papier mit mir verheiratet sein zu wollen, würde ich sie immer anspornen und hoffen, dass ihr Leben so positiv wie nur möglich verlief.

Sie gab mir ihr Telefon und ich tippte Noahs Nummer für sie ein. Ich hoffte, dass er ihr eine Rolle verschaffen konnte, die sie auch wollte.

„Ich bin mir allerdings nicht ganz sicher, ob er gut zu

erreichen sein wird. Ich hab nichts mehr von ihm gehört, seit er diese Dame kennengelernt hat."

„Kennst du sie?"

„Nein, ich weiß nicht mal ihren Namen. Ich weiß nur, dass er ihr bei irgendwas hilft und dass er verliebt ist. Wann immer ich sie erwähnt hab, hat er gleich diesen glückseligen Welpenblick bekommen."

„Ist ja niedlich", meinte sie, als sie die Tür aufmachte und eintrat.

Alexis wandte sich um und wir standen einander gegenüber, sie wartete offenbar darauf, dass ich ging. Als mir das klar wurde, bekam ich Panik. Wenn ich einmal gegangen war, bestand die realistische Möglichkeit, dass ich sie nicht wieder zu Gesicht bekommen würde, bis wir einen Vertrag wegen der Ehe unterschrieben, und das war nicht das, was ich wollte. Ich wollte eine echte Beziehung mit ihr haben.

„Okay, ruf mich einfach an, falls du reden magst", sagte ich noch, als sie bereits die Tür zumachte.

„Noch mal, es tut mir wirklich leid."

„Gute Nacht", sagte Alexis und machte die Tür zu.

Alles in allem war es ein erfolgreicher Tag gewesen. Ich würde Zugang zum Erbvermögen meines Vaters haben und ich konnte endlich mit dem Aufbau meines neuen Hotels anfangen. Aber irgendwie war mir die Motivation für das Projekt verloren gegangen. Stattdessen konnte ich nur daran denken, wie ich retten konnte, was zwischen Alexis und mir geschehen war.

Ich schrieb Noah, um zu sehen, was er so trieb, und zu meiner Überraschung schrieb er gleich zurück, also verabredeten wir uns in der Innenstadt. Ich hatte ihn in der letzten Woche nie gesehen und hätte wirklich zu gern mehr über diese Frau erfahren, die sein Herz so schnell erobert hatte.

Nach allem, was in den letzten paar Tagen vorgefallen war, konnte ich es kaum erwarten, einfach nur zu trinken und zu entspannen. Noah wollte sich im *Veranda* mit mir treffen, was überhaupt nicht der Art von Orten entsprach, die wir sonst so besuchten. Das Restaurant war sehr viel hochklassiger als die Läden, in denen wir üblicherweise abhingen. Das machte mich ein bisschen stutzig.

Und tatsächlich, als ich hineinkam, wartete Noah dort bereits mit einer umwerfenden Blondine am Arm. Sie war nicht einfach nur schön, diese Frau sah aus, als könnte sie ein Supermodel sein. Sie war gleich groß wie Noah, schlank, gebräunt und hatte markante Wangenknochen, die ihr Lächeln unterstrichen. Das musste dann wohl diejenige sein, die ihn so völlig in ihren Bann gezogen hatte.

„Hi", sagte ich lächelnd und schaute Noah an, bevor ich meine Aufmerksamkeit schnell der Dame zuwandte und ihre Hand nahm. „Sehr erfreut."

Sie zog mich dicht an sich und küsste beide meine Wangen, ohne ein Wort zu sagen. Ihre Begrüßung erinnerte mich an die Gebräuche in Europa.

„Ich bin Katarina", sagte sie mit sehr starkem Akzent.

„Hallo. Ich bin Cody", antwortete ich und versetzte Noah einen kurzen fragenden Blick. Die Lady machte nicht den Eindruck, unsere Sprache zu sprechen, oder zumindest nicht sehr gut. Wie zur Hölle hatte er sie kennengelernt und sich so schnell in sie verliebt, ohne überhaupt mit ihr reden zu können?

„Katarina wollte gerade ins Hotel gehen. Ich habe in der Stadt ein Zimmer für uns reserviert. Wir kümmern uns gerade um ihren Status, damit sie hierbleiben kann", meinte Noah.

Ach du Scheiße. Diese schöne Frau war dabei, Noah zu einer Hochzeit zu bewegen, damit sie im Land bleiben konnte? Ich war nicht ganz sicher, von welchem Status er sprach, aber ich wusste, dass wir über sie reden mussten, sobald sie gegangen war.

„Ich liebe dich", sagte sie daraufhin zu Noah und küsste ihn leidenschaftlich.

Und mit leidenschaftlich meine ich nicht etwa einen sanften Kuss, der etwas zu lange dauert. Nein, Katarina packte Noah und zog ihn an sich. Sie packte sein Hemd mit den Fingern und zog ihn heran, während sie ihre Lippen öffnete und ihre Zunge in seinen Mund gleiten ließ. Schüchtern war sie schon mal ganz und gar nicht. Ob es sich um eine Masche handelte, um Noah den Kopf zu verdrehen, oder ob sie ihn wirklich liebte, vermochte ich nicht zu beurteilen, aber es war nicht zu leugnen, dass sie ihn um ihren heißen kleinen Finger gewickelt hatte.

„Ich bring sie schnell noch rüber", sagte Noah mit einem Funkeln in den Augen, das mir verriet, dass er sie nicht nur über die Straße bringen, sondern wahrscheinlich gleich mit ins Hotelzimmer begleiten würde.

„Wir sehen uns dann", sagte ich nur lachend und die beiden gingen davon.

„Hat mich gefreut", sagte Katarina, die sich noch einmal umgewandt hatte.

Ich war extra in die Stadt gefahren, um mit Noah einen draufzumachen, und jetzt saß ich alleine da. Nicht, dass es mir etwas ausgemacht hätte, allein zu trinken, aber wenn schon, dann wäre ich lieber in einer Bar gewesen, in der wenigstens irgendein Sport auf dem Bildschirm lief.

Zuversichtlich bestellte ich Bier für mich und Noah, nur für den Fall, dass er wirklich gleich wieder da sein sollte. Ich nippte an der ersten Flasche und sah mir die Leute an der Bar an. In diesem Schuppen gab es wirklich eine Menge schöner Damen.

„Cody?", hörte ich eine Frau sagen, die auf mich zukam.

Sie kam mir bekannt vor, aber ich konnte nicht gleich

zuordnen, wo wir uns schon mal begegnet waren. Sie musste den verwirrten Ausdruck in meinem Gesicht erkannt haben, denn sie umarmte mich und verriet mir gleich, wer sie war.

„Jacqueline, die Freundin von Alexis aus Vegas. Das ist Rose." Erst da bemerkte ich, dass sie noch eine Freundin dabeihatte.

„Ach ja, tut mir leid. Es waren ein paar verrückte Tage. Wie gehts euch beiden?"

„Uns? Alles bestens. Aber wie gehts dir und Alexis? Ich kanns immer noch nicht glauben, dass ihr beiden einfach geheiratet habt. Habt ihr eine schöne Zeit miteinander gehabt? Erzähl mir alles."

Ich hatte wirklich keine Lust, diesen beiden den Abend zu versauen. Sie waren voll in Schale geworfen und machten den Eindruck, als würden sie die Stadt unsicher machen wollen. Gleichzeitig wollte ich aber auch wirklich mit jemandem reden und meine Optionen besprechen, wie ich Alexis zurückgewinnen konnte. Und wer war da besser geeignet als ihre Freundinnen?

„Um ehrlich zu sein, ist es im Moment ein ziemliches Schlamassel."

„Nicht doch, ihr zwei seid so perfekt füreinander. Ich hab doch gesehen, wie ihr euch anschmachtet. Das trieft ja nur so vor Leidenschaft und Liebe. Das musst du wieder in Ordnung bringen", sagte Jacqueline eifrig.

„Es ist ziemlich verfahren. Genau genommen hab ich die Sache versaut. Ich fürchte, sie wird sich schwertun, mir wieder zu vertrauen, und ich kann ihr das nicht mal übelnehmen."

„Was hast du angestellt?", fragte Noah da, der von hinten an mich herangetreten war.

„Hey Mann, ich hätte nicht gedacht, dass du so schnell wiederkommst."

„Ich kann auch später noch mit ihr spielen", sagte er augenzwinkernd. „Was war denn mit Alexis?"

Und so erzählte ich den dreien alles. Ich berichtete von dem Geld, den Paparazzi, dass Alexis ihre Fernsehsendung flöten gegangen war und auch, dass ich sie angelogen hatte. Noah kannte den Großteil der Geschichte bereits, aber die beiden Frauen hörten das alles zum ersten Mal. Sie waren überhaupt nicht zufrieden mit mir, das erkannte man deutlich an ihren vorwurfsvollen Gesichtern.

„Du hast sie also angelogen?", fragte Jacqueline.

„Ja, nachdem wir in Vegas geheiratet haben, hätte ich ihr vom Testament meines Vaters erzählen sollen. Ich wollte es ihr auch sagen, aber ich habs nicht getan. Das kann ich jetzt nicht mehr ändern. Ich habe es ein paarmal versucht, aber dann hatte ich immer Schiss, dass sie abhauen würde, wenn ich die Wahrheit sage."

„Ja, so machen wir das auch mit Lügnern", entgegnete Rose, die ihre Arme verschränkt hatte und mich streng anschaute.

„Das versteh ich ja, aber jetzt kann ich auch nichts mehr machen."

„Und nach alledem ist Alexis dann trotzdem mitgekommen und hat sich für dich mit Richard getroffen?", fragte Noah. „Das sagt schon etwas aus über ihre Gefühle dir gegenüber. Das hätte sie ganz sicher nicht getan, wenn sie nicht immer noch etwas für dich übrighätte."

Jacqueline und Rose begannen beide den Kopf zu schütteln, so als ob es Blödsinn sei, was Noah gesagt hatte. Ich war wirklich froh, die beiden getroffen zu haben und eine Meinung zur weiblichen Sicht der Dinge zu bekommen.

„Nein, sie könnte es vielleicht auch einfach nur getan haben, weil sie nett ist. Alexis kann mit Konfrontation genauso schlecht umgehen wie du. Sie hat der Befragung wahrscheinlich einfach nur zugestimmt, weil sie nicht als die Böse dastehen wollte."

„Da ist aber auch etwas zwischen uns passiert. Sie hat mir gestanden, dass sie schon im College in mich verknallt war und ich hab ihr das Gleiche gebeichtet. So wie sie mich da angesehen hat, hab ich das Gefühl bekommen, dass es noch Hoffnung gibt."

„Vielleicht solltest du es mit einer Art großer Geste versuchen? Irgendwas, das ihr zeigt, wie wichtig sie dir tatsächlich ist?"

„Genau das habe ich auch gedacht. Aber ich weiß nicht, was ich da machen soll. Sie hat um etwas Zeit gebeten und ich hab versprochen, dass ich sie ihr geben würde."

Ich wollte auf keinen Fall ihren ausdrücklichen Wunsch ignorieren. Die Vorstellung einer großen Geste gefiel mir zwar, aber dafür mussten wohl noch ein paar Tage oder eine Woche ins Land ziehen.

„Und wenn ich da etwas einfädle?", fragte Noah.

„Ja? Woran hast du denn gedacht?"

Und so verbrachte ich den Rest des Abends mit Noah, Jacqueline und Rose dabei, einen Plan auszuhecken, um Alexis zurückzugewinnen. Es war riskant, aber wir wollten zwei Wochen mit der Umsetzung warten und hoffen, dass das genug Zeit für sie war.

Ich hatte ein gutes Gefühl bei dem Plan. Er war gewagt. Aber er zeigte Alexis, dass ich gewillt war, auch mit ihren Freundinnen zusammenzuarbeiten, nur um ihr zu zeigen, wie viel sie mir bedeutete. Und wenn alles gutging, würde der Plan den Prozess in die Wege leiten, sie wieder für mich zu gewinnen. Ich war bereit, alles Nötige zu tun, damit sie mir wieder vertraute.

„Du kriegst sie schon wieder", sagte Jacqueline, als wir unser Gespräch spät am Abend beendeten. „Sie liebt dich. Das hab ich in ihren Augen gesehen. Daran gibts keinen Zweifel. Und der Plan ist auch gut. Du bekommst das hin."

„Danke für alles. Wenn das hier funktioniert, könnten wir vielleicht zu einem späteren Zeitpunkt irgendwann auch mal eine richtige Hochzeit veranstalten. Nur für den Fall, dass Alexis auf so etwas Lust hat."

„Ich denke, das würde ihr gefallen."

„Du bist ein Holzkopf", sagte Rose und knuffte mich in den Arm, bevor sie mich drückte. „Wenn du das jetzt wieder versaust, hast du sie einfach nicht verdient."

„Danke für deine Hilfe, Rose. Das bedeutet mir viel. Und danke, dass ihr mir noch eine Chance geben wollt. Ich hatte wirklich keine Ahnung, was ich tun sollte. Ihr beiden wart genau im richtigen Moment zur Stelle."

„Ja, ja, wir sind die perfekten Freundinnen", sagte Rose und schnappte Jacqueline an der Hand, dann machten sich die zwei Frauen vom Acker.

„Ich sollte besser auch los", meinte Noah. „Im Hotelzimmer wartet noch jemand, um den ich mich kümmern muss." Er grinste und wirkte so selbstsicher wie nie. Er sah irgendwie sogar ein paar Zentimeter größer aus als vorher. Die Liebe einer schönen Frau konnte einen Mann offenbar verwandeln.

„Irgendwann in sehr naher Zukunft wirst du mir erzählen müssen, wie es zu dieser ganzen Sache eigentlich gekommen ist. Aber sei vorsichtig. Sie könnte dich vielleicht benutzen."

„Oh, das hat sie schon", sagte er mit einem dreckigen Grinsen. „Sie hat mich richtig rangenommen."

Ich musste lachen. Immerhin schien ihm noch klar zu sein, dass die Sache vielleicht doch nicht ganz real war. Es schien allerdings gar nicht so wichtig zu sein, denn die Frau hatte ihn definitiv für sich gewonnen.

„Pass auf dich auf, Mann. Schreib mir und meld dich, damit ich mir keine Sorgen machen muss, dass sie dich abgemurkst und in Kleinteile zerhackt hat."

„Sie ist eine von den Guten, Cody. Ich weiß schon, es ist eine schräge Situation, aber mein Bauch sagt mir, dass sie es ehrlich meint. Ich will ihr nur so gut es geht helfen."

„Okay, Alter. Nochmal danke für deine Hilfe. Du hattest recht. Ich hätte es ihr früher sagen sollen. Deshalb vertrau ich mal drauf, dass du auch mit der Dame in deinem Hotelzimmer recht behalten wirst."

Noah und ich hatten in den vergangenen paar Jahren nicht so viel Zeit miteinander verbracht, aber in jenem Augenblick fühlte es sich an, als wäre seit dem Studium kein Tag vergangen. Wir waren uns sehr ähnlich und wir vertrauten uns vollkommen. Ich hatte Glück, dass er so gute Verbindungen hatte, um mir mit meinem Plan zu helfen, und ich wusste genau, dass er sein Versprechen auch halten würde.

Ohne Noah würde diese Überraschung auf keinen Fall funktionieren. Alles hing davon ab, dass er seinen Beitrag erbrachte. Erst wenn ich Alexis vor mir hatte, würde es auf mich ankommen.

Die Vorstellung, ihr mein Herz darzubieten, machte mir höllisch Angst. Sie könnte es zertrampeln. Alexis würde mir vielleicht sagen, dass sie mich nicht mehr liebte und nichts mehr mit mir zu tun haben wollte. Aber ich musste es versuchen. Ich wollte Alexis zur Frau. Ich liebte sie und ich glaubte daran, dass sie auch mich liebte. Wir beide würden das in den Griff bekommen.

Kapitel 20

Alexis

Ich duschte und machte mich für die Arbeit fertig, wie ich es schon so oft zuvor getan hatte. Das war jetzt mein Leben. Mein langweiliges, ereignisloses Leben, in dem es keine Fernsehsendungen und keinerlei Aufregung oder Abwechslung gab.

„Und, zu welchem Schluss bist du jetzt eigentlich wegen Cody gekommen?", fragte Jacqueline und zog einen Stuhl an meinen Tisch heran.

„Ich hab mich noch nicht entschlossen. Ich will das nicht überstürzen. Er hat mich angelogen, Jacqueline. Und es war keine kleine Lüge. Das ist eine große Sache. Er hat gelogen und mich vielleicht sogar mit Absicht aus meinem Traumjob bugsiert."

„Ich versteh schon, was du meinst, aber ich mach mir halt Sorgen, dass du den Kerl eigentlich doch liebst. Ich möchte nicht, dass du deine Chance aufs große Glück aufgibst, weil du Angst hast, ihm zu vertrauen. Er wirkte sonst wie ein anständiger Kerl. Vielleicht solltest du ihm eine Chance geben?"

„Vielleicht."

Jacqueline war ganz große Klasse gewesen, seitdem ich wieder zur Arbeit zurückgekommen war. Sie hatte selbst mehr als genug zu tun, aber fand trotzdem jeden Tag die Zeit, sich um mich zu kümmern. Ich machte ihr womöglich Sorgen, weil ich in letzter Zeit so niedergeschlagen war. Ich konnte einfach keinen abschließenden Gedanken fassen wegen allem, was passiert war.

Cody liebte mich. Das spürte ich tief im Inneren. Aber manchmal war Liebe eben nicht genug, wenn andere Dinge im Weg standen. Ich wollte bei ihm sein. Das Problem war, dass ich auch mit einem Mann zusammen sein wollte, von dem ich wusste, dass er kein Lügner war. In einen solchen Mann hatte ich mich verliebt und ich konnte mich einfach nicht damit abfinden, was er da getan hatte.

Cody hatte systematisch gelogen, um seine eigenen Interessen zu schützen. Das war so niederträchtig und finster, dass ich einfach nicht wusste, wie ich damit umgehen sollte. Die Gefühle, die es zwischen ihm und mir gab, waren vielleicht einfach nicht genug, um mit so einer Sache fertig zu werden.

Was, wenn ich mich entschloss, bei ihm zu bleiben, und er mir das Herz brechen würde? Ich konnte nicht damit umgehen, mich jemandem so zu öffnen und solchen Kummer zu riskieren. Das durfte ich mir selbst einfach nicht antun.

„Hast du heute nicht das Vorsprechen?", fragte Jacqueline.

„Schon, aber ich gehe, glaub ich, nicht hin. Ich fühl mich schrecklich und seh auch schrecklich aus. Die nehmen mich sowieso nicht. Da geht es um eine große Rolle in einem Film."

„Ähm, und ob du dahingehst. Noah musste sich wahrscheinlich ganz schön ins Zeug legen, um dir diesen Termin zu verschaffen. Wenn du da nicht auftauchst, wird er dir nie wieder helfen. Ich weiß schon, dass du denkst, du wirst den Platz nicht bekommen, aber das spielt eigentlich auch keine Rolle. Geh hin, sprich vor und geh wieder. Tu dein Bestes, das ist genug."

Ich liebte Jacqueline. Sie wusste immer genau, was sie zu mir sagen musste und wie ich meinen Arsch hochbekommen würde. Sie hatte natürlich völlig recht. Ich musste zu diesem Vorsprechen gehen, falls ich je wieder einen Termin bei Warner Brothers bekommen wollte. Auch wenn sie mich nicht leiden konnten, es schadete gewiss nicht, wenn ein solches Kaliber von Regisseuren mich wenigstens mal zu Gesicht bekommen hatte.

Einer meiner Schauspiellehrer hatte mir einmal gesagt, dass ein breites Netzwerk mindestens genauso wichtig war wie der eigentliche Auftritt beim Vorsprechen. Er meinte, dass man manchmal eben einfach nicht für eine bestimmte Rolle passte, aber wenn einen die Regisseure mochten, wenn man sich mit Leuten anfreundete, dann würde man vielleicht für die nächste Rolle auch wieder eingeladen werden und das war der Schlüssel zum Durchbruch.

Widerwillig stimmte ich also zu, den Termin wahrzunehmen. Zum Glück hatte ich in meiner Schublade etwas Make-up und konnte mein Äußeres ein wenig in Ordnung bringen, bevor ich mich zum Studio begab.

Meine Nerven waren so angespannt, dass ich richtig zitterte, als ich die Tür zum Gebäude aufzog. Dort saß schon ein Mitarbeiter hinter einem Tisch, um meine Daten aufzunehmen und mich dann in den Wartebereich zu bringen, wo ich mich setzen sollte, bis mich jemand holte.

Ich schaukelte mit den Beinen und meine Hände waren unruhig, während ich wartete. Ich war gewiss kein Musterbeispiel von Selbstvertrauen. Ein paar andere Schauspieler und Schauspielerinnen gingen bei einem der kleineren Räume am Rand aus und ein, aber ich hatte noch niemanden aus dem großen Saal kommen sehen, in dem laut dem Empfangsmitarbeiter mein Vorsprechen sein sollte.

„Miss Livingston", rief eine Frau von der Tür aus.

Sie war leger gekleidet und trug ein T-Shirt und Jeans, aber sie sah trotzdem irgendwie wichtig aus. Das lag vielleicht auch an der Art, wie sie ihre Brille in die Haare gesteckt hatte und dann herunternahm, um ihre Unterlagen zu studieren.

„Hallo", sagte ich, als ich mit ihr zusammen den Raum betrat.

„Okay, Miss Livingston. Hier ist Ihr Skript. Es ist noch eine Person vor Ihnen dran, dann sind Sie an der Reihe. Das hier ist Ihr

Part."

„Danke", sagte ich, nachdem sie mir gezeigt hatte, wo ich sitzen sollte.

Ich überflog schnell das Skript und stellte fest, dass es sich um einen ziemlich ernsten Film handelte. Die weibliche Hauptfigur stand vor der Entscheidung, sich von ihrem Mann scheiden zu lassen. Das schien ganz schön emotional zu werden, aber bei solchen gefühlsgeladenen Situationen war ich gut. Meine Nerven, die eh schon kurz vor dem Zerreißen standen, würden mir dabei helfen, ein paar Tränen aus dem Hut zu zaubern.

Man ließ mich dort draußen für fast zwanzig Minuten sitzen, bevor mich endlich jemand holte. Ich hatte das Skript gründlich durchgelesen und es schien meinem Leben so sehr zu ähneln, dass ich schon das Gefühl hatte, für die Rolle geboren worden zu sein. Es war nur eine einzelne Szene aus einem ganzen Film, aber ich war bereit dafür, ihnen ganz genau zu zeigen, wie ich das machen würde.

„Miss Livingston", sagte die Frau von vorhin erneut und deutete mir, in den Raum zu kommen.

Als ich hereinkam, sah ich am Tisch einen bekannten Regisseur und Produzenten sitzen. Zu beiden Seiten waren noch mehrere andere Leute. Alle trugen entspannte Kleidung und schienen bestens gelaunt zu sein.

„Hallo zusammen", sagte ich und hob die Hand zum Gruß, als ich den Raum betrat. „Danke, dass sie mich eingeladen haben."

„Wir freuen uns, dass sie zum Vorsprechen gekommen sind", sagte der Mann in der Mitte des langen Tisches. „Bitte, setzen Sie sich doch. Ich werde den männlichen Schauspieler hereinbitten, nachdem wir uns eine Minute unterhalten haben."

„Okay", sagte ich und setzte mich auf den Stuhl, den er mir angeboten hatte.

„Also, ich habe ihre Studie gesehen. Der Film war sehr beeindruckend. Mir hat gefallen, wie sie so viele Emotionen bei so begrenzter Zeit gezeigt haben. Das ist immer praktisch, wenn man einen Film dreht. Selbst wenn wir einen komfortablen Zeitplan haben, ist es gut, Szenen schnell abdrehen zu können."

„Das Projekt hat mir wirklich Spaß gemacht. Das war etwas Neues für mich, aber ich habe großes Interesse, so etwas wieder zu machen, wenn es sich ergibt."

Der Regisseur stellte mir noch ein paar Fragen zu meiner Schauspielerei im College und meine Arbeit in der Werbebranche. Er schien ehrlich interessiert daran zu sein, was ich zu sagen hatte, was eine Überraschung war angesichts dessen, was für ein großer Filmemacher er war.

Als es dann so weit war, den anderen Schauspieler hereinzuholen, erhob ich mich, um ihn zu begrüßen. Als die Tür am anderen Ende des Raumes aufging, kam da jedoch kein Schauspieler heraus, sondern es war Cody, der geradewegs auf mich zulief.

Mein Herz begann zu hämmern, ich starrte zum Regisseur und dann zu jedem einzelnen der Entscheidungsträger neben ihm. War das hier irgendwie eingefädelt worden? Sollte ich etwa wirklich zusammen mit Cody vorsprechen? Ich hatte keine Ahnung, was hier los war.

„Hi", sagte Cody und gab mir einen raschen Kuss auf die Wange. „Bist du bereit?"

„Das ist ein echtes Vorsprechen?", fragte ich unendlich verwirrt.

„Jepp, ein echtes Vorsprechen für eine echte Rolle."

„Ich werde die männliche Hauptrolle mit einem kleinen Monolog anfangen lassen, wenn es Ihnen nichts ausmacht?", sagte der Regisseur.

Ich schaute zwischen dem Regisseur und Cody hin und her, während ich versuchte meine Gedanken zu sortieren. Cody war kein Schauspieler. Was hatte er hier zu suchen?

„Alexis, Ich liebe dich. Ich möchte mit dir verheiratet bleiben", begann er und holte dann ein paar Zettel aus seiner Gesäßtasche. „Jetzt ist es aber so, dass ich möchte, dass du mit mir zusammen sein kannst, ohne dir irgendwelche Sorgen über meine Motive machen zu müssen. Deshalb habe ich diese Nichtigkeitserklärung hier aufgesetzt."

„Was?", fragte ich noch immer verwirrt.

„Dein Text", sagte er und zeigte auf das Skript vor mir.

„Nichtigkeitserklärung? Wieso solltest du das tun?", las ich vom Text ab.

„Weil du mir mehr bedeutest als jede Summe der Welt. Wenn ich das Erbe aufgeben muss, um bei dir sein zu können, dann sage ich dir hier und jetzt, dass ich dazu bereit bin."

Irgendwie hatte ich das Skript gelesen und nicht bemerkt, dass es ein wenig zu perfekt auf meine aktuelle Situation passte. Wir spielten also den Rest der Szene vor. Darin musste ich zustimmen, die Ehe annullieren zu lassen. Cody unterschrieb die Papiere und ich tat es ihm gleich. Es war eine emotionale Situation, denn ich begriff in jenem Augenblick, dass ich keine Auflösung der Ehe von ihm wollte. Ich wollte das klären. Ich liebte ihn.

Als wir die Szene abschlossen, klatschten die Filmemacher für uns. Ich verbeugte mich, als hätte ich wirklich für einen Film vorgesprochen, auch wenn ich mir inzwischen einigermaßen sicher war, dass die ganze Sache nur von Cody eingefädelt worden war, um mir zu zeigen, dass er mich zurückgewinnen wollte.

„Danke fürs Kommen, Alexis, wir werden Sie in einem oder zwei Tagen kontaktieren. Die Rolle ist nicht ganz so emotional wie diese hier, aber Sie würden jedenfalls gut hineinpassen."

„Ich habe zu danken", sagte ich und ging zu der Tür, durch die ich gekommen war.

Cody kam mir direkt hinterher und während wir durch den Empfangsbereich hinausgingen, schnappte ich ihm die Nichtigkeitserklärung aus der Hand. Sie war echt. Ich las sie durch und stellte fest, dass er sich tatsächlich die Auflösungspapiere besorgt hatte, mit meiner Unterschrift drauf. Er musste damit nur noch zum Gericht gehen und unsere Ehe würde aus den Büchern gelöscht werden.

„Ich wusste nicht, was ich sonst hätte tun sollen, um dir zu zeigen, wie wichtig du mir bist."

„Nein", sagte ich kopfschüttelnd und begann dabei, die Papiere in Stücke zu reißen. „Das will ich nicht. Ich weiß nicht, was ich will, aber ich will nicht einfach vergessen, was zwischen uns war."

„Und wenn ich dich heute zu einem echten Date ausführe? Vielleicht könnten wir damit anfangen?", schlug Cody vor und nahm dann meine Hand, um sie sich an die Lippen zu führen und zu küssen. Seine Augen schauten tief in meine und ich hätte ihm unmöglich widersprechen können.

„Na schön", meinte ich. „Aber ich muss zuerst nach Hause und mich schick machen."

„Na klar", erwiderte er lächelnd. „Wie wärs, wenn ich dich in zwei Stunden holen komme?"

„Zwei?"

„Ja, ein kleiner Vogel hat mir gezwitschert, dass eine Stunde nicht genug ist für eine Frau, um sich ordentlich auf ein Rendezvous vorzubereiten."

Ich musste lachen, weil Cody offenbar Jacqueline rekrutiert hatte, um ihm bei dieser ganzen Sache hier zu helfen. Das war ganz schön gerissen von ihm. Es gab wohl kaum jemanden, der mich besser kannte als Jacqueline.

„Okay. Gut, dann geh ich mal heim und zieh mich um. Soll das ein schickes oder ein lockeres Date werden?", fragte ich.

„Es ist semi-locker. Mit einem kurzen Kleid passt du am besten rein", sagte er ohne zu zögern. „Ich hol dich in zwei Stunden, du solltest also los."

„Schon gut, ich bin ja schon weg." Ich verdrehte die Augen und huschte in Richtung meines Autos davon.

Auf der Fahrt zu meiner Wohnung grinste ich von Ohr zu Ohr. In den letzten zwei Wochen hatte ich dauernd darüber nachgedacht, wie ich die Sache zwischen Cody und mir in Ordnung bringen konnte, ohne dass mir etwas eingefallen wäre. Ich hatte keinen Plan gehabt, wie ich mir selbst das Gefühl hätte geben können, dass wir zusammen weitermachen konnten.

Was ich dabei natürlich nicht bedacht hatte, war die Tatsache, dass Cody gewillt sein würde, seine Millionen für mich aufzugeben. Ob er diese Nichtigkeitserklärung wirklich eingereicht hätte oder nicht, war mir jetzt egal. Es war beeindruckend, dass er so etwas Großes zu tun bereit war, sodass ich ihm jetzt auf jeden Fall noch eine Chance zugestehen wollte.

Das hieß noch nicht, dass ich ihm vergeben hatte oder dass ich zu fünf Jahren Ehe zustimmte. Für den Moment hatte ich ja einfach nur zugestimmt, mit ihm auszugehen. Es war vielleicht ein bisschen komisch, mit jemandem auf ein Date zu gehen, mit dem man eigentlich schon verheiratet war, aber an unserer Beziehung war ja sowieso auch alles andere schon verdammt komisch, also machte es wohl nicht wirklich einen Unterschied.

Nachdem ich unter die Dusche gehüpft war, zog ich ein Kleid heraus, das ich schon seit Jahren nicht getragen hatte. Es war ein verspieltes und kokettes Stück, das zu einem Date perfekt passte. Ich war kaum mit meinem Make-up fertig, als Cody an die Tür klopfte. Die zwei Stunden waren verflogen, aber ich war soweit fertig, dass wir loskonnten. Ich rannte an die Tür, wo Cody mit einem großen Strauß gelber Rosen und einer Schachtel Pralinen stand.

„Aber hallo, das hab ich auch noch nie erlebt", sagte ich und machte große Augen.

„Du verdienst alle Romantik der Welt. Und du siehst wunderschön aus. Ich kann die schnell ins Wasser stellen, wenn du möchtest?"

„Ja, mach das bitte. Ich hol nur noch meine Schuhe und dann können wir los."

Ich drückte Cody einen schnellen Kuss auf die Wange und eilte zurück in mein Zimmer, um die Schuhe zu suchen, die ich tragen wollte. Ich konnte Cody hören, wie er sich in der Küche zu schaffen machte und die Blumen wässerte. Ich hatte keine Vase, wusste also nicht so recht, wo er sie hineingegeben hatte.

„Wow", machte er nur, als ich in meinen schwarzen High Heels den Flur entlang auf ihn zukam. „Du bist umwerfend. Ich weiß, das haben dir bestimmt schon viele Männer gesagt, ich mein nicht nur wegen dem Kleid. Ganz ehrlich, Alexis. Du bist so schön."

„Danke", antwortete ich sanft.

Ich wollte ihn eigentlich ein bisschen aufziehen wegen all dem Süßholz, das er raspelte, aber es gefiel mir auch echt und ich wollte ihm nicht das Gefühl geben, dass er etwas falsch gemacht hatte. Sollte ich je vergessen wollen, was passiert war, dann würde es auf jeden Fall nötig sein, dass er sich auch weiterhin so ins Zeug legte.

Cody nahm meine Hand und wir gingen die Treppe hinunter und zu seinem Wagen. Er öffnete mir die Tür und half mir hinein, denn ich musste mich noch ein bisschen an die hohen Absätze gewöhnen. Es war ja nicht so, als hätte ich noch nie High Heels getragen, es war nur schon eine ganze Weile her. Außerdem konnte man so viel Übung haben, wie man wollte, Treppensteigen blieb immer eine tückische Angelegenheit.

Wir hielten vor einem Restaurant, von dem ich noch nie gehört hatte. Es sah aus wie ein kleiner Italiener, aber ich konnte kein Schild mit dem Namen erkennen. Was für ein Restaurant hatte denn nicht einmal seinen Namen am Gebäude angeschrieben?

„Mr. und Mrs. Gleason", sagte Cody, als uns die Kellnerin drinnen empfing.

„Ja, hier entlang bitte", sagte die junge Dame, ohne auch nur auf irgendeiner Liste nachzusehen.

Das Lokal hatte nur sehr wenige Tische. Und nachdem wir gleich an mehreren Berühmtheiten vorbeikamen, fragte ich mich schon, ob das hier eine Art Privatrestaurant war, das nicht für die Öffentlichkeit bestimmt war. Alle hier drinnen kamen mir irgendwie bekannt vor, auch wenn ich sie nicht alle beim Namen nennen konnte.

„Da ist ja Brad Pitt", flüsterte ich, als Cody mir gerade den Stuhl hinhielt und ich mich setzte.

„Ja, der Schuppen ist ziemlich cool."

„Was ist denn das für ein Ort hier?", fragte ich.

„Nur ein wenig bekanntes Restaurant, bei dem man Leute kennen muss, um durch die Tür zu kommen. Gottseidank kenn ich da ein hohes Tier bei Warner Brothers", zwinkerte Cody mir zu und setzte sich auf den Platz mir gegenüber.

„Es hat mir irgendwie gefallen, als du mich Mrs. Gleason genannt hast."

„Und mir hat es gefallen, dich so zu nennen. Ich glaube, ich hab es nicht mehr gesagt oder gehört seit der Nacht, in der wir geheiratet haben, und die Erinnerung daran ist bekanntlich ein wenig verschwommen."

„Bei mir auch", lachte ich. „Manchmal fallen mir Sachen ein und dann bin ich nicht sicher, ob sie wirklich passiert sind oder nicht. Falls das hier klappt, vielleicht könnten wir ja irgendwann mal richtig heiraten? Ich würde mich schon gern an meine Hochzeit erinnern können."

„Definitiv. Ich würde dich nur zu gerne heiraten", sagte Cody laut genug, um die Aufmerksamkeit einer der Berühmtheiten neben uns zu erregen. Er war mit Absicht so laut gewesen und wollte witzig sein, was mich natürlich zum Lachen brachte. Es gefiel mir, mit Cody in diesem supercoolen Restaurant zu sein.

„Mal im Ernst, wie hast du uns hier einen Platz verschafft? Noah?"

„Ja, er hat das arrangiert. Nicht jeder kann berühmt sein", flüsterte Cody, damit uns die namhaften Stars um uns herum nicht hören konnten.

„Cody, ich muss dir was sagen", begann ich, verlor dann aber den Mut und verstummte.

„Okay, du kannst mir alles sagen."

Ich wollte ihm so sehr glauben. Ich hatte auch echt das Gefühl, mit ihm reden zu können, aber ich wusste nicht so recht, ob er verstehen würde, was ich sagen wollte. Ihn zu lieben war eine komplizierte Sache.

„Ich bin mir immer noch nicht sicher wegen uns. Ich will mich auf dich einlassen, aber du musst auch wissen, dass ich schreckliche Angst davor habe, dass mir das Herz gebrochen wird. Du hast mich wirklich sehr verletzt. Ich werde Zeit brauchen, um darüber hinweg zu kommen."

„Dann mögest du sie bekommen", sagte er edelmütig, als wäre er ein Prinz oder so.

Ein Kellner kam herbei und brachte uns beiden einen kleinen Salat und etwas Wein. Das überraschte mich, weil keiner von uns etwas bestellt hatte. Ich sah dem Kellner stirnrunzelnd hinterher, als er davonging.

„Die bringen einem einfach, worauf sie Lust haben?", fragte ich verwirrt.

„Der Laden hier hat jeden Abend ein neues Menü. Man bekommt nicht wirklich eine Wahl. Alle kriegen das Gleiche. Wenn man besondere Ernährungsanforderungen hat, können sie mal eine Ausnahme machen. Ich schätze, das hätte ich dich vorher fragen sollen."

„Nein, ist schon gut", lachte ich.

„Ich weiß, wir haben einen furchteinflößenden Weg vor uns, Alexis. Aber ich bin hier. Ich meine es ernst. Ich bin bereit, das mit dir zu wagen. Ich will vollkommen ehrlich sein, immer. So machen wir das ab jetzt. Okay?"

Ich nickte und tat mein Möglichstes, dabei nicht zu weinen. Es war das Beste, was wir tun konnten. Ehrlich zueinander zu sein und den Weg gemeinsam gehen. Jetzt wo wir das Gespräch gesucht hatten, gab es eine Chance für unsere Beziehung. Ich hatte das Gefühl, dass wir das wirklich packen konnten.

Wir verbrachten fast drei Stunden mit den sechs Gängen des Menüs. Alles war wunderbar geschmacklich aufeinander abgestimmt und ich brachte es kaum über mich, mit dem Essen aufzuhören, als ich schon längst voll war. Als das Dessert kam, wollte ich eigentlich nur noch einen Bissen probieren, aber kurz darauf hatte ich bereits einen gesamten schokoladigen Berg der Köstlichkeit verschlungen.

Cody hielt mir den Stuhl und nahm meine Hand, um mich zu stützen, als ich aufstand. Dieses Mal krallte ich mich gerne an ihm fest. Ich wollte ihn nah bei mir spüren, und das nicht nur, weil ich ihn für die Balance brauchte.

Nachdem wir zur Tür hinausgingen, wurden wir direkt von Paparazzi umkreist, die ein Foto von uns schießen wollten. Die

Szene brachte mich zum Lachen. Wir waren nicht berühmt, ich war nicht im Fernsehen und es gab absolut keinen Grund dafür, uns nachzulaufen. Wir lächelten einfach und gingen weiter zum Auto.

„Ich hätte echt gedacht, die würden bemerken, dass wir nicht berühmt sind, und das bleiben lassen", lachte ich, als Cody mir die Tür zum Wagen aufhielt und mir hineinhalf.

„Mit dem Kleid haben sie dich wahrscheinlich für einen Filmstar gehalten. Und da haben sie vorsichtshalber mal ein paar Bilder geschossen."

„Irgendwie lustig. Lustiger jedenfalls als letztes Mal, wo die Bilder geheim gemacht wurden."

„Da kann ich dir nur zustimmen."

Kapitel 21

Cody

„Wäre es denn in Ordnung, wenn ich dich noch zu deiner Tür hinaufbegleite?"

„Ich wäre sogar sehr froh, wenn du mir über die Treppe hilfst, die kann in solchen Absätzen zur Todesfalle werden. Ich mag High Heels eigentlich gar nicht", lachte Alexis.

Anstatt neben ihr zu gehen, blieb ich also hinter ihr und hielt ihre Hüfte, während wir die Stufen hinaufgingen. Wenn das jetzt wirklich ein erstes Date gewesen wäre, hätte sie so etwas natürlich nicht zugelassen. Aber unsere Situation war ein bisschen anders und je näher wir zur Tür kamen, desto mehr war ich zuversichtlich, dass Alexis mich für die Nacht bei sich behalten würde.

Kurz darauf stand sie in der Tür und tat so, als würde sie mich nicht hereinlassen, aber ich sah den Blick in ihren Augen. Ich fühlte ihren Körper, der mich praktisch anzuflehen schien.

Das war irgendwie seltsam, weil es sich für mich tatsächlich wie ein erstes Date anfühlte. Es machte mich nervös, mit Alexis in die Wohnung zu gehen. Das zwischen uns war zwar viel ernster als bei einem ersten Date, aber ich hatte Schmetterlinge im Bauch, als hätte ich sie eben erst kennengelernt.

„Danke, dass du heute mit mir ausgegangen bist", sagte ich und beugte mich im Türrahmen vor für einen Gutenachtkuss. „Hältst du es denn für möglich, dass wir das noch mal wiederholen?"

„Nun, ich weiß nicht. Vielleicht denk ich drüber nach. Es gibt allerdings eine Möglichkeit, wie du mich schneller überzeugen könntest."

„Ja?"

Alexis schubste die Tür auf und ich tat den Schritt über die Schwelle, während sie darauf wartete, dass ich ihre Andeutung verstand. Es machte mir Spaß, wenn sie die Kontrolle hatte.

Mit einer fließenden Bewegung betrat ich schnell die Wohnung, zog die Tür hinter mir zu und versperrte sie. Alexis hatte wohl nicht erwartet, dass ich so flink sein würde, deshalb kicherte sie ein wenig. Gott, sie war sowas von niedlich, wenn sie kicherte.

Aber es galt keine Zeit zu verschenken. Alexis hatte mir höllisch gefehlt. Ich wollte sie schmecken, berühren, mit ihrem Körper spielen. Oh, wie sehr ich dieses schöne Kleid von ihrem Körper reißen wollte.

„Langsam reiten, Cowboy", sagte Alexis, als ich sie aufhob und in Richtung ihres Schlafzimmers tragen wollte.

„Wenn ich langsam reite, muss ich sterben. Ich brauche dich, Baby", knurrte ich.

Danach schien Alexis nichts mehr gegen meine Eile zu haben, und so zog ich genüsslich den Reißverschluss am Rücken ihres Kleids hinunter. Sie ließ es langsam an ihrem Körper hinabgleiten und stand nur noch in ihrem kleinen schwarzen Höschen vor mir. Ich hätte sie mir wochenlang nur ansehen können und hätte nicht genug von ihr bekommen. Jeder Zentimeter ihres Körpers schien nur für mich gemacht worden zu sein. Ihre Hüften waren perfekt gerundet und gingen nahtlos in ihren straffen Arsch über. Sie hatte ein Paar Schenkel mit genau der richtigen Menge Fleisch drauf. Ihre Brüste waren keck und wunderbar geformt.

Alexis hatte tiefgrüne Augen, mit denen sie mich so ansah, dass ich kaum noch klar denken konnte. Sie lächelte unmerklich und setzte sich auf die Bettkante. Sie stützte sich auf die Hände und rutschte in die Mitte der Matratze, wo sie sich hinlegte, als wollte sie sich mir ganz hingeben.

Ich schälte mich so schnell wie möglich aus den Klamotten und stand stolz und stramm vor ihr. Ich bemerkte, wie ihre Augen an meinem Körper hinabhuschten, bevor sie zu meinem Gesicht zurückkehrten.

„Ich kanns kaum erwarten, dich zu schmecken", sagte ich mehr zu mir selbst als zu ihr.

„Komm her." Alexis hielt die Arme auf und ich kletterte über sie, um sie zu umarmen. Es war eine sexuelle Geste, aber es fühlte sich auch unendlich geborgen an, so Arm in Arm zu sein.

Ich bewegte mich nicht. Sosehr ich auch gleich in sie hineingleiten wollte, die Zärtlichkeit und die emotionale Nähe zwischen uns war mir in jenem Moment wichtiger. Ich brauchte diese Bestätigung.

„Genau das will ich für den Rest meines Lebens."

„Ich auch", sagte Alexis.

Dann hielt ich es nicht mehr aus. Mit dem wissenden Blick, den nur Paare füreinander haben konnten, deutete mir Alexis, ein Kondom aus der Schublade zu holen. Ich tat wie geheißen und zog es mir schnell über.

Wir liebten uns langsam, zärtlich und mit so vielen Küssen wie nur irgend möglich. Ich hatte sie wieder und ich wollte jede Sekunde davon auskosten. Diese Frau war mein und würde es bleiben, solange ich bereit war, die nötige Arbeit zu investieren. Ich war bereit. Ich hatte sie schon einmal fast verloren, auf keinen Fall würde ich das erneut zulassen.

Dieses Mal machten wir nicht die ganze Nacht lang Liebe. Stattdessen schmiegten wir uns dicht aneinander und schliefen schon bald gemeinsam ein. Es war eine neue Phase unserer Beziehung. Ein Zustand des Behagens, in dem wir unsere sexuelle Leistungsfähigkeit nicht länger unter Beweis stellen mussten.

Als der Morgen kam, wurden wir beide vom Klang von Alexis' Handy geweckt, das wieder und wieder klingelte. Sie bekam Anrufe und Nachrichten gleichzeitig. Auch über ihre Medien-Apps und per E-Mail kamen ständig Sachen herein.

„Schätze, ich sollte da mal nachsehen", scherzte Alexis und hievte sich aus dem Bett, um ihr Telefon zu holen. „Ähm, also mein Agent hat mich ein Dutzend Mal angerufen. Ich ruf besser mal zurück."

„Das solltest du wohl", meinte ich breit grinsend.

Alexis wusste scheinbar nicht, dass ihr Vorsprechen mit mir echt gewesen war. Es war ihr vielleicht gestellt vorgekommen, weil ich dabei war, um sie zurückzugewinnen, aber die Leute vom Studio suchten wirklich nach jemandem für ihren neuen Film. Sie hatten Noah extra gesagt, dass sie ein unbekanntes Gesicht wollten, und genau das hatte er ihnen verschafft.

Natürlich konnte ich nicht mit Sicherheit wissen, ob sie Alexis den Job anbieten würden, und ich hätte gewiss nicht damit gerechnet, so schnell schon etwas zu hören, aber ich schloss die Augen und schickte schnell ein Stoßgebet gen Himmel, dass sie die Rolle bekommen mochte.

„Hey, hier ist Alexis", sagte sie und stand nackt mit ihrem Handy am Ohr am Fuß des Bettes. „Das war ein echtes Vorsprechen? Wow, ähm ... okay ..." Alexis legte auf und machte den Fernseher an.

„Hast du sie bekommen?", fragte ich.

„Moment mal, hast du da die Finger im Spiel? Ich will die Rolle nicht, wenn du irgendwen bestochen hast oder so. Sag mir die Wahrheit", forderte sie.

Ich hatte bereits versprochen, dass ich immer ehrlich zu Alexis sein würde, komme was da wolle, und genau das tat ich auch. „Das bist du ganz alleine gewesen", sagte ich, als in den Prominews gerade ein Foto von Alexis gezeigt wurde, wie sie mit mir zusammen am Vorabend das Restaurant verlassen hatte.

„Sieht so aus, als stünden die Dinge gut für den ehemaligen Beinahe-Reality-TV-Star Alexis Livingston. Erst vor einer Woche hatte man sie aus der Dating-Show *Single in La La Land* entlassen, doch heute wurde angekündigt, dass sie die Hauptrolle in einer romantischen Komödie von Warner Brothers übernehmen wird. Das Projekt hat bisher noch keinen Titel, soll aber angeblich neben dieser entzückenden Newcomerin ein paar große Namen umfassen. Wir können es kaum erwarten, sie auf der großen Leinwand zu sehen", sagte die Reporterin.

„Gratuliere", rief ich fast, denn Alexis schien wie benebelt zu sein, als sie mich anstarrte und dann die Nachrichten auf ihrem Handy durchging.

Ihre Augen wurden glasig und sie schloss sie für einen sehr langen Augenblick. Ich stand vom Bett auf und legte meine Arme um sie, während sie zu begreifen versuchte, was da geschehen war. Das war es. Alles, wofür sie ihr Leben lang gearbeitet hatte, lag nun vor ihr. Alexis würde bald alles bekommen, was sie sich sosehr gewünscht hatte.

„Ich werde der Star des Films sein?", fragte Alexis noch immer fassungslos.

„Du bist schon jetzt ein Star", entgegnete ich.

Epilog

Alexis

„Hey Schatz, könntest du heute nicht zum Set kommen und mir Gesellschaft leisten? Ich habe eine Menge Wartezeit und ich geh hier fast drauf", sagte ich, als Cody ans Telefon gegangen war.

Es war bereits meine zweite große Filmrolle in diesem Jahr. Cody unterstützte mich sehr und kam oft ans Set, wo er dann von meinem Trailer aus arbeitete. Das war an weniger hektischen Tagen super als Ablenkung, aber auch in stressigen Zeiten war es schön, ihn dabei zu haben.

Wir zwei waren inzwischen offiziell seit vier Jahren verheiratet. In diesen vier Jahren hatte sich alles verändert für uns. Wegen mir konnten wir ohne Leibwächter gar nicht mehr aus dem Haus gehen. Das war total verrückt! Weil ich ein Filmstar war, konnte ich nirgends mit meinem Mann hin, ohne von jemandem fotografiert zu werden.

Cody war inzwischen fertig mit seinem ersten Hotel in der Nähe von Las Vegas und wir wollten gerade an diesem Wochenende hinfahren, um zu einer Hochzeit zu gehen.

„Liebling, heute geht es nicht. Ich muss noch die letzten Sachen für Noahs Hochzeit erledigen. Dieser Job als Trauzeuge ist schwieriger, als ich gedacht hätte. Vor allem, weil seine Zukünftige kaum Leute hier hat, die mithelfen können. Aber du weißt ja, wie gerne ich zu dir kommen würde. Würde ich wirklich."

„Na schön, ich werds schon irgendwie aushalten. Ich wünsch dir einen schönen Tag, wir sehen uns später."

Noah wollte heiraten. Ich konnte es noch immer kaum glauben. Na ja, eigentlich hatte ich ja gedacht, er würde viel eher heiraten, aber in den letzten Jahren war sein Leben voller ganz schön irrer Hochs und Tiefs gewesen. Aber jetzt schien er glücklich zu sein und war bereit für den nächsten Schritt in sein neues Leben.

Hochzeiten machten mir riesigen Spaß und ich hatte gehofft, dass Cody und ich noch eine zweite Feier veranstalten würden, aber letztlich waren wir zu dem Schluss gekommen, dass das nicht nötig war. Wir hatten beide einen so geschäftigen Alltag, dass die

Planung einer Hochzeit einfach zu viel gewesen wäre. Außerdem hatte ich ganz schön aufregende Neuigkeiten, die ich Cody unbedingt erzählen wollte. Ich hatte es mir schon eine Woche lang aufgespart und stand kurz vor dem Platzen, weil ich das große Geheimnis kaum mehr bei mir behalten konnte. Aber ich wollte warten, bis die Hochzeit vorüber war.

Meine Arbeitstage waren in der Regel nicht wirklich hart. In der Filmindustrie gibt es neben den Drehzeiten immer auch jede Menge Stunden, in denen man als Schauspieler auf irgendetwas warten muss. Als Hauptdarstellerin für diesen Film musste ich fast rund um die Uhr am Set sein, aber ich wartete oft eine Ewigkeit auf meinen nächsten Einsatz. Ich konnte auch nie schlafen, weil ich immer fürchten musste, dass sie mich jeden Moment brauchen würden.

Romantische Komödien waren mein Ding und ich liebte das total. Es machte Spaß, glückliche Rollen zu spielen oder zumindest Charaktere, die am Ende immer irgendwie ihr Glück fanden.

Das Seltsamste am Leben als Promi war es, dass fremde Leute immer das Gefühl zu haben schienen, dass sie mich kannten. Ich war noch nicht mal so wahnsinnig bekannt, aber trotzdem konnte ich kaum in den Supermarkt gehen, ohne dass jemand zu mir kam und Fotos machte. Oft knipsten sie einfach ein Bild, machten auf dem Absatz kehrt und redeten mich nicht einmal an. Das war wirklich nicht der spaßigste Teil der ganzen Geschichte.

Wenn Cody dabei war, blieben die Leute eher auf Abstand. Es hatte seine Vorteile, einen großen, starken Mann an der Seite zu haben, da überlegte man sich offenbar zweimal, ob man sich einfach anschleichen und ein Foto schießen sollte. Es war ja nicht so, dass mich das so schrecklich störte, ich wusste ja, was die Leute wollten, und ich gab es ihnen gerne, wann immer ich konnte. Aber manche waren wirklich besonders aufdringlich. Ich sorgte einfach dafür, immer genug Zeit in Reserve zu haben, wenn ich irgendwohin ging, damit ich mir immer ein paar Minuten für die Fans nehmen konnte.

Es war zur Seltenheit geworden, dass ich auf irgendwelche Veranstaltungen gehen konnte, ohne einen Sicherheitsmann dabei zu haben oder mich irgendwie verkleiden zu müssen. Aber das Promileben war noch so neu für mich, dass es mir irgendwie auch Spaß machte.

Nachdem ich den Drehtag beendet hatte, ging ich heim in unser Haus, um vor unserer Abreise nach Las Vegas noch etwas zu entspannen. Es würde wohl ziemlich spät werden, bevor wir loskonnten, aber das machte mir nichts aus. Solange Cody das Fahren übernahm, machte ich mir keine Gedanken.

Bei der Fahrt entlang der Küste rief ich mir einmal mehr ins Gedächtnis, wie dankbar ich dafür war, hier leben zu dürfen. Wir hatten ein großes Haus gekauft, von dem aus man aufs Meer sehen konnte, waren aber noch nicht dazu gekommen, es richtig einzurichten und ihm unseren persönlichen Stempel aufzudrücken.

Ich liebte das Leben, das Cody für uns beide entworfen hatte. Na ja, nicht Cody allein natürlich, ich war ja auch dabei gewesen. Wir lebten beide unseren Traum. Wir hatten beide den Weg eingeschlagen, der uns glücklich machte, und nichts konnte uns aufhalten. Je länger Cody und ich uns kannten, desto besser verstanden wir die Gedanken des jeweils anderen. Wenn ich Lust auf Chinesisch hatte, musste ich es ihm nicht einmal sagen, weil er wahrscheinlich schon auf dem Heimweg etwas von unserem Lieblingsladen mitgenommen hatte.

Als Cody von der Arbeit heimkam, war ich auf der Couch ins Koma gefallen und konnte mich kaum bewegen. Nach einem Tag, an dem ich zwar kaum etwas zu tun gehabt hatte, aber trotzdem dauernd hatte herumrennen müssen, war ich ganz schön fertig.

„Schätzchen, möchtest du warten und erst am Morgen fahren?", fragte Cody und ließ seine Arme unter meine Beine gleiten, um mich ins Bett zu tragen.

„Heute wollen doch alle gemeinsam ausgehen. Willst du nicht

feiern?"

Cody lachte nur und trug mich bis ins Schlafzimmer. Offenkundig war keiner von uns beiden voll energiegeladen. Ich war während der letzten Wochen ständig komplett erschöpft gewesen und Cody rackerte sich neben der Arbeit auch noch mit seinen Trauzeugenpflichten ab.

„Alexis, mach dir keine Vorwürfe. Die feiern auch ohne uns und werden sich bestens amüsieren. Wir können uns ein bisschen ausruhen und dann bei der Party morgen dabei sein. Die wird bestimmt genauso spaßig wie die heute Abend."

Mit mir musste er deswegen nicht streiten. Eine gute Mütze Schlaf war genau das, was ich brauchte, um es morgen überhaupt durch die ganzen Hochzeitsfeierlichkeiten zu schaffen.

In jener Nacht kam es auch zu keinem Liebesspiel. Wir lagen einander in den Armen und schliefen selig, bis wir von alleine aufwachten. Ich fühlte mich fantastisch, als die Sonne schließlich aufging und ich aus dem Bett schlüpfte, bereit für die Welt. Ich freute mich auch schon riesig auf die Überraschung, die ich für Cody nach der Hochzeit parat hatte.

„Das ist ja viel kleiner, als ich erwartet hätte", flüsterte ich ihm ins Ohr, als wir aus dem Wagen stiegen und den anderen Gästen nach drinnen folgten. Ich meinte damit nicht den Veranstaltungsort, sondern die Menge der Anwesenden.

„Von Katarina ist niemand hier außer ein paar Leuten von der Arbeit. Das ist eigentlich ziemlich traurig. Noah wird dir vielleicht mal davon erzählen, wenn das hier alles vorbei ist. Aber wenn du sie siehst und sie irgendwie unglücklich ausschaut, versuch lieb zu ihr zu sein. Sie hat gerade nicht so viele Leute um sich."

„Katarina hat keine Familie?", fragte ich ein bisschen verwirrt.

„Sie hat schon Verwandte, aber das sind alles Versager, die es nicht einmal zu ihrer Hochzeit hierhergeschafft haben", meinte Cody.

„Und wer ist dann die Trauzeugin? Wieso weiß ich davon nichts?"

„Ich hab ihrer Seite der Planung nicht so viel Aufmerksamkeit geschenkt, bis ich geschnallt hab, dass sie sonst niemanden hat, der das übernehmen kann. Ich glaub, sie kennt die meisten der Traditionen nicht wirklich. Aber sie freut sich einfach nur zu heiraten."

Ich dachte gleich, dass ich mich als Trauzeugin melden sollte. Es war zwar reichlich spät, aber vielleicht würde das dabei helfen, ein bisschen von dem Druck wegzunehmen und Noahs Braut an diesem besonderen Tag etwas Halt zu geben.

„Das ist ein schönes Angebot, Schatz, aber die Hochzeit ist in zwei Stunden. Ich weiß nicht, ob das zu diesem Zeitpunkt noch hilfreich ist und es sie nicht vielleicht eher stressen würde, wenn sie alles umkrempeln muss."

„Ich vertrau dir da. Wenn du glaubst, dass es sie nur nervös machen würde, dann halte ich mich fürs Erste zurück."

„Das wird das Beste sein. Ich werd mich umsehen und schauen, ob sonst wer Hilfe benötigt. Irgendjemand hier könnte deinen sprühenden Charme bestimmt gut gebrauchen."

„Sag mir doch noch einmal, wie genau du diese ganze Verantwortung aufgedrückt bekommen hast?", witzelte ich, als wir gerade in den Konferenzsaal kamen, wo sich die Gäste schon eifrig bei Drinks unterhielten.

„Ich bin der Einzige hier, der seinen Terminkalender so mir nichts, dir nichts umstellen kann. Du, meine Liebe, bist zu sehr damit beschäftigt gewesen, die Welt zu erobern."

Damit hatte er nicht Unrecht. Ich hatte zu viel zu tun, und so gern ich Noah und seine zukünftige Frau auch hatte, meine Termine ließen sich überhaupt nicht verschieben, sodass ich ihnen nicht hatte behilflich sein können. Mein Terminkalender war nämlich überhaupt nicht mein Terminkalender. Ich war nur ein

Rädchen in der Mühle der Filmindustrie und da wurde ich selten nach meiner Zeitplanung gefragt. Bei einem Notfall war das natürlich etwas anderes, aber ich konnte nicht einfach *nicht* zum Dreh auftauchen. Wenn man sich das als Schauspieler einmal leistete, verbreitete sich das wie ein Lauffeuer im Geschäft und konnte die Karriere im Nu ruinieren.

„Cody, Alexis, ihr seid da", rief Noah schon halb betrunken.

Es war seine Party. Er durfte sich natürlich volllaufen lassen, wenn er das wollte. Weder ich noch Cody konnten da viel gegen einwenden angesichts dessen, wie es zu unserer eigenen Hochzeit gekommen war. Die Geschichte war inzwischen sowas wie eine kleine Legende in unserem Freundeskreis geworden.

„Hi Noah, wie gehts dir denn?", fragte ich, während wir uns umarmten.

Noah war wirklich mein Schutzengel gewesen und hatte mir sehr geholfen, meine Schauspielkarriere weiterzubringen. Er hatte mich in die richtigen Projekte geleitet, bevor ich mich von meinem alten Agenten getrennt und den Neuen gefunden hatte, mit dem ich jetzt sehr glücklich war.

„Mir gehts gut. Aber ich kanns kaum erwarten, dass das alles hier vorbei ist. Nicht auf eine schlechte Art natürlich. Ich weiß schon, dass es ein wichtiger Tag für sie ist, aber ich fühle mich schon seit vier Jahren so, als wären wir verheiratet. Für mich ist das nur eine Formalität, ich liebe sie ja schon seit dem ersten Tag."

„Ich geh mal hallo sagen. Viel Spaß euch Jungs", meinte ich, als mir auffiel, dass seine Zukünftige alleine dastand und an einem Glas Sekt nippte.

Eine Frau sollte an ihrem Hochzeitstag nicht alleingelassen werden. Nicht einmal, wenn sie darum bittet. Ich konnte nicht zuschauen, wie alle anderen sich prächtig unterhielten, während Noahs Braut alleine ins Leere starrte.

Doch bevor ich sie erreichen konnte, kam gerade eine Gruppe

anderer Frauen herbei und eilte zu ihrer Rettung. Sie mussten wohl denselben Gedanken gehabt haben wie ich. Ich überließ ihnen die Braut und suchte mir einen Sitzplatz.

Ganz egal wie viel ich schlief, ich war noch immer erschöpft. Es würden ein paar anstrengende Monate auf mich zukommen. Mein Stuhl war unerwartet komfortabel und so schlief ich nach wenigen Augenblicken einfach ein.

Man würde meinen, dass ich auf einem normalen Fest wohl aufgeweckt oder angesprochen worden wäre. Aber nicht so auf Noahs Party. Stattdessen gingen die Leute rücksichtsvoll um mich herum und suchten sich andere Sitzgelegenheiten. Doch dann wurde ich aus dem Schlaf gerissen. Ein überwältigender Drang zu kotzen hatte mich gepackt. Nicht etwa wie eine normale Übelkeit, wenn man zu viele Tacos vom Straßenstand gegessen hatte oder so. Nix da, dieser Würgereiz kam so plötzlich und unerwartet, dass ich mich voll über einen Künstler erbrach, der gerade vor mir stand und jemandem von seinen Gemälden erzählte.

„Tschuldigung", nuschelte ich und rannte Richtung Toilette davon.

„Alexis. Ist alles in Ordnung?", hörte ich Cody hinterherrufen, als ich an ihm vorbeieilte.

„Alles gut." Ich muss nur aufs Klo.

Er begleitete mich und folgte mir hinein. „Was kann ich für dich tun? Ich tu alles."

„Hast du mal dieses Buch gelesen ‚*Was passiert, wenn's passiert ist*'?", fragte ich, um Cody einen kleinen Hinweis zu geben. Es hätte ja keinen Spaß gemacht, es ihm einfach direkt zu sagen.

„Nein", meinte er verwirrt.

„Das solltest du", meinte ich.

Er kapierte gar nichts mehr.

„Soll ich dir was zu essen besorgen?", fragte Cody, während ich den Kopf über die Schüssel hielt, weil ich jeden Augenblick wieder loskotzen konnte.

Im Augenblick wollte ich einfach mit meiner Übelkeit alleingelassen werden. „Nein, hol mir bitte ein Gingerale", sagte ich. Er rannte davon und zur Bar.

Ich hatte vorgehabt, bis nach der Hochzeit zu warten, aber als ich da so stand und wartete, bis Cody mit meinem Getränk zurückkam, wurde mir klar, dass ich es ihm gleich sagen musste. Ich hatte keine Angst davor, ich glaubte eigentlich, dass er ziemlich gut damit umgehen würde. Mehr Sorgen machte ich mir darum, dass Fotos von der Veranstaltung durchsickerten und es die halbe Welt erfahren würde. Außerdem hatte ich absolut keine Lust darauf, die Hochzeit von Noah und Katarina zu ruinieren.

„Dankeschön", sagte ich zu Cody, als er mit dem Glas zu mir kam. Er hatte mich in dem Stuhl gefunden, auf den ich mich erneut gesetzt hatte. „Ich glaube, jetzt müssen wir dir einen Haarschnitt verpassen", schob ich hinterher.

„Was? Wovon redest du bitte? Ein Haarschnitt?" Cody schaute mich völlig entgeistert an.

„Genau. Wir müssen nämlich bald unsere eigene Party schmeißen und da geht so eine zottelige Matte auf dem Kopf nun wirklich nicht."

„Party? Was sollen wir denn für eine Party schmeißen?", wollte er wissen.

„Eine Gender-Reveal-Party. Uns bleiben ungefähr vier Monate für die Planung."

Ich saß da und wartete, bis die Erleuchtung einschlug, aber Cody schien nichts von alledem verstanden zu haben. Mein großer Plan, ihn nach der Hochzeit zu überraschen, hatte nicht geklappt, und jetzt funktionierte auch mein neuer Plan nicht, ihn vor der Hochzeit zu überraschen.

„Gender-Reveal-Party? Davon hat mir Noah nichts erzählt ..."

„Unsere", sagte ich und kam etwas näher. „Wir bekommen Zwillinge."

Und da sickerten meine Worte endlich zu ihm durch. Er sah plötzlich ein bisschen wackelig auf den Beinen aus, kam aber her und küsste mich sanft. Ich liebte diesen Mann so sehr.

„Zwillinge? Willst du mir etwa sagen, dass da gerade zwei Babys in deinem Bauch wachsen? Kein Wunder, dass du so müde bist", sagte Cody und wollte gleich ein paar Kissen richten, um es mir so gemütlich wie möglich zu machen.

„Ich liebe dich, Cody", sagte ich, als ich ihm dabei zuschaute, wie er sich mit Mühe aufrecht hielt. Er schien fast in Ohnmacht zu fallen und setzte sich schließlich schwerfällig neben mich.

„Babys, zwei Babys? Ich kanns kaum erwarten!", sagte Cody, der seine Angstphase offenbar nach ein paar Sekunden bereits überwunden hatte und sich jetzt schon wahnsinnig freute.

„Die Paparazzi werden meinen Bauch bestimmt auch ganz toll finden", sagte ich. „Den werde ich nicht mehr lange verstecken können."

„Alexis, ich möchte, dass du weißt, dass ich nicht durchdrehen werde. Ich werde verständnisvoll sein, wenn die ganzen Hormone deinen Körper durchfluten."

„Gehts dir wirklich gut?", fragte ich.

Ein breites Grinsen legte sich auf sein Gesicht. „Mir gehts hervorragend. Uns gehts hervorragend. Ich mach dich zur glücklichsten Frau auf Erden", sagte Cody und hob mich gleich da auf der Couch in den Schoß. Oh, wie gern ich in seinen Armen lag. „Und diese Babys mach ich auch zu den glücklichsten Kindern auf der Welt."

Der Rest des Tages und auch die Hochzeit liefen dann reibungslos ab. Cody und ich schafften es, unser Geheimnis bis nach der Trauung zu bewahren, aber als die Party dann richtig losging, erzählten wir es beide insgeheim immer mehr Leuten.

Zwei Babys, das war so unglaublich. Ich war gerade dabei, nicht nur einen komplett neuen Menschen zu machen, sondern gleich zwei auf einmal. Mein Leben war perfekt. Vielleicht nicht so perfekt wie in meinen Filmen, aber schon verdammt nah dran.

„Cody, ich bin so glücklich, dass wir uns wiedergetroffen und gemeinsam ein neues Leben angefangen haben. Es ist schön zu wissen, dass wir gemeinsam so etwas Schönes geschaffen haben in dieser verrückten Welt."

Und so begann der nächste Abschnitt in meinem Leben.

Und dieses Mal wusste ich, dass er bei mir war.

ENDE

Liebe Leser,

vielen Dank für das Lesen meines Buches, ich hoffe sehr, dass euch die Story gefallen hat! ;-)

Ohne begeisterte Leser wie euch wäre es für mich nicht möglich, meinen Traum zu leben und meine Fantasien in diese Romane zu packen.

Falls ihr einen kurzen Moment Zeit habt, so würde ich mich sehr freuen, wenn ihr mir eine kurze Rezension auf Amazon gebt. Da ich nicht die Werbemittel eines großen Verlages habe, bin ich auf Empfehlungen meiner Leserschaft angewiesen und dankbar für jede Bewertung! ;-)

Herzlichen Dank,

Sarah

Über Sarah

Sarah schreibt seit ihrem sechzehnten Lebensjahr und hat schon mehrere Bestseller auf Amazon veröffentlicht. Egal, ob die Männer in ihren Büchern Milliardäre, Bad Boys oder beides sind - sie liebt es über heiße Kerle zu schreiben, die gleichzeitig ihre Liebste beschützen und herausfordern; ebenso wie über die Frauen, nach denen sie sich sehnen. Ihre unterhaltsamen Geschichten sind immer heiß und aufregend, mit vielen Wendungen und einem garantierten Happy End - genau so, wie es auch nach einem wilden Ritt im Schlafzimmer sein sollte, wenn du verstehst, was ich meine ;-)

[Kontaktiere Sarah direkt auf Facebook und erhalte den Liebesroman "Die Rückkehr des Milliardärs" gratis!](#)

[www.facebook.com/sjbrooksoffiziell](#)

Printed in Poland
by Amazon Fulfillment
Poland Sp. z o.o., Wrocław